김수영과 신동엽

지은이 이승규(李承揆, Seung-gyu Lee)는 1972년 서울에서 태어나 국민대학교 국어국문학과에서 박사학위를 받았다. 20대 후반에는 이용악 · 백석을 필두로 1930년대 시인들을 공부했으며, 30대 초반부터 김수영 · 김종삼 · 신동엽을 일진으로 한 1950~60년대 시인들을 탐구하고 있다. 현재 국민대 · 안양대 · 동신대에서 강의하고 있다.

김수영과 신동엽 1950~60년대 한국 현대시의 현실지향성

2008년 2월 10일 1판 1쇄 인쇄
2008년 2월 15일 1판 1쇄 발행

지은이 _ 이승규
펴낸이 _ 박성모
펴낸곳 _ 소명출판
등록 _ 제13-522호
주소 _ 137-878 서울시 서초구 서초동 1621-18 (란빌딩 1층)
대표전화 _ (02) 585-7840
팩시밀리 _ (02) 585-7848

somyong@korea.com | www.somyong.co.kr

값 17,000원
ISBN 978-89-5626-288-8 93810

1950~60년대 한국 현대시의 현실지향성

김수영과 신동엽

Kim Soo-yeong and Shin Dong-yeop
The Reality-oriented Tendency of Korean Modern Poems

이승규 지음

책머리에

누구나 연구자이기 전에 숭배자가 아니었던가. 몸속에 한 시인의 목소리가 들어오면서부터 저절로 그와 함께 느끼고 꿈꾸면서 살고, 한 목소리가 다른 목소리로 바뀌는 줄도 모르고 열병 속에서 허공을 달려오지 않았던가.

한 시인을 일방적으로 동조하고 때로 숭배하던 시기를 지나, 언젠가부터 작품을 냉철하게 다루어야 할 계기에 다다라 이리저리 시를 절단하고 시 아닌 것을 시에 끼워맞추며 지내다 보니, 무분별한 향유와 가식 없는 열정의 시간들을 떠올리지 않을 수 없었다. 시를 연구한다는 것이 도대체 무슨 의미가 있으며 그 일이 왜 이어져야 하는지 의문이 들기도 하였다. 그러나 큰 정신을 맞이하기 위해서는 차가운 눈과 뜨거운 가슴이 공존해야 한다는 사실, 들어갈 수 있는 데까지 심연을 더듬어 시의 본질을 찾아나가야 한다는 겁나는 사실 앞에서, 냉엄한 이성뿐만 아니라 잊고 있던 처음의 열정을 수없이 되살려야 했다.

문학이란 것을 막 시작했을 때, 나는 김수영과 신동엽의 시를 만났다. 내가 알던 서구의 시인들과 한국 현대시인들이 더없이 달콤하거나 슬픈 향기로 나의 기운을 북돋았다면, 두 시인은 전에 내가 살뜰하게 지녀오던 꿈이 달의 밝은 한 표면이거나 지상의 지뢰밭 위로 황홀하게 피어난 수선화 군락이라는 것을 일깨워 주었다. 그리하여 시의 리듬이나 상징만큼 사회나 역사에 대해서도 생각하게 되었고, 나누어진 두 영역이 사실은 시 속에서 한 몸으로 융합해야 한다는 것도 알게 되었다. 그리고 그것은 시인의 드높은 정신에 의해서만 가능하다는 것도 깨닫게 되었다.

그 정신의 실체와 그것이 던져주는 울림을 헤아려 가다 보니 지금 여기 서 있다. 물론 내가 찾아낸 것은 거의 아무 것도 없고 내게는 끝없는 갈증만 더할 뿐이라는 사실도 말해야겠다. 어디까지나 나는 시를 둘러싸고 있는 더께를 걷어내고 오로지 시인의 목소리를 따르려 했고, 그들의 시가 서로 간섭하는 자장의 양상을 관찰하면서 시의 결을 면밀히 좇아 그 의미를 드러내는 데 주력하였다. '시를 논할 때에는 시를 쓰듯이 해야 한다'는 말을 논외로 하더라도 가급적 시인의 입장에서 시가 숨을 틔우는 순간을 상상해나간 것뿐이다. 결국 내가 일하기보다는 단지 시가 시로 말미암아 행해진 것이므로, 이 책은 김수영과 신동엽이 걸어간 길을 순례하는 연구자이자 숭배자로서의 단순한 기록에 해당할지도 모르겠다.

나의 어설픈 순례 동안 벼랑에서 손을 내밀어 주시고 환한 음성으로 내내 어두운 길을 밝혀주신 신대철 선생님께 감사드린다. 빽빽한 활자로 가득한 머릿속에 맥주와 와인을 들이부으면서 찬찬히 어깨를 두드려주신 정선태 선생님께 감사드린다. “우스운 질문이지만…… 김수영과 신동엽이 싸우면 누가 이겨요?”라고 물으며 따뜻하게 맞아주신 소명출판의 박성모 사장님과 소명식구들께 고맙다는 말씀을 전한다.

2008년 1월

이승규

차례

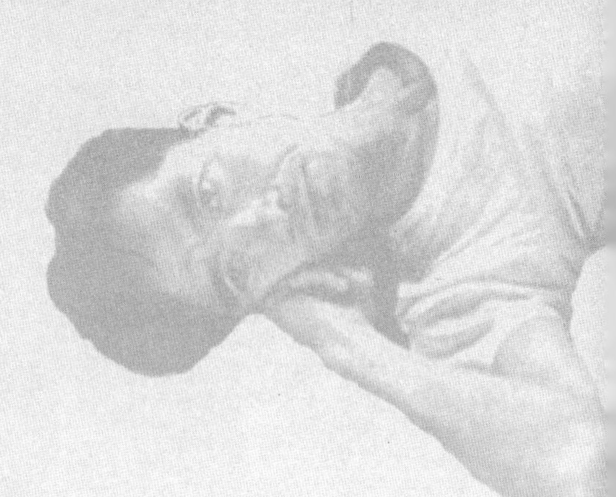

제1장 들어가며

1. 1950~60년대 한국 현대시의 상황

1950~60년대는 일제 강점기와 해방공간, 6·25전쟁을 거쳐 사회체제가 다시 정비되고 문화적인 힘이 새롭게 축적되던 때로 현실 속에서 숱한 혼란과 변혁이 거듭되었다.

정치적으로는 전쟁 후 남북의 분단 상황이 굳어지면서 이념적으로 서로 대립하는 한편 남한에서는 반공이데올로기를 바탕으로 한 친미적인 독재정권이 형성되었다. 이는 결과적으로 우리가 세계적인 냉전체제의 최전방에 편입되는 일이었으며, 이로 말미암아 정치적 자유는 물론 언론과 예술의 자유마저 제한되어 자유민주주의의 추구로 대표되는 국민의 인권과 자유를 쟁취하려는 움직임이 도처에서 일어나기 시작하였다. 자유당 정권에 대항하여 일어난 4·19혁명은 결정적으로 자유와 민주주의에 대한 새로운 각성의 계기를 부여하였으며, 그 이후에 집권한 민주당의 분열과 군사 쿠데타로 인한 정치적 퇴보와 억압적인 사회 상황 속에서도 그 정신만은 역사적으로 계승되었다.

문학 쪽에서도 이 시기는 상당한 혼란을 겪던 때였다. 일제 강점기에 한국문학의 맥을 이어오던 주요한 시인들 상당수가 분단을 계기로 북쪽에 가거나 남아 남쪽에서는 비교적 이념적 성향이 적거나 없는 시인들을 중심으로 시단이 재편성될 수밖에 없었다. 그리하여 주로 자연세계를 통해 인간의 순수한 정서를 노래하던 서정시인들과 전후에 새롭게 각광받기 시작한 모더니즘 시인들로 문단의 주류가 형성되었다.

한국 현대시가 끊임없이 제기되는 현대적 시형의 완성이라는 숙제 외에도 현실문제의 극복이라는 시대적 사명을 안고 있던 이 시기에, 당대 시인들은 현실적 요구에 부응하기보다 현실과 유리된 예술의 독자적인 영역에 안주하려는 경향이 강하였다. 서정시인들은 우리 문학에서 관습적으로 이어져 내려온 피안에 대한 동경이나 자연세계로의 도피와 같은 탈현실적 시세계를 구축하였으며, 모더니즘 시인들은 서구와 일본에서 유입된 모더니즘 문학에 영향을 받아 주로 언어와 기법 자체에 관심을 보이면서 관념적이면서도 감상적인 비현실적 시세계를 추구하였다. 이들 모두 현실과는 동떨어진 세계를 추구한다는 의미에서 초월지향성을 띤다는 데 공통점이 있다.

원래 초월적 성향은 현실성과 예술성이 적당한 긴장을 이룰 때 현실을 생기 있게 반영하거나 현실에 적절한 전망을 제시해주는 등의 긍정적 구실을 한다. 하지만 그 긴장이 깨질 때에는 본래의 건강한 기능을 상실하고 문학 자체의 자족적인 세계에 빠져 현실 문제에 대한 해결능력을 잃는다. 이때의 문학은 문학을 위한 허황된 문학일 뿐 더 이상 인간을 위해 복무하는 문학이 아닌 채로 단순한 유희로 탈바꿈되어 종국에는 인간을 파국으로 모는 결과를 부르기도 한다.

그런 의미에서 현실지향성은 초월지향성과 대척점에 위치하는데, 1950~60년대 한국 현대시의 좌표는 일제 강점기와 6·25전쟁이라는 암울한 시기를 넘어 우리 문학이 현실에 대해 주체적인 능력을 갖추려고 분투하던 시기에 초월지향성을 극복하고 현실지향성을 획득하는 과정을 보여준다. 여기서의 현실지향성은 시가 부당한 현실에 굴복하지 않으면서도 현실의 문제 일체를 끌어안고, 현실성과 예술성의 팽팽한 긴장을 유지하면서 인간을 위협하는 그릇된 대상들에 대해 강렬하게 항의하는 한편, 처절한 자기반성 속에서 바람직한 세상을 향해 끊임없이 나아가는 태도라고 할 수 있다.

김수영과 신동엽은 1950~60년대 한국 현대시의 현실지향성을 가장 잘 보여주는 시인들이다. 1921년 서울에서 태어난 김수영은 처음 시를 쓸 당시 모더니즘의 세례를 받은 시인들과 별다른 차이를 지니지 않았지만, 전쟁을 겪고 생활에 부대끼면서 끊임없는 시적 탐색을 지속하다가 4·19혁명을 직시하면서 의식에 크나큰 변화를 겪는다. 1930년 충남 부여에서 출생한 신동엽은 무정부주의에 깊은 관심을 두면서 자신이 자라난 지역에서 벌어졌던 갑오농민전쟁의 유적을 답사하여 얻은 역사에 대한 새로운 인식을 4·19혁명과 연결지으면서 독창적인 시관詩觀을 정립한다.

두 시인 모두 전쟁을 몸소 겪고 4·19혁명을 통과하면서 인식의 전환을 맞이하였다. 또한 문학 속에서의 재래적 요소와 외래적 요소가 혼재하던 시기에 그 두 요소의 자장 안에서 창작을 시작하였으며, 현실의 폭압에 대한 시적 대응방법으로서 부정의식을 발현하였다는 공통점도 갖는다. 그리고 두 시인 모두 자신들의 시세계에서 초월성과 현실지향성을 함께 지니는데 그것이 일정한 시적 전개과정을 거치면서 현실지향성으로 수렴되는 양상을 보인다는 점도 비슷한 특징에 해당될 것이다.

이 글에서는 김수영과 신동엽이 어떤 과정을 통해 현실지향성을 지니게 되었는지 살펴보고 그들이 지닌 현실지향성의 양태를 면밀하게 고구함으로써 그들의 시 정신과 시적 전망을 파악할 것이다. 그리고 이를 통해 1950~60년대 한국 현대시의 시사적詩史的 맥락을 재설정하는 계기가 되도록 할 것이다.

2. 연구사 검토 및 연구의 범위

김수영과 신동엽의 시에 대해서는 이제까지 끊임없는 논의가 이어져 왔다. 그들이 시를 발표할 때뿐만 아니라 타계한 뒤 수십 년간 사회적 여건이 상당한 변화를 거치는 동안에도 그들의 시는 '현재형'으로 남아 수많은 학자·비평가들의 관심 대상이 되어 왔다. 그것은 변화하는 상황 속에서도 그들의 시가 그 시대의 문학이 요구하는 중요한 가치와 논점을 새롭게 재생산해냈기 때문이다. 그런데 그동안 쏟아져 나온 엄청난 양의 논문과 비평들이 이루어낸 성취도 주목할 만하지만, 그것들이 해결하지 못한 논의의 다른 흐름이나 여백을 어떻게 처리해야 하는가도 지금 시점에서 매우 필요한 일이다. 김수영과 신동엽이 타계한 지도 어언 40년의 세월이 흘러 이제는 조금 더 객관적으로 그들의 시를 바라볼 수 있는 거리가 생겨났으며, 일정한 논의에 비슷한 논의를 보태던 기왕의 연구 흐름을 반성적으로 조망하는 여유를 가질 만한 시기가 되었기 때문이다. 김수영과 신동엽의 시에 대한 논의는 대체로 그들이 타계한 직후를 포함하여 그들이 활동하던 당대와 그 이후의 시기별로 일정한 흐름을 갖는다. 이런 논의의 흐름을 면밀히 살펴본다면, 이들의 시에 대한 연구가 현재 어디로 가고 있으며 앞으로 어떻게 보강되어야 할지 짐작할 수 있을 것이다.

김수영과 신동엽은 아홉 살의 연령차 이외에도 문단에 등장한 시기가 각각 1945년과 1959년으로 14년이라는 시차를 갖는다. 그럼에도 두 시인이 가장 왕성하게 활동하면서 두드러진 시적 성취를 보인 시기가 4·19혁명 이후였으며 1968년과 1969년 일 년 간격을 두고 타계하였다는 점에서 동일한 시기에 활동한 시인들이라 할 수 있다. 한 그룹에서 활동하거나 특별한 친분을 이루었다고 볼 수는 없지만 지면을 통해 서로의 시에 대해 평가한 글이 남아 있다.

신동엽이 1961년에 발표한 평문에서 '향토시' 그룹, '현대감각파'·'언어세공파'·'저항파'와 대별되는 '시민시인' 부류에 김수영을 포함하였는데, 그를 박목월·김남조·조병화·황금찬 등의 시인들과 비슷한 경향을 가진 시인으로 본 것[1)]은 독특하다. 이는 물론 김수영의 시세계가 변화하는 와중에 쓰인 글이므로 한 시인에 대한 객관적인 규명이라고 볼 수 없지만, 그 당시의 김수영의 시작 전개과정과 그에 대한 시단詩壇의 시각을 보여준다는 점에서 주목할 만하다. 또한 김수영 타계 직후 일종의 조사弔辭의 성격을 띠고 있는 짧은 글에서 신동엽이 그를 "旣存질서에 아첨하는 문화를 꾸짖"은 "어두운 時代의 위대한 證人"이라 칭한 것[2)]도 눈에 띈다.

반대로 김수영은 신동엽의 시 「발」을 논하는 가운데, 참여파에 대한 현실과의 유리감을 지적하면서도 신동엽이 그 작품을 통해 사회의식과 역사의식을 보여주었다고 상찬하였다.[3)] 그리고 신동엽의 「아니오」와 「껍데기는 가라」를 언급하면서 그의 시에는 "강인한 참여의식이 깔려있고, 시적 경제를 할 줄 아는 기술이 숨어

---

1) 신동엽, 「六十年代의 詩壇 分布圖」, 『조선일보』, 1961.3.30~31, 4면 참조.
2) 신동엽, 「地脈 속의 噴水」, 『한국일보』, 1968.6.20, 5면 참조.
3) 김수영, 「변한 것과 변하지 않은 것」, 『김수영 전집』 2, 민음사, 2003, 370면.

있고, 세계적 발언을 할 줄 아는 지성이 숨 쉬고 있고, 죽음의 음악이 울리고 있다"고 하면서, "그의 업적은 소위 참여파의 다른 어떤 시인보다도 확고부동하다"고 하였다. 이는 신동엽이 여타의 '참여파' 시인들과는 달리 강한 의미전달에만 치우치지 않고 사색의 깊이를 보여주고 있다는 것을 강조한 것이다. 그러면서도 그가 너무 '쇼비니즘'으로 흐르지 않을까 하는 위구감危懼感을 표출하면서 "그런 면에서 그는 50년대에 모더니즘의 해독을 너무 안 받은 사람 중의 한 사람"이라는 의미심장한 진술로 글을 마치고 있다.[4] 김수영의 언급에 나타난 '쇼비니즘'과 모더니즘을 연결지어 생각한다면, 이는 신동엽이 또 다른 다양한 시각을 배제하고 민족주의적 관점에서만 현실의 문제를 바라볼 때 생길 수 있는 의식의 협소함을 우려한 것으로 볼 수 있다.

그런데 김수영이 신동엽과 직접 만난 자리에게 "신 형, 사실 말이지 문학하는 우리들이 궁극적으로 무슨무슨 주의의 노예가 될 순 없는 게 아니겠소?"[5]라고 한 말과 같이 두 시인 모두 자신들이 처해 있는 현실과 역사적 조건 속에서 새롭고도 주체적인 시관詩觀을 세우려고 노력했다는 것을 알 수 있으며, 직접적인 교류 이상으로 시를 통해 한 시대를 함께 호흡하고 그 시대의 모순을 극복하려 시도하는 가운데 한 몸으로 엮여 있었다는 사실을 알 수 있다.

우선 김수영에 관한 논의로는, 그의 사후에 나온 추모적인 성

---

4) 김수영, 「참여시의 정리－1960년대의 시인을 중심으로」, 『창작과비평』, 1967년 겨울, 636면.
5) 신동엽, 「地脈 속의 噴水」, 『한국일보』, 1968.6.20, 5면.

격이 강한 몇 편의 글[6] 이전에 김수영의 시에 대한 객관적인 시각이 드러나는 유종호의 평론이 있다. 그는 모더니즘운동의 계보에서 광복 전과 광복 후를 크게 구별짓는 차이점을 강렬한 사회의식과 현실감각으로 보고 김수영의 시가 이런 점을 담지하고 있다고 보았다.[7]

그 뒤 김수영의 시에 관한 본격적인 논의는 1968년 김수영이 타계한 뒤 김현승에서부터 시작된다. 김현승도 김수영을 종래의 모더니스트와 구별하여 그의 시에서 기법만이 중시되기보다는 사상성이 가미됨으로써 시에서 내용과 형식 모두 중시되었다는 점을 강조하고 있다.[8] 이러한 논의는 일단 김수영이 모더니즘 시인이라는 규정 아래 행해진 것이지만 그 이후 모더니즘과 리얼리즘, 순수와 참여, 형식과 내용 등 대비되는 여러 가치의 경계에 김수영의 시가 위치하여 끊임없는 논란을 불러일으키게 되는 상황을 예보한 것이라 할 수 있다.

김수영 시에 대한 모더니즘적 관점 아래 행해진 논의는 김윤식에 의해 심도 깊게 다루어졌는데, 그는 김수영의 '정직'을, 완결되기를 부정하는 한 모더니즘 시인의 전진이고 그러한 움직임은 곧

6) 위의 글; 홍사중, 「脫俗의 詩人 金洙暎」, 『세대』, 세대사, 1968.7; 최정희, 「巨木같은 사나이」, 『현대문학』, 현대문학사, 1968.8.

7) 유종호, 「다채로운 레파토리－洙暎」, 『세대』, 세대사, 1963.1~2 참조. 이런 시각은 김시태의 「50年代 詩와 60年代 詩의 差異」(『시문학』, 시문학사, 1975.1)에서도 이어지고 점차 김수영의 시와 여타 모더니즘 계열 시와의 변별점을 결정짓는 관점으로 굳어진다.

8) 김현승, 「金洙暎의 詩史的 位置와 業績」, 『창작과비평』, 창작과비평사, 1968년 겨울 참조. 이 글은 1967년에 씌어진 「金洙暎의 詩的 位置」(『현대문학』, 1967.8)에서 김수영을 '참여파'의 총수 격으로 본 것과는 논지가 약간 달라졌다고 할 수 있다.

억압적 현실 속에서 파탄을 맞이할 수밖에 없지만 그 자체가 곧 모더니즘의 초월에 해당한다고 하였다.[9)]

1970년대의 대표적인 논의인 김종철과 김현·황동규의 글도 김수영의 시세계를 규명하는 데 선구적인 구실을 하였다. 김종철은 1970년대 최초로 김수영의 시를 종합적으로 고찰하였다는 점에 의의가 있다. 그리고 「풀」을 김수영의 작품 가운데 가장 탁월하게 균형잡힌 시세계의 창조물이자 유감없는 시적 성취라고 평가하였다.[10)] 또한 김현과 황동규는 모두 1970년대 민음사판 김수영 시선집에 수록된 해설을 썼기 때문에 그의 시에 대한 총체적 접근이 가능하였을 것이다. 김현은 김수영 시의 '자유'에 대해 주목하여 초기시에서는 '자유'를 얻지 못하는 좌절에서 생기는 비애를 '절규'하였으나 그 이후에는 '혁명'을 통해 '자유'의 정체를 발견하였다고 하였다. 또한 김수영을 "폭로주의적인 입장에 서 있는 민중주의자들", "낯선 이미지의 마주침이라는 기교를 원래의 초현실주의적 정신과 관련 없이 사용하는 기교주의자들"과 대치시킴으로써 그의 시가 가진 새로운 가능성을 타진하고 있다.[11)] 황동규는 '정직'을 김수영 시의 한 정신으로 보고 김수영의 후기시 「꽃잎」 연작의 정교한 분석을 통해 김수영 시의 조형성을 파악하였다.[12)]

1981년에 출간된 『김수영金洙暎 전집全集』 1은 김수영 연구에 박

---

9) 김윤식, 「모더니티의 破綻과 超越」, 『심상』, 심상사, 1974.2 참조.
10) 김종철, 「詩的 眞理와 詩的 成就」, 『문학사상』, 문학사상사, 1973.9 참조.
11) 김현, 「自由와 꿈」, 『巨大한 뿌리』(김수영 시선집 해설), 민음사, 1974 참조.
12) 황동규, 「정직의 空間」, 『달의 行路를 밟을지라도』(김수영 시선집 해설), 민음사, 1976 참조.

차를 가하는 계기를 마련하였는데 그의 시를 이루는 주요한 테마를 밝히는 논의는 그 이후에도 지속되어 1980년대까지도 양심·자유·혁명 등 크고 작은 주제에 천착하는 연구가 성행하였다.[13] 그런 가운데 시의 언어와 리듬 등을 고찰하거나 세부적인 의미의 결을 따라가면서 시의 내적인 형식을 탐구하는 연구도 잇따라 나와 주제에 관한 연구들과 적당한 균형을 맞추기 시작하였다.[14] 그러면서 그의 시에 대한 논의가 모더니즘적 시각[15]과 리얼리즘

13) 임중빈, 「自由와 殉教(上)」, 『시인』, 시인사, 1970.8; 김우창, 「예술가의 良心과 自由」, 『궁핍한 시대의 詩人』, 민음사, 1977; 김인환, 「한 正直한 人間의 成熟과정」, 『신동아』, 동아일보사, 1981.11; 정과리, 「현실과 전망의 긴장이 끝 간 데」, 『김수영』, 지식산업사, 1981; 김병걸, 「김수영의 시와 문학정신」, 『세계의 문학』, 민음사, 1981년 봄; 유종호, 「詩의 自由와 관습의 굴레」, 『세계의문학』, 민음사, 1982년 봄; 이상옥, 「自由를 위한 영원한 旅程」, 『세계의문학』, 민음사, 1982년 겨울. 이런 식의 연구는 90년대 이후로도 계속된다. 백낙청, 「살아있는 김수영」, 『民族文學의 새 段階』, 창작과비평사, 1990; 김상환, 『풍자와 해탈 혹은 사랑과 죽음』, 민음사, 2000; 최하림, 『김수영 평전』, 실천문학사, 2001; 박주현, 「김수영 문학에 나타난 내면적 자유 연구－죽음과 사랑을 중심으로」, 서울대 박사논문, 2003; 강웅식, 『김수영 신화의 이면－주체의 자기 형성과 윤리의 미학화』, 웅동, 2004.

14) 서우석, 「金洙暎－리듬의 희열」, 『문학과지성』, 문학과지성사, 1978년 봄; 김병걸, 「金洙暎의 詩와 文學精神」, 『세계의문학』, 민음사, 1981년 겨울; 양억관, 「김수영 시 연구－동력화된 이미지 분석을 중심으로」, 경희대 석사논문, 1985; 연용순, 「김수영 시 연구－주제, 시어, 수사적 기교를 중심으로」, 중앙대 석사논문, 1985; 김종윤, 「金洙暎 詩 硏究」, 연세대 박사논문, 1997; 김혜순, 「金洙暎 詩 硏究－담론의 특성 연구」, 건국대 박사논문, 1993; 한명희, 「김수영 시에서의 고백시의 영향」, 『전농어문연구』, 서울시립대 전농어문연구회, 1997.2; 노철, 「김수영과 김춘수의 시작방법 연구」, 고려대 박사논문, 1998; 권혁웅, 「한국 현대시의 시작방법 연구」, 고려대 박사논문, 2000; 신주철, 「김수영 시의 아이러니 연구」, 한국외국어대 박사논문, 2002; 정현덕, 「김수영 시의 풍자 연구」, 경기대 박사논문, 2002; 김영희, 「金洙暎 詩의 言述 特性 硏究」, 고려대 석사논문, 2003; 황정산, 「김수영 시의 리듬－시행 엇붙임과 의미의 상호변환」, 『김수영』, 새미, 2003; 장석원, 「김수영 시의 수사적 특성 연구」, 고려대 박사논문, 2004.

적 시각[16]으로 양분되어 서로 배타적인 영역 안에서 활발하게 전개된 것은 김수영 연구사의 뚜렷한 특징이다. 이러한 논의는 '근대성'에 대한 탐색[17]으로 그 경계가 흐려지다가 동양적인 전통과의 상관성에 대한 연구[18]로 나아가기도 하였다. 그 외에도 기존의 연구를 바탕으로 논의들이 꾸준히 쏟아져 나왔는데, 김수영

---

15) 김윤식, 「金洙暎의 변증법의 표정」, 『세계의문학』, 민음사, 1982년 겨울; 한계전, 「전후시의 모더니즘적 특성과 그 가능성」, 『시와시학』, 시와시학사, 1991년 봄·여름; 윤정룡, 「1950년대 한국 모더니즘 시 연구」, 서울대 박사논문, 1992; 이종대, 「김수영 시의 모더니즘 연구」, 동국대 박사논문, 1993; 강연호, 「金洙暎 詩 硏究」, 고려대 박사논문, 1995; 박윤우, 「1950년대 한국 모더니즘시 연구-否定性의 형태화 양상을 중심으로」, 서울대 박사논문, 1997; 최미숙, 「한국 모더니즘시의 글쓰기 방식에 관한 연구-이상과 김수영을 중심으로」, 서울대 박사논문, 1997; 조현일, 「김수영의 모더니티에 관한 연구」, 『작가연구』 5호, 새미, 1998.5; 남기택, 「金洙暎영과 申東曄 詩의 모더니티 硏究」, 충남대 박사논문, 2002; 김유중, 「김수영 시의 모더니티(3)」, 『국어국문학』 134, 국어국문학회, 2003.9; 박지영, 「김수영 시 연구-시론의 영향관계를 중심으로」, 성균관대 박사논문, 2004.

16) 백낙청, 「김수영의 시세계」, 『현대문학』, 현대문학사, 1968.8; 백낙청, 「'參與詩'와 民族問題」, 『金洙暎의 文學』(황동규 편), 민음사, 1983; 김지하, 「풍자냐 자살이냐」, 『시인』, 시인사, 1970.6~7; 염무웅, 「金洙暎論」, 『창작과비평』, 창작과비평사, 1976년 겨울; 김재용, 「김수영 문학과 분단 극복의 현재성」, 『역사비평』, 역사비평사, 1997년 가을; 하정일, 「김수영, 근대성, 민족문학」, 『실천문학』, 실천문학사, 1998년 봄.

17) 김명인, 「金洙暎의 '現代性' 認識에 關한 硏究」, 인하대 석사논문, 1994; 김경숙, 「실존적 이성의 한계 인식 혹은 극복 의지」, 『1960년대 문학연구』(민족문학사연구소 현대문학분과 편), 깊은샘, 1998; 박수연, 「김수영 시의 근대성의 세 요소」, 『한국언어문학』 42집, 한국언어문학회, 1999.5; 「전근대에서 근대로, 근대에서 다른 근대로」, 『실천문학』, 실천문학사, 1999년 가을; 노용무, 「金洙暎 詩 硏究-포스트식민주의 관점을 중심으로」, 전북대 박사논문, 2001.

18) 김혜순, 「문학적 「장자」와 김수영의 시담론 비교연구」, 『건국어문학』 21·22집(건국대 국문학연구회), 1997; 유중하, 「달나라에 내리는 눈」, 『실천문학』, 실천문학사, 1998년 여름; 성민엽, 「김수영의 「풀」과 『논어』」, 『현대문학』, 1999.5; 최동호, 「김수영의 시적 변증법과 전통의 뿌리」, 『문학과의식』, 문학과의식사, 1998년 여름; 「동양의 시학과 현대시-유가철학과 김수영의 「풀」」, 『현대시』, 한국문연, 1999.9.

사후 30주년을 맞아 기획된 연구물을 비롯하여 최근에 나온 김수영의 시에 대한 총체적 접근을 시도한 저작들[19]은 아직까지도 김수영 열풍을 실감케 한다.

신동엽에 대한 연구는 김수영에 비해 비중이 작은 것처럼 보인다. 이는 그만큼 김수영 시에 대한 열기가 상대적으로 뜨거웠다는 것을 보여주지만 신동엽에 대한 논의도 꾸준히 이어져 온 것만은 사실이다. 1960년대 논의로는 앞서 인용한 김수영의 평가 이외에도, 신동엽의 『금강』에 대해 "우리의 현실에 대하여 질문하여 마지않는 뜨거운 관심으로 역사를 용해시키고 우리로 하여금 과거와 현재를 하나의 연속적인 역사적 현실로서 이해하게 한다. 이 시로 하여 우리의 시의식은 하나의 새로운 차원을 얻는다"고 언급한 김우창의 평론이 있다. 여기서 그는 신동엽을 칭송하는 데만 그치지 않고, 신동엽의 시에서 표현이나 구성이 좀 더 다듬어져야 하고, 시의 사고가 얕고 단순하며, 시의 감정이 강렬하나 복합성을 지니고 있지 않다고 지적하였다.[20] 이러한 비판은 김주연에게도 이어져 이 시가 역사적 사실의 묘사에 충실하기보다는 시인의 감정에 치중하였으며, 그의 무정부주의적 경향은 현실에 대해 무책임성만 보여준다고 하였다.[21] 『금강』에 대한 이런 비판은 조태

19) 1998년에 나온 『작가연구』 5호(새미)와 2000년도에 출간된 『김수영 다시 읽기』(김승희 편, 프레스21), 2002년도에 나온 『김수영』(황정산 편, 새미), 2004년에 김수영 특집을 다룬 『작가세계』(세계사), 2005년도에 출간된 『살아있는 김수영』(김명인 · 임홍배 편, 창비)은 김수영에 대한 열기는 물론, 그간 지속되던 논의에서 한 차원 더 나아간 새로운 시도를 보여 주었다는 점에서 김수영 연구사에 있어서도 고무적인 현상이다.

20) 김우창, 「申東曄의 『錦江』에 대하여」, 『창작과비평』, 창작과비평사, 1968년 봄, 116면.

일에 의해서도 반복되지만 그럼에도 그는 『금강』의 곳곳에 표현된 민중의 저항과 분노와 연민이 구성의 약점을 덮어주고 있다고 옹호하면서, 신동엽의 시에 대한 전면적인 접근을 통해 그가 민중의식과 역사의식을 지닌 중요한 시인이라는 사실을 부각시켰다.[22] 그 후 구중서는 『신동엽』을 엮으면서 신동엽에 대한 전기적 사실의 기술과 다각적인 시 해석을 통해 그의 시에 대한 종합적인 규명을 시도하기도 하였다.[23] 신동엽의 시는 주제적인 측면에서 시대와 연관된 현실 인식에 대한 논의가 무엇보다 주를 이루었지만[24] 그 밖에도 신동엽 시의 형식적 특징에 주목한 논의들도 꾸

---

21) 김주연, 「詩에서의 참여시의 문제 – 申東曄의 『錦江』을 중심으로」, 『狀況과 人間』, 박우사, 1969 참조.

22) 조태일, 「신동엽론」, 『창작과비평』, 창작과비평사, 1973년 가을 참조.

23) 구중서 편, 『신동엽』, 온누리, 1983 참조.

24) 이가림, 「만남과 同情 – 신동엽 시에 있어서의 '歸鄕'의 의미」, 『시인』, 시인사, 1969.8; 홍기삼, 「申東曄論」, 『청오』 4호, 1970; 김영무, 「알맹이의 역사를 위하여 – 신동엽의 시」, 『문화비평』, 아안학회, 1970년 봄; 조남익, 「신동엽론」, 『시의 오솔길』, 세운문화사, 1973; 염무웅, 「김수영과 신동엽」, 『뿌리깊은 나무』, 한국브리태니커회사, 1977.12; 구중서, 「신동엽론」, 『창작과비평』, 창작과비평사, 1979년 봄; 신경림, 「역사의식과 순수언어 – 신동엽의 시에 대하여」, 『한신학보』, 한신학보사, 1981; 성민엽, 「민중적 자기긍정의 시 – 신동엽의 시」, 『이대학보』, 이대학보사, 1983.6.13; 채광석, 「민족시인 申東曄」, 『韓國文學의 現段階』 III, 창작과비평사, 1984; 신익호, 「申東曄論」, 『국어국문학』, 전북대 국어국문학과, 1985; 김종철, 「민족・민중시와 道家的 想像力」, 『창작과비평』, 창작과비평사, 1989년 봄; 강은교, 「신동엽 연구」, 『국어국문학』 9집, 동아대 국어국문학과, 1989; 이동하, 「申東曄論 – 역사관과 여성관」, 『한국현대시인연구』, 민음사, 1989; 백낙청, 「살아있는 신동엽」, 『民族文學의 새 段階』, 창작과비평사, 1990; 서익환, 「申東曄의 시세계와 휴머니즘 – 시적 감수성과 역사의식을 중심으로」, 『한양여전 논문집』 14집, 1991; 김영석, 「申東曄 詩의 脫植民性 硏究」, 영남대 박사논문, 1999; 박지영, 「유기체적 세계관과 유토피아 의식」, 『1960년대 문학연구』, 민족문학사연구소, 깊은샘, 1999; 김윤태, 「신동엽 문학과 '중립'의 사상」, 『실천문학』, 실천문학사, 1999년 봄; 김응교, 『시인 김동엽』, 현암사, 2005.

준히 등장하였다.[25)]

이처럼 두 시인에 대한 논의는 아직까지도 활발하게 이어지고 있으며 그 내용도 점차 다양해지고 있다. 그런데 최근까지도 김수영에 대한 논의는 이제 그 명확한 영역까지도 모호해진 모더니즘과 리얼리즘 양대 조류 속에서 진행되고 있다는 것이 특징이다. 또한 신동엽의 시에 대해서는 지나치게 그의 현실 인식에만 논의의 초점이 맞추어져 그의 시가 지닌 내적인 요소나 영향관계에 대해서는 소홀히 다루어졌다고 볼 수 있다. 이는 모두 지난 시기 그릇된 사회체제와 분단 상황에서 그에 대응하기 위한 문학적 내용을 두 시인의 시에서 찾아왔기 때문이고, 그들의 시에 대한 일방적인 정서적 동조가 냉엄한 객관적 거리를 갖지 못하도록 하였기 때문이기도 하다. 그리하여 기왕의 고정된 논의의 틀을 깨뜨리고 신선한 시각으로 그들의 시를 보기보다는 이미 결정된 논의의 궤도 위에 똑같은 궤도를 놓는 일이 오랜 시간 동안 거듭되었다고 해도 지나친 말이 아니다. 그뿐 아니라 한 편 한 편의 시에 대한 구체적이고도 면밀한 해석을 바탕으로 시적 패턴을 발견하고 그것이 시의식과 어떻게 유기적으로 작용하였는가를 탐색하는 논의보다는 서구의 공허한 이론이나 기존에 덧붙여진 개념 아래 그들의 시가 무작정 대입되는 방법론적인 오류는 물론, 문단분파의 이

---

25) 최유찬, 「『금강』의 서술양식과 역사의식」, 『리얼리즘의 이론과 실제 비평』, 두리, 1992; 김창완, 「신동엽 시 연구」, 한남대 박사논문, 1993; 민병욱, 「신동엽의 서사시세계와 서사정신」, 『한국 서사시와 서사시인 연구』, 태학사, 1998; 강형철, 「申東曄 詩 硏究」, 숭실대 박사논문, 1999; 「신동엽 시의 텍스트 연구－「이야기하는 쟁기꾼의 大地」를 중심으로」, 『실천문학』, 실천문학사, 1999년 봄; 권혁웅, 「한국 현대시의 시작방법 연구」, 고려대 박사논문, 2000.

해관계에 따라 그들의 시가 자의적으로 재단되는 과오가 벌어지기도 하였다.

따라서 두 시인의 시에 대한 논의는 근본적으로 시를 떠나서 이루어질 수 없으며, 어디까지나 텍스트에 담긴 시인의 의도와 함께 그 시가 담지하고 있는 의미망과 시적 효과를 망각한 채 이루어질 수는 없다. 그런 의미에서 시인에게 필요 이상의 과도한 의미를 부여하는 것도 잘못이려니와 시 안에 담겨 있는 미세하지만 중요한 의미를 지나치는 것도 바람직한 태도는 아닐 것이다.

이 글에서는 두 시인의 시를 충실히 따라가면서 각각의 시들이 유기적으로 어우러지는 가운데 형성되는 시인의 의식 세계를 면밀히 밝히고, 그들의 시가 1950~60년대라는 시대 속에서 차지하는 의미를 살피려 한다. 그리하여 한국 현대시가 지닌 초월지향성이 어떤 경로를 거쳐 현실지향성을 획득하는지 밝히는 계기를 마련할 것이다. 여기에는 작품 간에 상호텍스트성이 작용하여 각각의 작품이 서로 복잡하게 연결되어 있을뿐더러 시의 형상화 과정에 지속적인 영향을 준다는 관점 아래 서로 다른 산문과 시를 섬세하게 비교하면서 그 의미가 나아가는 방향을 살피기로 하겠다.

제2장에서는 두 시인의 시가 시작되는 시점을 다루면서 그들의 시가 현대성과 전통성의 결합에 의해 탄생하고 전개되었다는 사실을 밝히도록 한다. 김수영은 초기시작 과정에서 모더니즘을 받아들이고 자유주의를 통해 그의 시의식을 형성하였으나 내재적으로 유가적 윤리관을 지니고 있었다. 이 두 가지 요소가 결합된 시 정신이 그를 당대 현실에 강렬하게 대응하게 하였으며 그의 시를 이루는 시관詩觀의 연원이 되었음을 밝히도록 한다. 또한

신동엽은 크로포트킨의 무정부주의에 강한 영향을 받아 그의 시세계 전반에 걸쳐 권위주의적 통치체제에 대한 대항 의지를 표출하였으며, 민중의식이 발아한 역사적 동기를 갑오농민전쟁에서 찾아 그것을 추동한 민중철학으로서의 동학사상을 깊이 받아들임으로써 그의 시의식의 토대로 삼았다. 따라서 그 일련의 결합 과정을 작품을 통해 세부적으로 추적하려 한다.

제3장에서는 김수영과 신동엽이 공통적으로 지닌 현실 대응방식으로서의 부정의식의 형상화 과정을 논할 것이다. 두 시인 모두 6·25전쟁과 4·19혁명을 통해 뿌리 깊은 부정의식을 지니게 되었으며 각각 나름의 방식에 의해 그것을 시로 구현하였다. 김수영은 '바로보기'를 통해 부정의식의 위상을 잡아보는 한편 열거와 점층이 반복과 부합되면서 시적 열기를 조장하는 효과적인 리듬 운용에 주력하였다. 그리고 신동엽은 전쟁체험에서 비롯된 부정의식을 바탕으로 독특한 단정적 어조와 명상적 어조를 통해 의미전달의 급박과 열기를 조절하는 방식을 시도하였다. 그리하여 그들의 시가 부정을 통해 각각 도달하려고 한 '사랑'과 '중립'의 진정한 의미를 파헤치기로 한다.

제4장에서는 관습적인 의미에서의 초월지향이 현실지향으로 전환되는 양상을 고찰한다. 이러한 양상은 1950~60년대 문학 상황에만 국한되는 것이 아니라 시인 개인의 시작 과정에서도 재현된다. 즉 그들의 시세계 안에 초월지향성과 현실지향성이라는 대비적인 성향이 함께 작용하고 있었으며, 그것들이 다른 국면이 아닌 서로 기대고 섞여있는 관계로 지속되었다. 그리하여 초월성의 지양과 변환을 통해 새로운 국면, 즉 현실 일체를 끌어안고 인간

에게 더 바람직한 현실을 향해 넘어간다는 의미에서의 현실지향성이 실현되고 있다는 사실을 밝힐 것이다.[26] 김수영의 시에 대해서는 그가 '설움'과 '해탈'의 초월 구조를 넘어 생활에 새로운 의미를 부여하고, '민중'이라 일컬을 수 있는 대상을 접하면서부터 이른바 '온몸'으로 '자유'를 이행하는 과정을 살펴본다. 또한 신동엽의 시에 대해서는, '하늘'로 드러나는 관념적이고 추상적인 세계를 내재하면서도 그의 시가 전반적으로 추구하는 '대지'에 대한 천착에 주목하여, 그가 역사와 민중을 인식하고 '알맹이'로서의 주체의식과 역사의 본질을 추구하는 과정을 살피려 한다.

텍스트로 김수영의 시와 산문은 각각 민음사의 『김수영金洙暎 전집全集』 1과 『김수영 전집』 2(개정판)로 정하였으며, 신동엽의 작품은 창작과비평사의 『신동엽申東曄 전집全集』(증보판)으로 확정한다. 그러면서 작품이나 시집 발표 당시의 문헌을 참고하였으며 가능하면 원본을 중심으로 텍스트를 선정하였다.[27]

26) 이러한 개념은 본래 서구 철학의 전통으로서의 형이상학에 대한 탈형이상학의 실현을 추구한 김진석의 '포월'에서 그 개념을 빌린 것이다(김진석, 『초월에서 포월로』, 솔, 1994). 그러나 여기서는 그 관념적인 과정보다는 어디까지나 시적 형상화에서의 구체적이고 실천적인 과정에 주목하였다는 점에서 그와는 방향을 달리한다.

27) 김수영의 시집은 한자표기를 한글표기로 바꾸지 않은 1981년판이 시인의 시적 의도에 더 부합한다고 보아 선택하였으며, 산문집은 초판에 누락된 여러 글을 추가한 2003년 개정판을 기본 텍스트로 정했다. 다음 장부터 『김수영 전집』 2(민음사, 2003)는 『전집』 2로 표기하기로 한다.

제 2 장

현대성과 전통성의 결합

1. 김수영－현대적 예술관과 유가적 윤리관의 결합

1) 모더니즘의 수용과 변환

김수영이 본격적으로 문학에 들어선 시기에 엿보이는 좌익에 대한 경도는 적극적인 자의에 의해 이루어졌다기보다 인물에 대한 개인적인 호감에 의해 비롯되었다. 그의 유일한 소설이자 자전이기도 한 「의용군」에 등장하는 "존경하고 있는 시인 임동은"[1]은 조선문학가동맹을 이끈 임화로 추정된다. 김수영이 문학가동맹 사무실에 드나들고 임화가 청량리에 낸 사무실에 나가 외국 신문과 주간지들을 번역한 것[2]도 임화라는 인물에 매료되었기 때문이다. 이 시기에 김수영은 박인환이 경영하던 '마리서사'에 드나들면서 좌익 활동가인 김병욱과도 깊은 교우관계를 맺는다.[3] 그러나 김수영이 문단에 들어서던 1945년의 상황을 볼 때 뚜렷한 정치적 이념을 지니지 않았던 그가 갈등과 혼란에 휩싸여 있었음을 알 수 있다.

> 나의 처녀작 얘기를 쓰려면 해방 후의 혼란기로 소급해야 하는데 그 시대는 더욱이나 나에게 있어선 텐더 포인트다. 당시의 나의 자세는 좌익도 아니고 우익도 아닌 그야말로 완전 중립이었지만, 우정관계가 주로 작용해서, 그리고 그보다도 줏대가 약한 탓으로 본의 아닌 우경 좌경을 하게 되었다고 생각된다. 돌이켜 생각해 보면 지금도 그렇지만, 그때는 더한층 지독한 치욕의 시대였던 것 같다.[4]

많은 문인들이 정치적 이념이나 문학적 신념에 따라 특정집단에 몸을 담고 문학 활동을 했던 데 비해 김수영은 이념이나 신념

1) 김수영, 「의용군」, 『전집』 2, 609면.
2) 최하림, 『김수영 평전』, 실천문학사, 2001, 91면 참조.
3) 김병욱은 와세다대 불문과를 졸업한, 전위적인 시를 썼던 모더니즘 계열 시인인데 좌익 성향을 지녔으며 후에 월북한다. 김경린과의 헤게모니 다툼으로 김병욱이 신시론 동인에서 탈퇴하자 김수영도 사화집(詞華集) 『새로운 都市와 市民들의 合唱』에 참여하는 것을 포기하고 김병욱처럼 동인에서 탈퇴하려고 하였으며(김수영, 「연극 하다가 시로 전향」, 『전집』 2, 334면) 4·19혁명 직후 진보신문에 북한의 김병욱에게 보내는 편지(『38線이 걷힐 날에 ①』, 민족일보, 1961.5.9, 4면)를 게재하고 시 「巨大한 뿌리」에서 김병욱을 칭송할 만큼 우의가 두터웠다고 할 수 있다.
4) 김수영, 「연극 하다가 시로 전향」, 『전집』 2, 332면.

보다는 '우정관계'에 따라 그의 문학적 행보가 달라질 수밖에 없었다. 게다가 그의 미완성 소설인 「의용군」의 주인공 순오를 김수영의 분신이라 볼 때, 순오가 자신을 "억센 전투에 목숨을 걸고 싸울 만한 강한 체질을 가지고 있지 못하"[5]다고 생각하는 부분이나 행군 중에도 공상에 빠지거나 나약한 마음을 드러내는 부분은 김수영 자신의 심약하고 우유부단한 면모를 짐작케 한다.

이러한 혼란은 그가 시단에 데뷔하는 상황에서도 나타난다. 김수영은 우익계 문학단체에 가담하던 조연현이 주관한 『예술부락』에 최초로 시 「묘정廟廷의 노래」를 싣게 된다. 그가 조연현에게 준 20여 편의 시는 이른바 "모던한" 작품들이었는데 하필이면 그 가운데 "고색창연한" 「묘정廟廷의 노래」가 뽑혀서 실린 것이었다. 이 작품은 당시 '마리서사'에 드나들던 모더니스트 친구들에게 묵살의 대상이 되고 김수영에게는 "자학의 재료"가 된다.[6] 단지 시가 낡았다는 평가가 당시의 김수영에게 큰 수모로 작용한 것은 그만큼 김수영이 별다른 비판 없이 모더니즘의 조류에 편승하고 있었다는 사실을 보여주는 동시에 청년기 김수영의 문학에 대한 혼란을 드러낸다.

하지만 등단 시기의 그의 불투명한 문학적 행보를 "줏대가 약한 탓"으로만 돌리는 것은 곤란하다. 그것은 그의 자유주의적 기질과도 맞닿아 있는 문제이기 때문이다.[7] 또한 뚜렷한 주관이라

---

5) 김수영, 「의용군」, 『전집』 2, 615면.

6) 김수영, 「연극 하다가 시로 전향」, 『전집』 2, 332~333면.

7) 그런 자유주의적 기질은 김수영이 「의용군」에서 순오가 북쪽에 발을 들여놓고 둘러본 느낌을 "'여기는 너무나 질서가 잡혀 있다!' 이런 결론이 순오의 머리에 대뜸 떠오른다. '질서가 너무 난잡한 것도 싫지만 질서가 이처럼 너무 잡

고 보기는 어렵지만 그에게 남다른 개인주의적 성향과, 그것을 훼손당하지 않으려는 특유의 고집이 있었다는 사실도 짐작할 수 있다.[8)]

김수영은 1949년에 신시론 동인의 사화집 『새로운 도시都市와 시민市民들의 합창合唱』 발간에 참여한다. 데뷔작 「묘정廟廷의 노래」가 그의 의향과는 다르게 발표된 시였다면, 사화집에 실린 시는 그가 직접 선별하여 내보낸 시이기에 김수영의 문학적 성향을 더욱 분명히 보여준다.

우선 사화집의 「후기」와 동인을 이끌던 김경린의 프롤로그를

혀 있어도 거북하지 않은가?"'(위의 책, 621면)라고 기술하거나, 「시여, 침을 뱉어라」에서 문학의 성립을 위한 사회적 조건을 언급하면서 "시회생활이 주밀하게 조직되어서 시인의 존재를 허용하지 않게 되는 날이 오게 되면, 그때는 이미 중대한 일이 모두 다 종식되는 때다"라고 로버트 그레이브즈의 말을 인용하며 집단이나 조직에 대해 개인의 자유를 내세우는 모습에서 잘 나타난다(위의 책, 401면 참조).

8) 김수영은 자신의 시 「거리」에 대해 언급하다가, 김병욱에게 이 시에 관한 이야기를 들은 김기림이 시 속에 나오는 '귀족'을 '영웅'으로 바꾸자는 제의를 하였으나 그가 결국 따르지 않았다고 하였다. 그러면서 "영웅－나는 그가 말하는 영웅이 무슨 뜻인지를 알 수 있었다. 그러나 그 작품에서 '貴族'을 '英雄'으로 고칠 수는 없었다. 그것은 모독이었다. 앞으로 나의 운명이 바뀌어지면 바뀌어졌지 그 말은 고치기 싫다고 생각했다. 이러한 나의 체질과 고집이 내가 좌익이 되는 것을 방해했다"고 하였다.(「연극하다가 시로 전향」, 위의 책, 336면) 물론 김병욱이나 김기림은 좌익사상을 지닌 시인들이기 때문에 '귀족'이란 말이 지닌 부르주아적인 표현 대신 '영웅'이란 말이 더 적합하다고 여겨 고치자고 제안했을 것이다. 하지만 그가 훗날에도 "「거리」는 나의 유일한 연애시이며 나의 마지막 낭만시이며 동시에 나의 실질적인 처녀작"이라고 회고할 만큼 이 시에 깊은 애정을 지녔기 때문에, 이 시에 대한 그들의 제안에 김수영은 크게 반발하며 모욕감까지 느낀 것이다. 결국, 개인주의적인 애착과 그것을 침해받지 않으려는 그의 고집은 그가 심정적으로 동조하고 있던 좌익으로 향하는 진로를 끝내 막아 낼 만큼 강한 것이었으며, 이는 그가 우유부단한 면모 속에서도 자기 자신을 지키려는 욕구를 확고하게 지니고 있었다는 점을 보여준다.

통해 신시론 동인의 성격과 방향을 읽어보자.

㉮ 우리들은 어떠한 政治的인勢力에 貢獻하기 위한 모임이 않임은 自明한 일이다 政治도 現實인 以上 그리고 시인이 現實우에 서 있는 以上 새삼스러히 政治를 말함은 僞善的인 行爲임에 틀님없다 우리들은 우리의 앞에 가로 놓여있는 現實을 어떠한角度로서 觀察하는가 그리하여 얻은 經驗을 어떠한 方法으로 具象化하는가에 時間과 空間이 同位的 位置에 서있는 것이다[9]

㉯ 低俗한 '레알이즘'에 對抗하기 爲하여 出發한 現代詩는 또한 偶然하게도 놀나운 速度를 갖고 온地球에 傳波되였다 그것은 하나의 病理學的인 生理를 內包하였음에도 不拘하고 마치 新世代의 빛갈처럼 現代人의 知性에 刺戟을 주는바가 되어 어두운 나의 世界에도 滲透하여 왔든것이다 여기에 魅惑을 느낀것은 비단 少年인 나뿐마니 아니였다

우리의 많은 先輩들도 自己 스스로가 '모―던이스트'임을 自處했고 또한 '아방·갈트'임을 자랑하였으나 그들은 너무나 強한 現實의 抵抗線을 넘어 新領土를 開拓하지 못하였기에 詩의 國際的인 發展의 '코―스'와는 正反對의 方向에 기우러져가고 말었든것이다[10]

「후기」의 일부인 ㉮에서 신시론 동인은 그들의 결성 취지에 정치적 의도가 배제되어 있다고 밝히고 있다. 그러면서도 시인이 현실 위에 서 있다는 사실을 강조하는 것은 문학의 독자성을 주장하면서도 문학이 현실에서 유리되는 것을 경계한다는 의미이기도 하다. 이런 맥락은 김경린의 프롤로그인 ㉯에서 좀 더 구체

---

9) 김경린 외, 「후기」, 『새로운 都市와 市民들의 合唱』, 도시문화사, 1949, 94~95면.
10) 위의 책, 12면.

화된다. 김경린은 "低俗한 '레알이즘'에 對抗"한다는 말로 그들의 모더니즘적 성격을 분명히 내세웠다. 이는 모더니즘을 리얼리즘의 반대 속성으로 이해한 것이며, 여기에는 리얼리즘 수법을 주로 사용하던 광복 후 좌익 계열의 문학적 성향에 대한 거부감도 함의하고 있다. 리얼리즘적 시각이 농후한 좌익 계열 예술가 김병욱과 신시론 동인의 결별도 그런 측면에서 이해될 수 있다.

특징적인 것은 이 글에서 모더니즘 자체에 대한 스스로의 비판이 가해지고 있다는 사실이다. 유추해서 연결하자면, "現代詩" 즉 모더니즘 시가 "하나의 病理的인 生理를 內包하였"다는 것은 그것이 "現代人의 知性에 刺戟을 주는바가" 있지만 "너무나 强한 現實의 抵抗線을 넘기에는" 역부족이었다는 것이다. 이는 결국 시와 현실성 간의 문제가 제기된 것으로, 시가 현실을 넘어서지 못할 때 '병리적인 생리'를 벗어나지 못하며 "詩의 國際的인 發展의 '코-스'와는 正反對의 方向으로" 기울어질 수밖에 없다는 것이다. 여기서 "詩의 國際的인 發展의 '코-스'"가 명확히 무엇을 의미하는지 알 수 없으나, "온地球", "國際"라는 말의 쓰임으로 보아 시에 대한 이들의 커다란 의욕과 세계문학의 조류에 호응하려는 거시적 자세를 엿볼 수 있다. 또한 신시론 동인이 시와 현실의 결합을 문학의 중요한 과제로 삼았다는 것을 알 수 있다.

그런데 김경린의 위의 글을 신시론 동인 공통의 이념으로 보기에는 무리가 있다. 이 사화집에 실린 글과 시를 전체적으로 살펴보면 김경린을 위시한 임호권·박인환·김수영·양병식 다섯 사람의 성향이 다소간 상이하다는 사실이 검출되기 때문이다. 특히 임호권의 프롤로그에는 이러한 사정이 명확히 드러나 있다.

바야흐로 轉換하는 歷史의 움직임을 모던니즘을 통해 思考해 보자는 新詩論同人들의 意圖와는 내 詩는 表現方式에 있어 距離가 멀다 이러한 意味에서 처음부터 나는 同人될 資格을 갖이 못했다 그러나 偶然한 機會에 손들을 잡은 友情이며 그리고 또한 同人들이 固執아닌 나의 生理를 寬容하기에 나는 여기에 參列한채 그냥 나대로의 詩의 世界를 菲才이나마 거러가는 연고다[11]

위의 프롤로그를 통해 임호권은 자신의 시가 신시론 동인들의 성향과는 다르며 동인에 참여하게 된 계기도 "偶然한 機會에 손들을 잡은 友情"에서 비롯된 것이라고 밝히고 있다. 실제로 사화집에 수록된 그의 시 「생명生命의 노래」 외 네 편을 살펴보면 표현방식이나 내용이 다른 동인들의 시와 현저히 다르다. 특히 「생활生活」은, "자정도 지냈을 이슥한 밤/어머니 와 안해나 어린것들은/무심히 잠들었는데/나는 왜 이렇게 뒤채이며/잠을 못 이루는 것이냐 (…중략…) 오늘도 몇권 책을 팔어/어린것의 감기약을 지어왔다/나를 따르는 살림의 그림자/항시 어두어"와 같이 자연스런 생활의 정서를 다루었는데, 이는 비교적 전통적인 서정시풍에 가깝다.

그에 비해 동인의 대표격인 김경린의 시를 보면, 모더니즘 시에서 자주 표출되는 도시풍의 소재나 도시문명의 감상을 환기시키는 내용을 다루고 있다. 일례로 그의 시 「나부끼는계절季節」 일부를 보면, "길가에/氾濫하는 言語의 流行과/바람에 나부끼는 季節과/오/구든 時間의 그림자 마저없는/市民들은/샘물이 흐

11) 위의 책, 31면.

르는 都心地帶를 向하야/疾走하고 있었다"와 같이 무리한 비유적 이미지를 통해 과장된 시상 전개가 이루어지고 있다. 또한 서로 이질적인 단어를 한 통사구조 안에 인위적으로 배열하여 언어의 강렬한 충돌을 통해 긴장을 불러일으켰지만, 이 시는 구체적인 내용이 받쳐주지 못해 일시적인 충격 뒤에 공허한 울림으로 빠져들고 있다.

이번에는 김경린과 유사한 시적 성향을 지닌 박인환의 프롤로그를 읽어보자.

> 나는 不毛의文明 資本과思想의 不均整한 싸움속에서 市民精神에離反된 言語作用만의 어리석음을 깨닭었었다
>
> 資本의 軍隊가 進駐한 市街地는 지금은 憎惡와 안개낀 現實이 있을뿐…… 더욱멀리 지낸날 노래하였든 植民地의 哀歌이며 土俗의 노래는 이러한 地區에가란져간다
>
> 그러나 永遠의日曜日이 내가슴속에 찾어든다 그러할때에는 사랑하든 사람과 詩의散策의 발을 옴겼든 郊外의 原始林으로간다 風土와 個性과 思考의自由를 즐겼든 詩의 原始林으로간다
>
> 아 거기서 나를 괴롭히는 無數한 薔薇들의 뜨거운 溫度[12)]

위에서 볼 수 있듯이 박인환은 현대 물질문명에 대한 비판은 물론 "植民地의 哀歌이며 土俗의 노래는 이러한 地區에가란져간다"고 하여 새로운 시대의 감수성을 획득하지 못한 종래 서정시의 몰락도 언급하고 있다. 그런데 박인환이 꿈꾸고 있는 "永遠의 日曜日"이나 "風土와 個性과 思考의自由를 즐겼든 詩의 原

---

12) 위의 책, 53면.

始林"은 시인의 낭만적 의식구조에 바탕을 둔 대상이라고 볼 수 있다. 이들 비유가 불러일으키는 내용이 현실성을 띠기보다 시인의 미적 취향에 기인한, 이상적이고 추상적인 정감을 띠기 때문이다. "사랑하든 사람과 詩의散策의 발을 옮겼든 郊外의 原始林"에서 느꼈던 "無數한 薔薇들의 뜨거운 溫度"는 앞서 김경린이 지향한 "너무나 强한 現實의 抵抗線을 넘어" 개척한 "新領土"와도 상당한 간극을 가진다고 볼 수 있다.

박인환의 시편들에서 나타나는 또 다른 특징은 사화집 전체의 모더니즘적 기도와는 달리 탈식민주의적 관점이 엿보인다는 점이다. 사화집에 실린 다섯 편의 시 가운데 세 편이 이에 해당한다. 「인천항仁川港」의 "銀酒와 阿片과 호콩이 密船에 실려오고/太平洋을 건너 貿易風을탄 七面鳥가/仁川港으로 羅針을 돌렸다"나 "밤이 가까울수록/星條旗가 퍼덕이는 宿舍와/駐屯所의 네온·싸인은 붉고/짠그의 불빛은 푸르며/마치 유니온·짝크가 날리든/植民地 香港의夜景을 닮어간다"는 부분은 광복 후 우리나라에 뻗치려는 또 다른 강대국의 제국주의적 속성을 날카롭게 포착한 구절이다. 또한 「남풍南風」은 프랑스의 억압에 대항하는 베트남을, 「인도네시아인민人民에게주는시詩」는 네덜란드의 식민통치와 싸우는 인도네시아 사람들을 대상으로 한 시이다.

앞서 「후기」에서 동인들이 밝힌 대로 이념이 앞서는 정치적인 성향은 배제하지만 현실에서 유리되지 않은 문학을 하겠다는 선언에 걸맞게 이 시편들은 박인환의 현실감각을 보여주는 시들이다. 그런데 이런 현실감각, 즉 탈식민주의와 광복 후 한국적 모더니즘의 상관성을 살펴본다면 그것이 박인환 고유의 탐색에서 비롯된 것은 아니라는 사실이 드러난다. 안자이 후유에의 시 「군함말리」에서 자신이 경영할 서점 이름을 따온[13] 박인환은 「군함말리」의 모더니즘적 자의식을 자신의 문학에 반영한 것이라 볼 수 있다.[14] 그렇기 때문에 어찌 보면 다른 층위의 여러 요소들, 즉 모더니즘과 낭만주의, 탈식민주의가 부조화를 이룬 채로 그의 문학 속에서 검출되는 것이다.

한 사화집 안에서의 동인들의 부조화는 김수영의 가담으로 더욱 도를 더한다. 다른 시인들에 비해 단 두 편의 시만 실렸다는 것도 그렇지만 각 시인편마다 수록된 프롤로그도 없어서 그의 존재감이 빈약해 보이고, 이로 말미암아 사화집 전체의 균형을 무너뜨리는 데 영향을 끼치고 있다.[15] 물론 「후기」 끝부분에 "우리들은 '新詩論'의 멤버-를 固定하여 두고 싶지도않다. 理論과 人間性이 合하는데 스스로 뭉이고 理論과 人間性에 間隔이 生하

13) 김수영, 「마리서사」, 『전집』 2, 106~107면 참조.

14) 「군함말리」는 중국 따렌(大連)항에 유폐된 아편중독의 함장을 소재로 한 시이다. 한기는 「박인환과 김수영, 혹은 문학사적 짝패의 초기 동행여정」(『살아있는 김수영』(김명인 · 임홍배 편), 창비, 2005, 279~285면)에서 함장이면서도 장애인이기 때문에 부하인 기관장에 의해 여동생이 능욕당하는 것을 망연히 바라볼 수밖에 없는 시적 화자의 처지가 식민치하의 지식인적 자의식과 결부된다고 보고, 이 작품을 시의 의미와 그 상징적 효과의 측면에서 아시아인의 자의식을 일깨운 동북아 모더니즘 시의 범례로 삼고 있다. 더불어 새로움을 추구하려는 속성이 강한 모더니즘에 대한 비유럽권 즉 아시아권의 추종이 불러일으키는 '식민성'의 관계가 식민지 모더니스트들의 자의식과 연결된다고 보고 있다.

15) 이 사화집에서 김수영보다 더 이질적인 시인은 양병식이다. 그는 공동시집의 말미에 자신의 시가 아닌 S. 스펜더, P. 엘뤼아르, E. 파운드의 시를 번역하여 수록했다. 모더니즘 성향을 지닌 시인들의 시를 사화집에 수록하였다는 것은 신시론 동인의 모더니즘적 성향과도 일정 부분 맞물리지만, 사화집의 구성상 조화를 깨뜨리는 것으로 보인다.

는데 스스로 흩어지"리라는 선언이 있지만, 문학적 복표가 공고하고 결성 취지가 명확해야 할 동인으로서는 작지 않은 약점이 될 수도 있다. 이런 부조화는 광복 후 시단의 취약성을 드러내는 한 단면이지만 또래의 동인들 간에 끼칠 수 있는 나름대로의 긍정적인 영향관계까지 무시할 수 있는 것은 아니다. 예를 들어 앞서 살핀 박인환의 탈식민주의적 시각이나 임호권의 현실에 대한 평범한 소시민적 정서 등을 포함한 동인들 각자의 미성숙하지만 개성 있는 시세계가 이십대의 김수영에게 적지 않은 영향을 주었으리라는 것은 짐작하기 어렵지 않다. 무엇보다 기존의 모더니즘을 비판하고 시와 현실 간의 문제를 탐색하려 했다는 점에서 『새로운 도시都市와 시민市民들의 합창合唱』은 김수영에게 적지 않은 의의를 지닌다.

김수영은 「공자孔子의 생활난生活難」과 「아메리카·타임지誌」를 『새로운 도시都市와 시민市民들의 합창合唱』에 싣는다. 「공자孔子의 생활난生活難」은 진리로 지칭될 수 있는 삶의 목표를 향한 시적 자아의 엄숙하고도 결연한 의지를 보여주는 시이다. 그런데 제목과 시의 간극, 각 연과 연의 거리가 메워지지 않을 만큼 비약이 심하고 내용이 결락되어 있어 의미전달에 실패한 시로 볼 수 있다. 또한 "事物과 事物의 生理", "事物의 數量과 限度", "事物의 愚昧" 등 구체성을 획득하지 못한 관념적인 언어의 나열과 같은 추상적 진술은 50년대 후반기 동인까지 이어지는 변형된 이국 취향, 과도한 센티멘탈리즘의 표현과 함께 "피상적 모더니즘의 범주"[16]를 벗어나지 못했다는 사실을 보여준다. 「아메리카·타임지誌」도 그것과 크게 다르지 않다. 그런데 이 시에서 특징적인 것은 박인환의 시각과는 또 다른, 식민지를 거친 젊은 모더니스트의 자의식이 엿보인다는 점이다.

흘러가는 물처럼
支那人의 衣服
나는 또하나의 海峽을 찾엇든것이 어리석었다

(…중략…)

瓦斯의 政治家여
너는 活字처럼 고웁다
내가옛날 아메리카에서 도라오든길
배전에 머리대고 울든것은 女人을 위해서가 아니다

오늘 또 활자를본다
限없이긴 活字의 連續을보고
瓦斯의 政治家들을 凝視한다

—「아메리카 · 타임誌」 1 · 3 · 4연

이 시도 「공자孔子의 생활난生活難」과 마찬가지로 "사화집에 수록하기 위해 급작스럽게 조제남조粗製濫造한 히야까시 같은 작품"[17]이라는 시인의 언급이 있을 정도로 내용 파악이 어려운 작품이다. 원래는 병상 중에 일본어로 써서 벽지에 적어 놓은 시였는데 김병욱의 칭찬과 권고에 힘을 얻어 사화집에 낸 것이다. 김병욱에

16) 오세영, 『20세기 한국시 연구』, 새문사, 1989, 284~285면.
17) 김수영, 「연극 하다가 시로 전향」, 『전집』 2, 334면.

대한 은근한 반발로 '히야까시', 즉 희롱조 내용의 시를 내준 것이고 스스로 "황당무계한 내용"이라고 평가한 작품이다.[18] 이러한 자평에는 이십여 년 전 초기작에 대한 회고담을 쓰는 입장에서 갖게 되는 쑥스러움과 겸손이 작용했겠지만, 이 시의 시적 자아가 드러내는 서구 지성에 대한 태도는 눈여겨 볼 필요가 있다.

1943년 태평양전쟁으로 서울 생활이 극도로 어려워지자 김수영의 가족은 만주 길림성으로 이주하였다. 김수영도 징집을 피해 서울에 머물다가 1944년 가족이 있는 길림성으로 떠나 일본 유학 시절에 배운 연극 활동을 하다 광복 후 귀향하였다. 이런 점으로 미루어 볼 때 1연의 "또하나의 海峽"은 제유적으로 중국을 의미하고 다른 해협은 일본을 전제한 것이 되어야 마땅하다. '해협'은 김기림·정지용 등의 모더니스트들이 시에 즐겨 쓰던 단어로 그들의 외국 유학 체험과도 관련되는데, 국내를 벗어나 더 넓은 세계로 나아가려는 포부와 새로운 감각에 대한 의욕을 반영하는 대상이다.

이 시의 제목이 당시에는 생경했을 '아메리카 타임지'이듯이, '새로운 것' 혹은 '앞선 것'에 대한 갈망이 식민지를 체험한 젊은 모더니스트로 하여금 외국 서적을 탐독하게 했을 것이고 그것은 시적 자아로 하여금 선진 문명에 대한 동경의 태도를 형성시켰을 것이다. 그런데 서적을 통해 드러난 것은 어떤 지식이나 사념이라기보다 '활자' 그 자체이다. 김상환에 의하면 이 "限없이긴 活字의 連續"만 남아 있는 책은 그것이 3연의 여인이나 '와사瓦斯'

18) 위의 글, 334~335면 참조.

('가스'의 일본식 표기)의 정치가와의 내용과 상관없이 그대로 '닫혀 있는 책'이며 '열림을 미루는 가운데 사물화되고 즉물화되는, 즉 자적 타자가 되는' 대상이다.[19] 같은 해(1947년)에 탈고된 「가까이 할 수 없는 서적書籍」과 같이 살펴본다면 위 시의 대상에 대한 시적 자아의 태도가 좀 더 분명하게 드러날 것이다.

가까이 할 수 없는 書籍이 있다
이것은 먼 바다를 건너온
容易하게 찾아갈 수 없는 나라에서 온 것이다
주변없는 사람이 만져서는 아니될 冊
만지면은 죽어버릴듯 말듯 되는 冊
가리포루니아라는 곳에서 온 것만은
確實하지만 누가 지은 것인줄도 모르는
第二次大戰 以後의
긴긴 歷史를 갖춘 것같은
이 嚴然한 冊이
지금 바람 속에 휘날리고 있다
어린 동생들과의 雜談도 마치고
오늘도 어제와 같이 괴로운 잠을
이루울 準備를 해야 할 이 時間에
괴로움도 모르고
나는 이 책을 멀리 보고 있다
그저 멀리 보고 있는 듯한 것이 妥當한 것이므로
나는 괴롭다
오오 그와 같이 이 書籍은 있다

19) 김상환, 『풍자와 해탈, 혹은 사랑과 죽음』, 민음사, 2000, 183면.

그 冊張은 번쩍이고
연해 나는 괴로움으로 어찌할 수 없이
이를 깨물고 있네!
가까이 할 수 없는 書籍이여
가까이 할 수 없는 書籍이여.

—가까이 할 수 없는 書籍

이 시는 탈고한 때가 「아메리카 · 타임지誌」와 같은 해로 기록되어 있지만 언어구사나 구성으로 볼 때 더 자연스럽고 완성도도 높다. 1947년에 쓰인 「이[虱]」나 그 이듬해의 「웃음」이 지닌 수준과 비슷하다. 오히려 「아메리카 · 타임지誌」는 1945년에 탈고된 「공자孔子의 생활난生活難」이나 「묘정廟廷의 노래」와 비슷한 수준으로, 탈고된 해만 1947년으로 되어 있을 뿐 그 해에 쓰인 작품들의 수준에 이르지 못한 점으로 보아 그 이전에 초고로 존재하던 시로 판명된다.[20] 그러므로 「가까이 할 수 없는 서적書籍」은 「아메리카 · 타임지誌」 뒤에 쓰인 작품이며 내용적으로 연결된 것으로 추정할 수 있다.

이 시에서는 '활자'로 존재하던 미국의 책과 시적 자아와의 거리가 명확하게 나타난다. "먼 바다를 건너온", "容易하게 찾아갈

20) 내용이 똑같은지 확인할 수는 없지만 김수영이 일본어로 써서 천장에 적어 놓은 「아메리카 · 타임誌」에 대한 언급이 그의 산문에서 발견된다(「연극 하다가 시로 전향」, 앞의 책, 334면 참조). 그 시는 제목으로 보아 위에 인용한 시와 같은 작품이라고 추정할 수 있다. 그런데 일본어로 쓰인 작품은 광복 전에 창작된 것일 가능성이 크기 때문에, 1947년에 탈고된 작품은 결국 일본어 작품을 번역한 것이고 따라서 작품의 수준도 번역 당시에 쓴 시보다 떨어질 수밖에 없다고 판단된다.

수 없는 나라에서 온"에서 드러나는 거리는 시적 자아와 시적 자아가 도달하고자 하는 곳과의 거리와 겹쳐진다. 그 거리는 시적 자아를 왜소하게 만들고("주변없는 사람이 만져서는 아니될", "만지면은 죽어버릴듯 말듯 되는") 괴로움에 빠지게 한다. 그 머나 먼 거리에 비례하듯 괴로움의 강도는 막대해서 시 도처에서 괴롭다거나 괴로운 상태를 나타내는 표현("어제와 같이 괴로운 잠을", "괴로움도 모르고", "나는 괴롭다", "나는 괴로움으로 어쩔 수 없이", "이를 깨물고 있네!")이 거듭 진술되고 있다. 그렇다면 그 괴로움의 정체, 즉 괴로움을 초래하는 거리의 정체는 무엇일까.

모더니즘의 속성에는 새로운 것을 추구하려는 태도 자체도 포함되어 있다. 새로운 사조가 서구에서 동양으로 유입되었을 때 후진국의 젊은 모더니스트들은 사력을 다해 서구의 경이로운 수입품들을 모방하고 추종하였다. 그러나 아무리 애를 쓰더라도 다른 풍토에서 태어나 오랜 기간 풍설을 겪어온 양식이 다른 풍토에서 똑같은 모습을 이룰 수는 없을뿐더러, 그것이 설사 어느 정도 몸에 익었다고 한들 그것은 이미 더 이상 새로운 것이 아니었다. 결국 정치적 식민 상태에 놓여 있던 후진국의 모더니스트가 문화적 식민 상태에 처하게 된 자신을 발견하면서 겪게 되는 괴로움으로 이어지기 십상이다.

이 시의 시적 자아의 괴로움은 이제 식민지 상태에서 벗어나 '뒤떨어졌다'는 강박관념에 사로잡힌 채 선진 지식과 예술을 향해 맹목적으로 달려들던 후진국의 젊은 시인의 것이다. 바꿔 말하면 서구의 선진 지식과 예술은 당시의 젊은 시인에게 너무나도 요원한 것이지만 시인은 획득하기 어려운 그것을 너무나도 열렬히 원

했던 것이다. 그 열망과 열망을 이루지 못한 괴로움은 비례하여 열망이 크면 클수록 괴로움도 커졌던 것이다. 이 시는 그런 면에서 한 후진국 청년 시인의 일그러진 자의식을 드러내는 작품이다. 그런데 그가 열망했던 것은 그가 그토록 혐오했던 신시론 동인류의 허장성세 가득한 모더니즘이 아닌 것은 분명하며, 훗날 그가 기술한 대로 "생활과 육체 속에 자각되어 있는", 그 가치가 "현대를 넘어선 영원과 접"한다는 인식에 기초하는 '진정한 현대성'[21]으로서의 모더니티와 잇닿아 있으리라는 추측이 가능하다. 물론 모더니티에 대한 그의 의식은 단박에 형성되었다기보다 6·25전쟁과 4·19혁명을 거치고 그가 정치현실에 대해 자각하고 끝없는 반성을 수행하는 과정에서 점차적으로 형성되었다고 보는 편이 타당하다.

식민지 현실을 벗어나 세계문학과 동시대성을 획득하려는 시도로 기획된 사화집 『새로운 도시都市와 시민市民들의 합창合唱』이 발간된 지 일 년 정도 지나 전쟁이 터졌다. 광복 직후 좌익사상에 대해 자연스럽게 관심을 갖게 된 김수영이 전쟁 때 의용군에 징집되었다가 포로수용소에 수감되고 야전병원에서 영어통역을 하는 등 직접적으로 전쟁을 체험하게 된 것은 전후 모더니스트들과 달리 김수영이 현실 참여적인 시관詩觀을 갖게 되는 계기가 되었다.

전쟁이 끝난 뒤에는 미국문화의 유입이 가속화되어 영미비평이 한국에 많이 소개되었다. 김수영은 번역을 통해 영미문학의 영향을 받았다. 그런 영향은 내내 그의 작품에까지 미쳐서 그가 "내 시의 비밀은 내 번역을 보면 안다"[22]고 할 만큼 지대한 것이

21) 김수영, 「진정한 현대성의 지향」, 『전집』 2, 317면.
22) 김수영, 「시작 노트」, 『전집』 2, 450면.

라 할 수 있다. 1957년에 김수영이 번역한 『20세기 문학평론』에 수록된 S. 스펜더의 「모다니스트운동運動에의 애도哀悼」는 김수영의 문학관에 영향을 주었으리라 판단된다.

> 영웅적이라고 할만큼 예민한 現代的 心意와 苛酷한 現代의 現實—機械, 都市, '아부산'酒 혹은 賣淫婦같은—사이의 緊張이야말로 나에게 있어서는 '모다니즘'의 基調와 같이 생각된다. 따라서 未來派와 抽象派와 超現實派는 그들이 너무나 理論的이고 現代的 장면의 外觀을 전혀 무시하고 있기 때문에 역시 '모다니즘'의 基調에서는 벗어난 支流에 지나지 않는 것이다. 또 하나의 '모다니즘'의 目的은—이것은 얼핏 보기에는 關聯性이 없는 것 같이 보일는지 모르지만 事實은 確實히 本質的인 것이다.—社會와 그의 모든 制度에 대한 敵對的인 態度이다. '람보오'(랭보: 인용자)는 '부르조아지'를 極度로 輕蔑하였는데 이러한 그의 憎惡感을 거의 모든 作家들이 禮讚하게 되었다.[23]

위에서 스펜더는 모더니즘을 두 가지 성향으로 나누고 있다. 가혹한 물질문명의 현실을 예민한 감각으로 부딪혀 드러내는 것이 첫 번째이고, 일체의 사회제도에 대해 적대적 태도를 드러내는 것이 그 두 번째에 해당된다. 여기서 두 번째의 적대적 태도는 '절대적으로 현대적이어야 한다'고 말한 랭보의 부르조아지에 대한, 혹은 정형화된 채 쇠퇴해가는 유럽문명에 대한 거부와 연결된다. 이 글은 1920년대 엘리엇의 「전주곡」·「황무지」를 정점으로 하는 모더니즘의 쇠퇴에 대한 애석함을 바탕으로 쓰인 것으로,

---

23) 스펜더(S. Spender), 김수영·유영·소두영 역, 「모다니스트運動에의 哀悼」, 『20世紀 文學評論』, 중앙문화사, 1957, 74면.

이때의 모더니즘이 쇠퇴하게 된 배경에는 모더니스트들이 "너무나 지나치게 傳統을 쫓아내고 自己들의 隔離된 個人的인 感覺力에만 無理하게 置重했기 때문에" "'모다니즘'이란 慣用句는 모든 사람이 認識할 수 있는 現代的文體의 風趣를 만들어내기 위하여 누구에게나 가르칠 수 있는 하나의 技術로 되었"기 때문이라고 지적하였다.[24]

시에서의 이러한 기법 중심의 풍조는 김수영에게도 비판의 대상이었다. 김수영은 "시의 모더니티란 외부로부터 부과되는 감각이 아니라 내면에서 우러나오는 지성의 화염火焰이며, 따라서 그것은 시인이 — 육체로서 — 추구할 것이지, 시가 — 기술면으로 — 추구할 것이 아니다. 그런 의미에서 젊은 시인들의 모더니티에 대한 태도가 근본적으로 안이한 것 같다"[25]고 하였다. 또한, "시의 기술은 양심을 통한 기술인데 작금의 시나 시론에는 양심은 보이지 않고 기술만이 보인다. 아니 그들은 양심이 없는 기술만을 구사하는 시를 주지적主知的이고 현대적인 시라고 생각하고 있는 모양이다. 사기를 세련된 현대성이라고 오해하고 있는 모양이다"[26]라고 하여 모더니티가 담보해야 할 요건은 감각적인 기술이 아니라 내면에서 우러나온 지성과 양심이라고 강조하였다. 이런 진술들은 1950년대 한국의 모더니스트들이 쇠락의 길을 걷게 된 와중에도 김수영만이 살아남을 수 있었던 이유를 보여준다. 그는 위에서 스펜더가 지적한 모더니즘 발전단계 상의 한계를 깨닫고 그것을 넘

24) 위의 글, 76~77면.
25) 김수영, 「모더니티의 문제」, 『전집』 2, 516면.
26) 김수영, 「'난해'의 장막 — 1964년의 시」, 『전집』 2, 272~273면.

어서게 하는 '양심'에 대한 인식으로 나아간 것이다.[27] 김수영이 신시론 동인을 통해 기계문명과 긴장관계를 형성하려 한 도시적 감각을 체험했다면 서구 모더니스트들을 통해 현대의 속물성과 낡고 폭압적인 현실제도의 억압에 맞서는 태도를 배우기 시작하였다. 이런 태도는 곧 다음과 같은 일갈로 나아가기도 했다.

> 시고 소설이고 평론이고 모든 창작활동은 감정과 꿈을 다루는 것이다. 그리고 이 감정과 꿈은 현실상의 척도나 규범을 넘어선 것이다. 말하자면 현실상으로는 38선이 있지만 감정이나 꿈에 있어서는 38선이란 터부는 문제가 되지 않는다. 그런데도 불구하고 우리들은 이 너무나 초보적인 창작활동의 원칙을 올바르게 이행해 보지 못했다. 다시 말하자면 우리는 문학을 해본 일이 없고, 우리나라에는 과거 십수 년 동안 문학작품이 없었다고 나는 감히 말하고 싶다. 문학작품이 없는 곳에 문학자가 어디 있었겠으며 문학자가 없는 곳에 무슨 문학단체가 있었겠는가. 아마 있었다면 문학단체의 이름을 도용한 반공단체는 있었을 것이지만, 이 반공단체라는 것조차 사실에 있어서는 반공을 판 돈벌이 단체이거나, 문학과 반공을 '이중으로' 팔아먹은 돈벌이 단체에 불과하였다.[28]

---

27) 이것은 김수영의 번역 대상이 4・19혁명 이후에 바뀐 것과도 무관하지 않다. 효용성을 중시하고 '지식으로서의 문학'을 내세운 신비평 쪽의 저작물보다 정치성과 심미성의 결합과 연관되는 저작물의 번역이 본격화된다. 역사성이나 사회성이 비교적 덜 강조된 신비평의 번역물이 줄었다는 것은 4・19혁명 이후 김수영의 역사성과 사회성에 대한 관심이 증가된 것과 연관될 것이다. 또한 김수영은 하이데거의 릴케론을 숙독하거나 프로스트(R. Poirier, 「로버트 프로스트와의 대담」, 『문학춘추』, 문학춘추사, 1964.12), 자꼬메티(C. Lake, 「자꼬메티의 지혜—그의 마지막 방문기」, 『세대』, 세대사, 1966.4), 예이츠(D. Donoghue, 「예이쓰의 시에 보이는 인간 영상」, 『현대문학』, 현대문학사, 1966.12)에 관한 글을 번역하면서 새로운 시의식을 모색하게 된다(박지영, 「번역과 김수영의 문학」, 『살아있는 김수영』, 창비, 2005, 346~347면 참조).

28) 김수영, 「창작 자유의 조건」, 『전집』 2, 177~178면.

이 글에서 김수영은 38선으로 비유되는 현실상의 척도나 규범을 넘어서지 못하는 문학은 문학도 아니라는 극단적인 비판 뒤에 문학단체의 속물성을 질타하고 있다. 그러나 이러한 비판은 단지 문학인들에게만 향하기보다 언론의 자유를 억압하는 사회에 집중된다. 같은 글에서 "무엇이 달라져야 할 것인가? 언론자유다. (…중략…) 창작의 자유는 백 퍼센트의 언론자유 없이는 도저히 되지 않는다"고 강조하였고, 이어령이 창조의 자유가 억압되는 이유를 문화인 자신의 책임으로 돌린 것[29]에 대해 "언론의 자유는 국가 정치의 유무와 직통하는 문제"[30]라며 문제의 핵심이 정치권력의 탄압에 있다고 반박하였다.

김수영의 억압적인 사회에 대한 저항의식과 자유에 대한 깊이 있는 의식은 4·19혁명을 기점으로 집중적으로 표출되었다. 그런데 그런 인식은 단지 4·19혁명을 통해 새롭게 탄생한 것이 아니라 일제 강점기와 전쟁체험을 통해 쌓여온 것이라 할 수 있다. 물론 거기에는 서구의 지성과 예술을 대면하면서 얻은 예지도 한몫 하였다. 그 가운데 김수영이 『파르티잔 리뷰*Partisan Review*』에 수록된 글들을 번역하는 과정에서, 그 글들이 김수영의 현대성 인식에 영향을 끼쳤다고 볼 수 있다.

그 가운데 L. 트릴링의 「쾌락快樂의 운명運命」은 모더니티에 대한 통찰을 보여주는 글이다.

---

29) 이어령, 「'에비'가 지배하는 문화」, 『조선일보』, 1967.12.28, 5면 참조.

30) 김수영, 「지식인의 사회참여－일간신문의 최근논설을 중심으로」, 『사상계』, 사상계사, 1968.1, 92면. 이 글을 계기로 김수영과 이어령의 순수·참여논쟁이 벌어졌으나, 생산적인 논쟁으로 귀결되지 못했다.

> 요컨대 우리들의 當代의 審美的 文化는 단순한 원시적인 의미에 있어서의 쾌락의 원칙을 그다지 신용하지 않으며, 쾌락의 원칙에 대해서 敵意를 품고 있다고 말할 수 있을 것같다. 그러한 주장은 물론 不合理한 일면을 갖고 있지만, 그러나 그것은 다만 論理上으로만 그렇다. 말하자면 정도의 차이는 있지만, 그리고 때에 따라서는 지극히 높은 정도로 쾌락을 배척하고—프로이트의 어휘를 빌리자면—不快感 속에서 만족을 추구하는 인간적 衝動이 있다는 사실보다 더한층 우리들의 현대적 理解力에 적합한 心理的 사실은 없다.[31)]

트릴링은 「쾌락의 운명」에서 프로이트의 심리학을 문학적으로 적용하여, 워즈워드와 키츠의 작품 속의 쾌락을 개관한 뒤, 그들의 작품과 달리 도스토예프스키의 「지하생활자의 수기」가 불쾌감 속에서 만족을 구하기 위해 쾌락을 배척하는 모습을 보여주는 위대한 작품이라 진술하였다. 트릴링은 니체가 도스토예프스키의 '지하인'과 자신의 '초인'에 대해 둘 다 '현대의 사상과 감정의 토굴로부터 햇빛으로 비비고 나오는 동일한 인물'이라고 하였지만 니체는 '지중해의 세계'를 떠올리게 하는 '햇빛'을 통해 쾌락의 가치를 인정하는 휴머니즘의 전통에 영향을 받았으므로 니체가 아무리 사회와 문화를 경멸하더라도 그는 그 틀 속에 갇혀 있다고 하였다. 그에 비해 도스토예프스키의 「지하생활자의 수기」의 분노는 사회생활의 부족에서 생기는 게 아니라 그 사회가 '숭고하고 아름다운 것', 즉 쾌락을 구현하려고 하고 더 좋은 사회가 오리라는 희망을 심어주는 것에 대한 반발에서 촉발된 것이라고

31) 트릴링(L. Trilling), 김수영 역, 「快樂의 運命(下)」, 『현대문학』, 현대문학사, 1965.11, 88면.

트릴링은 지적하였다.[32]

그리고 이어서 "外樣만이 좋다고 생각되는 것에 대한 파괴는 확실히 우리들의 시대의 주요한 문학적 企劃의 하나이다. 현대문학에서 표시된 행동이나 表現의 暴力性이나, 추잡하고 구역질나는 일에 대한 주장이나, 일반적인 도덕이나 생활습관에 대한 모욕을 발견할 때에는 언제나, 우리들은 外樣만이 좋게 보이는 것을 파괴하려는 의도가 나타나 있는 것이라고 가정할 수 있다"[33]고 하였다. 여기서 '외양만의 행복'이란 부르주아 세계의 가치인데, 이것이 문제가 되는 것은 이들이 계급적 착취를 행하기 때문이 아니라 이러한 가치가 자유를 위한 개인의 정신운동을 저해하기 때문이다. 이러한 모더니티에 대한 인식은 김수영의 소시민적 가치에 대한 거부를 통해 나타나며, 전통적인 미적 가치를 파괴하는 동시에 '추醜의 표현'으로 나아가는 데 힘을 실어준다. 김수영이 자신의 시를 논하면서, 트릴링의 주장에 따른다면 그의 현대시의 출발이 죽음을 노래한 「병풍屛風」 정도에서 시작하였다고 볼 수 있다고 한 점[34]도 이와 연관된다.

김수영은 『파르티잔 리뷰』에 수록된 L. 트릴링의 글은 물론 뉴욕지성인파로 불리는 미국 내 좌파 비평가 그룹 멤버들의 글을 여러 차례 번역하였다. 그들의 목적은 자유주의적 상상력을 통해 급진적인 정치적 인식과 문학의 결합을 추구하는 것이다. 김수영의 창작에 대한 자유의 강조는 문화혁명이 곧 정치혁명이라는 그

32) 위의 글, 89~90면 참조.
33) 위의 글, 90~91면.
34) 김수영, 「연극 하려다 시로 전향」, 『전집』 2, 337면.

들의 관점과 상당히 비슷한 것으로, 이는 예술가의 자부심과 윤리를 중시한 이들 그룹의 주장과 김수영의 문학적 논리가 통하는 부분이다.[35)]

김수영의 서구문학에 대한 자의식은 50년대부터 지속된 번역과 시 창작 활동을 병행하며 균형을 잡아간다. 또한 60년대 이후 꾸준히 시 월평을 하면서 우리 시의 맹점을 지적하고 갱신을 촉구한다. "우리의 현대시가 서구시의 식민지 시대로부터 해방을 하려는 노력은 물론 중요하지만, 그러기 위해서 서구의 현대시의 교육을 먼저 받아야 한다. 그것도 철저한 교육을 받아야 한다"[36)] 고 강조한 것도 서구문학의 수용에 대한 균형 잡힌 시각에서 비롯된 것이다.

2) 유가적 윤리관의 실현과 심화

시인의 정신세계를 이루는 요소를 찾아내기 위해서는 작품 속에 직접적으로 드러나는 내용 외에도 전기적 사실, 당대의 사회적 상황이나 다른 시인과의 영향관계 등을 다각적으로 살피지 않으면 안 된다. 또한 작품들 간에 패턴을 이루지는 못하더라도 미묘하게 작용하는 행간의 의미를 파고드는 것은 물론, 너무나도 당연해서 논외로 넘겨둔 문제까지도 다시 면밀히 파헤쳐야 한다. 김수영의 시를 논할 때에도 이러한 사항들이 고려되어야 한다.

---

35) 박지영, 앞의 글, 347~349면 참조.
36) 김수영, 「변한 것과 변하지 않은 것」, 『전집』 2, 366면.

그간 김수영에 대한 시사적詩史的 평가가, 모더니즘이나 리얼리즘의 편향 내에서 이루어지거나 리얼리즘과 모더니즘의 절충으로 담합된 점, 순수와 참여 문제의 연장으로만 나타난 점 등은 문제점으로 지적될 수 있기 때문이다.

김수영 시에서의 고유성 문제를 따질 때에도 사정은 다르지 않다. 그의 시가 형식과 내용 면에서 서구시, 즉 광의의 모더니즘 시의 영향 아래에서만 구축된 것이라는 시각이 지배적이었던 것은 사실이다. 아래 염무웅의 언급도 그러한 시각 안에서 이루어진 것이다.

> 1950년대에 있어서의 김수영의 문학 활동은 문예운동으로서의 모더니즘과는 언제나 일정한 비판적인 거리를 유지하면서도 동시에 언제나 모더니즘의 테두리 안에서 전개되었다. 그는 일생동안 金素月이나 金永郎 혹은 徐廷柱와 같은 개념에서의 서정시를 단 한편도 쓰지 않은 드문 시인 중의 하나일 것이다. 이런 뜻에서도 그는 철저한 반전통주의자이다. 물론 그가 구름 · 눈 · 비 · 반달 · 폭포, 등나무 · 싸리꽃, 토끼 · 풍뎅이 · 거미 · 파리 같은 소재들을 다루지 않은 것은 아니지만 그것들은 언제나 '김수영 인간학'의 개진을 위한 소도구 혹은 장식에 불과했다. 풍경화나 정물화를 그리는 일은 그에게 아무런 관심도 끌지 못했던 것이다.[37]

문맥상 "金素月이나 金永郎 혹은 徐廷柱와 같은 개념에서의 서정시"는 김수영의 시와 대비되는 전통주의적인 서정시일 텐데 여기서는 그 개념이 명확하지가 않다. 그것은 전통주의적인 서정

37) 염무웅, 「金洙暎論」, 『창작과비평』, 창작과비평사, 1976년 겨울, 429면.

시의 내용을 굳이 밝히지 않더라도 위에 언급한 세 시인의 시만 떠올리면 당연히 알 수 있다는 생각에서 비롯된 것이다. 너무나 쉽게 알 수 있는 것 같은 '전통'이라는 개념이나 '전통주의적 서정시'의 내용을 확정 짓는 것이 그리 간단한 일은 아니다. 더군다나 비약해서 연결하기 쉬운 '풍경화'·'정물화'로서의 전통 서정시에 대한 언급은 논자의 전통주의적인 서정시에 대한 개념을 다시 한번 의심하게 하는 대목이다. '김수영 인간학'이라는 말을 인간탐구라는 말로 바꾸더라도 조선시대 시조에서 인간의 심성이나 정서를 곧잘 자연물에 투영한 것을 떠올릴 때 단지 자연물 소재의 유무나 처리방식만으로 전통주의를 설명하기에는 부족하다. 그런 의미에서 김수영을 '철저한 반전통주의자'로 규정하기에는 어려운 점이 있다.

김수영은 시를 논하면서 유난히 '새로움'을 강조하였다. "우리의 생활현실이 담겨 있느냐 아니냐의 기준도, 진정한 난해시냐 가짜 난해시냐의 기준도 이 새로움이 있느냐 없느냐에서 결정되는 것이다. 새로움은 자유다. 자유는 새로움이다"[38]라고 역설하거나, "시에 있어서 인식적 시의 여부를 정하려면 우선 간단한 방법이, 거기에 새로운 것이 있느냐 없느냐, 새로운 것이 있다면 어떤 모양의 새로운 것이냐부터 보아야 할 것이다. 인식은 본질적으로 새로운 것이다. 나는 이 말을 백 번, 천 번, 만 번이라도 되풀이해 말하고 싶다"[39]며 새로움의 중요성에 대해 거듭 강조하였다. 이 때문에 시인이 상대적으로 옛것에 대해 무조건 부정하는

38) 김수영, 「생활현실과 시」, 『전집』 2, 264면.
39) 김수영, 「시적 인식과 새로움」, 『전집』 2, 589면.

자세를 갖는 것으로 오인하기 쉽다. 그러나 새롭지 않은 모든 것이 가치나 효용을 잃는 것은 아니며 김수영의 고유성을 구성하는 데 중요한 요소로 작용하지 않는 것은 아니다. 다시 말해 전통이 과거를 뚫고 나와 현재까지 강력한 힘을 발휘하는 창조적 정신의 산물이라면 한국의 현대시가 자리를 잡던 시점인 삼십여 년 전의 서정시를 기준으로 김수영 시의 반전통성을 논하기에는 무리가 있다. 김수영의 시는 표면적으로 서구문학의 막대한 영향을 받았지만 그 심층부에는 외래적인 요소 못지않게 한국적인 고유한 요소들이 작용하고 있다고 볼 수 있다.

그의 시의 전통적 요소에 대해 논의한 여러 논자들 가운데 김혜순은 특히 '자유'를 중심으로 도가의 장자 철학과 김수영 시의 연관성에 주목하였다. 김수영의 「풀」에서 '풀'이 외부 존재인 '바람'으로부터 자유로운, 스스로 변화하는 존재로서 시간, 가치, 실상, 개념의 속박을 벗어난 존재로 드러났다고 밝히고, 그런 자유의 상태가 장자가 표현한 천인합일天人合一·물아일체物我一體·유무상동有無相同으로 나아가고 있다고 하였다.[40]

또한 최동호는 김수영의 시와 전통 시학의 관계를 지속적으로 파헤쳤는데,[41] 특히 유가적인 영향을 강조하며 김수영의 시가 현실의 부정과 불의를 바로잡겠다는 유가의 본연지성本然之性에 근

40) 김혜순, 「문학적 『장자』와 김수영의 시 담론 비교 연구」, 『건국어문학』 21·22집, 건국대 국어국문학연구회, 1997 참조. 그 외에도 김혜순은 「김수영의 시적 변증법과 전통의 뿌리」(『김수영 다시 읽기』(김승희 편), 프레스21, 2000)에서 김수영 시의 '전통'에 대해 고찰하였다.

41) 최동호, 「김수영의 문학사적 위치」, 『작가연구』 5호, 새미, 1998.5; 최동호, 「동양의 시학과 현대시」, 『현대시』, 한국문연, 1999.9.

거하고 있으며 이는 여러 논자들이 줄기차게 지적한 '정직한 공간',[42] '예술가의 양심',[43] '정직한 인간',[44] '도덕적 완전주의'[45] 등의 유교적 덕목과 통한다고 하였다.[46] 논자들이 언급한 내용이 유교적 덕목과 곧바로 이어진다고 보기에는 다소 무리가 있으나, 김수영의 시에서 강하게 타진되는 양심적 의지가 결국 시인의 내면 심층에 자리 잡고 있는 유가적 생활철학과 무관하지 않다고 할 수 있다.[47]

김수영의 시와 유가 철학의 접점에 대한 논의의 시발점은 그의 초기작 「공자孔子의 생활난生活難」이다.

> 동무여 이제 나는 바로 보마
> 事物과 事物의 生埋와
> 事物의 數量과 限度와
> 事物의 愚昧와 事物의 明晳性을
>
> 그리고 나는 죽을 것이다
>
> ―「孔子의 生活難」 부분

---

42) 황동규, 「정직의 空間」, 『달의 行路를 밟을지라도』(김수영 시선집 해설), 민음사, 1976 참조.
43) 김우창, 「예술가의 良心과 自由」, 『궁핍한 시대의 詩人』, 민음사, 1977 참조.
44) 김인환, 「한 正直한 人間의 成熟과정」, 『신동아』, 동아일보사, 1981.11 참조.
45) 구모룡, 「도덕적 完全主義」, 『조선일보』, 1982.1.8~1.21, 7면 참조.
46) 최동호, 「동양의 시학과 현대시」, 앞의 책, 210면.
47) 그 외 김수영과 동양철학과의 관련성을 언급한 논자로는 정재서(「동양적인 것의 슬픔」, 『상상』, 살림, 1994여름), 유중하(「달나라에 내리는 눈」, 『실천문학』, 실천문학사, 1998여름), 성민엽(「김수영의 「풀」과 『논어』」, 『현대문학』, 현대문학사, 1995.5)이 있다.

이 시는 김수영이 자신이 사화집 『새로운 도시都市와 시민市民들의 합창合唱』에 수록하기 위해 급작스럽게 지은 작품이라고 하였지만 김수영 시의식의 단초를 보여준다. 신시론 동인들을 비롯해 당시의 모더니스트들이 외래어·외국어 및 현대적 소재를 즐겨 사용하여 새로운 도시적 감수성을 표현하던 것에 비해 김수영이 자신의 시에 과감하게 공자를 끌어들인 것은 무척 이례적이다. 이것도 모더니스트들이 그토록 강조하던 문학적 새로움을 표현하기 위한 방편이었겠지만, 신선한 시도를 넘어 공자의 말을 통해 시인의 의지를 천명했다는 데 의미가 있다.

이미 유종호가 지적했듯이 진리를 깨닫고 나서 죽겠다는 이 시의 선언은 『논어論語』 제4장 이인편里仁篇의 "朝聞道夕死可矣", 즉 "아침에 진실한 도에 대해 들을 수 있다면, 저녁 때 죽는대도 한이 없다"와 통하고 있다.[48] 공자의 말에선 가정법으로 표현된 "아침에 진실한 도에 대해 듣는다면"이 현재의 의지적 표현인 "이제 나는 바로 보마"로 바뀌고 "죽는대도 한이 없다"는 원망願望의 표현이 "그리고 나는 죽을 것이다"라는 극도의 의지표현으로 바뀌어 더욱 결연한 느낌을 주지만, 진리를 향한 공자의 열정이 김수영의 시에도 고스란히 담겨 있다는 것을 발견하기는 어렵지 않다. 이렇듯 공자의 말을 패러디한 이 시를 통해서 김수영이 동양고전에 대단히 익숙해 있다는 것을 알 수 있다. 그것은 김수영 유년 시절의 직접적인 한학 교육과도 관련이 있겠지만, 유가의 생활철학이 이미 오랫동안 그의 삶에 배어들어 그의 삶을 떠

48) 유종호, 「詩의 自由와 관습의 굴레」, 『세계의문학』, 민음사, 1982년 봄, 82면.

받쳐 왔기 때문이기도 하다.

물론 공자의 '진실한 도'와 김수영의 '진리'가 내용 면에서 어떤 합일점을 가지느냐가 더욱 중요한 사항이지만, 유가의 생활철학이 김수영의 시에 끼친 영향은 철학적 내용의 측면보다는 삶에 대한 태도의 측면에 잘 나타나 있다. 전쟁 직후 돈 많은 여의사와 혼인하려던 자신을 책망하고 명예나 돈을 위해 시를 발표하는 것도 그만두기로 작정하는 일기의 한 대목에서 그는 "이름을 팔려고 하지 않을 것이다. 그것은 값싼 광대의 근성이다. 깨끗한 선비로서의 높은 정신을 지키자"고 다짐하였다.[49] 또한 시 「거리(一)」에서는 자신의 하릴없는 처지를 "이것은 구차한 선비의 보잘것없는 일일 것인가"하고 자조하였다.

여기서 '선비'는 원래 유생을 뜻하거나, 학식은 있으나 벼슬이 없는 사람, 혹은 지조를 지키고 관직과 재물을 탐하지 않는 고결한 인품을 지닌 사람을 의미한다. 그런데 김수영은 그것을 전통적인 선비 개념에 실천적 지성과 저항 정신을 가미한 지식인 혹은 지성인과 동일시하였다.[50] 그에 의하면 지식인은 "인류의 문제를 자기의 문제처럼 생각하고, 인류의 고민을 자기의 고민처럼 고민하는 사람"[51]이다. 또한 예술가적 자의식이 이런 지식인 상과 결합되어 그는 영화 〈25시〉를 보고서 현실에 당당히 맞서다 총탄에 쓰러지는 작가를 보고 부끄러워하기도 한다.[52] 이런 자세

49) 김수영, 「일기초 1」, 『전집』 2, 485면.

50) "지성인은 원래 우리말로 바꿔 말한다면 '선비'라 할진대, 정의를 갈구하는 이유에서 자기 몸을 항시 항거할 수 있는 위치에 서 있는 데 있을 것이다."(김수영, 「자유란 생명과 더불어」, 『전집』 2, 155면)

51) 김수영, 「모기와 개미」, 『전집』 2, 88면.

는 끊임없이 자신을 점검하며 갱신하려는 예술가적 치열성과 어떠한 억압 아래에서도 자신의 신념을 굽히지 않으려는 선비의 절개에서 나온 것이다. 그런데 김수영이 서구문학에 영향을 받았다는 점을 근거로 김수영의 산문 도처에서 발견되는 도덕적 결벽성이나 허위와 물욕에 대한 극단적인 혐오를 청교도적 자세로 보는 경향도 있다. 그러나 그의 삶 속에 생활철학으로 깊이 작용했을 유가적 윤리관을 참작해볼 때 청교도주의는 김수영 문학과의 친연성이 떨어져 보인다.[53] 그보다는 생활 속에서 체득한 동양적 도덕관이 김수영의 시 속에서 시인의 정신적 태도를 형성시키는 데 가장 큰 영향을 주었다고 보는 편이 더 타당하다.

김수영의 선비적 자세가 예술가의 사명과 결합된 경지를 보여주는 대표적인 시는 「눈」과 「폭포瀑布」이다.

> 눈은 살아있다
> 떨어진 눈은 살아있다
> 마당 위에 떨어진 눈은 살아있다
>
> 기침을 하자
> 젊은 詩人이여 기침을 하자

---

52) "'25시'를 보고 나서, 포로수용소를 유유히 걸어 나와서 철조망 앞에서 탄원서를 들고 보초가 쏘는 총알에 쓰러지는 소설가를 생각하면서, 나는 몇 번이고 가슴이 선득해졌다. 아아, 나는 작가의 — 만약에 내가 작가라면 — 사명을 잊고 있는 것은 아닌가. 나는 타락해 있는 것은 아닌가."(김수영, 「삼동(三冬) 유감」, 위의 책, 131면)

53) 실제로 시인이 작고한 뒤 1976년에 발간된 김수영의 산문집 제목이 『퓨리턴의 肖像』(민음사)이었는데, 이 '퓨리턴'은 그의 결벽에 가까운 생활태도를 청교도적인 것과 연결시킨 것이다.

눈 위에 대고 기침을 하자
눈더러 보라고 마음놓고 마음놓고
기침을 하자

눈은 살아있다
죽음을 잊어버린 靈魂과 肉體를 위하여
눈은 새벽이 지나도록 살아있다

기침을 하자
젊은 詩人이여 기침을 하자
눈을 바라보며
밤새도록 고인 가슴의 가래라도
마음껏 뱉자

―「눈」

瀑布는 곧은 絶壁을 무서운 기색도 없이 떨어진다

規定할 수 없는 물결이
무엇을 向하여 떨어진다는 意味도 없이
季節과 晝夜를 가리지 않고
高邁한 精神처럼 쉴사이없이 떨어진다

金盞花도 人家도 보이지 않는 밤이 되면
瀑布는 곧은 소리를 내며 떨어진다

곧은 소리는 소리이다
곧은 소리는 곧은

소리를 부른다

번개와같이 떨어지는 물방울은
醉할 瞬間조차 마음에 주지 않고
懶惰와 安定을 뒤집어놓은 듯이
높이도 幅도 없이
떨어진다

—「瀑布」

'눈'은 전통적으로 '바람'·'구름'과 함께 부정적인 상징어다.[54] 그런데 김수영의 시에서는 그와 반대로 순결한 정신을 표상하고 있다. 1연의 인위적인 리듬이 조장하는 의미는 "눈이 살아있다"는 사실이다. 이 '살아있음'은 3연의 '죽음'과 대비를 이루면서 그 의미가 더욱 강조된다. 여기서 기침을 하는 행위는 새벽이라는 시간적 상황과 맞물려 기침起枕, 즉 잠에서 깨어난다는 의미와도 미묘하게 겹쳐지는데, 밤이나 잠이 죽음과 연결되고 잠에서 깨어나는 것이 살아 있다는 의미와 연결된다는 점에서 이 시의 대비적 구도에 들어맞는다. 이런 부수적인 미묘한 의미작용은 시인이 꼭 의도한 것으로 보이지는 않는데 '눈 위에 대고' 기침을 하는 모습이나 '가래'와 결부할 때 일단은 기침을 생리현상으로 받아들이는 게 더 자연스럽기 때문이다.

기침은 생리적으로 폐에 유해물질이 침입하는 것을 방어하고

54) "白雪이 잦아진 골에 구루미 머흐레라"(이색), "간밤에 부던 바람에 눈서리 치단 말가"(유응부), "눈 마자 휘어진 대를 뉘라셔 굽다턴고"(원천석) 등 특히 유학자들의 시조 구절에서 눈은 역경을 상징하거나 부정적 대상을 지칭한다.

구강과 목에 낀 이물질을 제거하는 기능을 하기에 눈이 표상하는 고결한 정신을 지키려는 시적 자아의 행위로도 볼 수 있다. 그러나 2연의 "눈더러 보라고 마음놓고 마음놓고/기침을 하자"는 구절을 살펴보면 단순한 방어의 차원을 넘어 시적 자아가 눈에 자신의 정신적 경지를 견주는 동시에 눈에게 호소하는 차원으로 나아가고 있다고 보는 게 더 타당할 것이다. 그 호소는 눈이 새벽을 지나 살아 있는 것과 같이 시적 자아도 세속에 꺾이지 않고 순결한 정신을 지키고 있으며 앞으로도 지킬 것이라는 선언이다. 이 시에서의 표현은 시적 자아가 젊은 시인에게 던지는 청유형 표현이지만 이는 시적 자아 스스로에게 던지는 다짐의 의미가 더 강하다. 3연의 "죽음을 잊어버린 靈魂과 肉體를 위하여" 새벽이 지나도록 살아 있는 눈은 선비의 고결한 정신과 통한다. 그리하여 젊은 시인에게 밤새도록 고인 가슴의 가래를 "눈을 바라보며" 마음껏 뱉자고 함으로써 그 고결한 대상 앞에서 더럽혀지고 추악해진 시적 자아의 내면을 낱낱이 드러내는 자기성찰과 함께 새로운 내면적 정화淨化를 추구하려는 의지도 표현되고 있다.

「폭포瀑布」도 「눈」과 함께 시인의 도덕적 의지를 보여주는 작품이다. 이 시도 「눈」과 마찬가지 방식으로 반복의 리듬이 조장하는 의미가 표현 자체의 의미와 결부되어 강렬한 충격을 불러일으키고 있다. '~없이', '~지 않고'와 3연을 제외한 각 연 끝의 '떨어진다'의 반복은 결연한 의지를 나타내면서 주술처럼 독자의 정서적·정신적 감응을 유도하고 있다. 이 작품들에서 이미 '눈'이나 '폭포瀑布'의 현상적 실체는 관념적 실체로 뒤바뀌어 있다. 이는 전통시가에서처럼 자연적 대상을 실체 그대로 다루기보다 정신적 대상으로 투영하여 표현하는 경향과 맞닿아 있는 것이다. 「폭포瀑布」에서 시인이 주목하는 것은 쉬지 않고 곧게 떨어지는 폭포의 속성이다. 이것은 곧 인격이나 인간의지의 차원으로 전회된다.

무엇보다 시인이 폭포에서 바라본 도덕적 경지는 "高邁한 精神"이다. 그것은 2연의 "무엇을 향하여 떨어진다는 意味"도 품지 않은 무념無念·무욕無慾·무사無邪의 상태와도 통하며[55] "季節과 晝夜를 가리지 않"는 항구여일恒久如一한 지속성을 가진다. 「눈」에서와 같이 3연의 '밤'이라는 역경의 상황은 폭포로 표상된 고매한 정신이 더욱 빛을 발하는 시간이다. 5연에서 폭포가 지향하는 것은 "懶惰와 安定을 뒤집어 놓은 듯"한 각성의 상태이다. 나타와 안정에 대한 혐오는 4·19혁명 직후의 정치적 상황을 질타할 때에도 잘 드러난다. 「중용中庸에 대하여」에서 "여기에 있는 것은 中庸이 아니라/踏步다 죽은 平和다 懶惰다 無爲다/(但 '중용이 아니라'의 다음에 '反動이다'라는/말은 지워져 있다)"라고 하여 중용을 가장한 나타와 답보는 결국 혁명 정신에 반하는 행동이라고 역설하고 있다. 무엇보다 이러한 상태를 유지하는 것은 끊임없는 정신적 각성에 의해 가능한 것이다. 각성에 대한 시인의 강조는 다른 산문에서도 자주 등장한다. "나는 마비되어 있는 것이 아닌가. 이 극장에, 이 거리에, 저 자동차에, 저 텔레비전에, 이 내 아내에, 이 내 아들놈에, 이 안락에, 이 무사에, 이 타협에, 이 체

---

55) 불가에서는 일반적으로 무념(無念)을 무아(無我)의 경지에 이르러 사심(私心)이나 망념(妄念)이 없는 상태, 무욕(無慾)을 세속적 욕망을 넘어선 상태라 이르고 있으며, 공자는 『論語』에서 시경(詩經)을 한 마디로 압축하여 "思無邪"라고 하여 예술과 도덕의 경지를 합일하였다.

념에 마비되어 있는 것은 아닌가. 마비되어 있지 않다는 자신에 마비된 것이 아닌가"[56]라는 시인의 발언은 그가 얼마나 나타와 안일로 인한 정신적 마비상태를 경계했는가를 보여주는 부분이다.

결국 「눈」과 「폭포瀑布」를 통해 시인이 표현한 가치는 유가적 생활철학에 바탕한 선비의 고결한 절개, 끊임없는 정신적 각성과 통한다고 볼 수 있다. 여기에 예술가로서의 정체성을 잃지 않으려는 시인의 치열한 노력과 어두운 현실을 타개하려는 극복의지가 작용하고 있다.

2. 신동엽—현대적 유토피아관과 동학적 세계관의 결합

1) 문명 비판과 현대적 유토피아관의 구축

전쟁 뒤 경제 원조를 바탕으로 국가재건에 돌입한 한국사회는 1960년대에 이르러서야 본격적인 산업화의 궤도에 오른다.[57] 정치적으로는 자유당의 부패와 이승만 독재에 항거한 4·19혁명이

56) 김수영, 「삼동(三冬) 유감」, 『전집』 2, 131면.
57) 광복 뒤 1961년까지 남한에 제공된 미국의 경제원조 규모는 31억 4천만 달러였는데, 그중 정전협정 체결이후 8년 동안에만 21억 달러의 원조가 제공됐다. 이는 정전협정 이후 분단체계가 고착된 뒤 미국의 반공정권 지원에 대한 의지가 강화되었기 때문이라고 볼 수 있다(정일용, 「반공독재정권을 키운 미국의 경제원조」, 『역사비평』 제7호, 역사비평사, 1989.12, 187면).

일어나 민중들의 의식전환이 이루어졌으나 박정희의 군사 쿠데타에 의해 한국사회는 새로운 군사 독재체제의 길로 치닫고 있었다. 독재정권의 활로로 마련된 경제개발 5개년계획은 노동집약적 산업의 수출을 중심으로 한 기형적인 경제 구조를 창출하였다.[58] 독재정권의 주도로 이루어진 한국경제의 급속한 성장은 외세의존과 노동자들의 희생에 의해 지속되었으며 왜곡된 정치의식과 맞물린 경제 윤리의 상실은 물론 빈부격차와 물신주의를 초래하였다.

1959년 조선일보 신춘문예에 「이야기하는 쟁기꾼의 대지大地」로 등단하여 1960년대에 왕성한 활동을 펼친 신동엽은 당대사회의 모순을 누구보다 냉철하게 인식하였다. 그의 인식은 자본주의의 폐해를 꿰뚫어보는 데에서 더 나아가 현대문명에 대한 비판적 철학으로 심화되었다. 1961년 『자유문학自由文學』에 발표된 평론 「시인정신론詩人精神論」에는 신동엽의 역사관과 문명관이 집약적으로 표출되면서 그의 시를 꿰뚫는 시정신의 단면이 드러났다는 점에서 의미가 크다.

그는 문명의 흐름이 원수성原數性・차수성次數性・귀수성歸數性의 세계로 이어진다고 하였다. "인류의 봄철, 인종의 씨가 갓 뿌려져

58) "박정희 정권은 독점자본을 지원하면서 값싼 노동력을 공급하려고 저임금・저곡가정책을 강력히 밀고 나갔다. 1차 경제개발 5개년 계획에서 섬유・봉재・신발 등 경공업을 중심으로 하는 수출산업화 정책이 채택된 것은 한국경제가 값싼 노동을 자본축적의 유일한 원천으로 삼았기 때문이다. (…중략…) 1960년부터 1969년까지 노동자임금은 경제성장률 9%에 훨씬 못 미치는 3.4% 증가에 그쳤다. 특히 1963년부터 1971년까지 제조업 부문 노동자 실질임금은 5.2% 상승했지만 노동생산성은 8.5% 상승해, 임금상승률은 노동생산성에 미치지 못했다. 1969년 주당 평균 노동시간은 광공업의 경우 57.2시간으로 1963년과 견주어 10시간 남짓 늘어났다."(역사학연구소, 『함께 보는 한국근현대사』, 서해문집, 2004, 362~363면 참조)

움만이 트였을 세월, 기어 다니는 짐승들에겐 산과 들과 열매만이 유일한 의지요 고향이었으며, 어머니 유방에 매어달린 갓난아이와 같이 그들과 대지와의 음양적 밀착관계 외엔 어느 무엇의 개재도 그 사이에 용납될 수 없는" 세계, 즉 에덴의 동산과 같이 원초적인 세계가 원수성 세계라면, 차수성 세계는 가지와 잎이 무성한 한여름의 나무처럼 대지에서 멀어진 채 인간의 능력이 발휘되어 각 계층과 업종이 분화되어 '맹목기술자盲目技術者'[59]들이 가득한 세계이다. 그리고 "여름이 가고 가을이 오면 모든 나무의 열매는 토실히 여물어 스스로 땅에 쏟아져 돌아"오는 단계, 맹목으로 뻗어나간 인위적인 권능들이 한계치에 다다라 다시 원래의 상태로 돌아오는 단계가 귀수성 세계이다.[60]

다소 도식적이고 단순하면서도 결정론적인 한계가 드러나지만 이러한 철학적 사유는 신동엽이 현실의 상황을 문명의 흐름이라는 큰 틀 안에서 이해하고 비판하려 했다는 사실을 보여준다. 그런데 당대의 현실은 차수성 세계에 머물러 있다. 모든 현실문제의 발단이 이 차수성 세계의 구조적 모순에 기인한다.

---

59) 각 분야가 세분화・전문화됨에 따라 그 업종의 발생적 본성에서 이탈하여 생명적・정신적 구심력을 상실한 상태에 이른 자를 말한다. 예를 들어 시업가(詩業家)는 시인으로서의 정신적 기반을 잃고 언어세공에 주력하는 사람이고, 정치전문 기술자는 민중에 대한 고려 없이 권력과 정치술에만 급급하는 사람이다. 그에 반해, '맹목기술자'의 대척점에 위치하는 '전경인(全耕人)'은 본원적 삶에 뿌리박고 세계를 종합적 철학적으로 인식할 수 있는 조화로운 인간상이다(신동엽, 「詩人精神論」, 『자유문학』, 자유문학사, 1961.2; 신동엽, 『申東曄 全集』, 창작과비평사, 1981, 361~373면).

60) 위의 글, 369면.

대지에 발 벗고 늘어붙어 자급자족하는 準全耕人的 개체들을 제외하고는 거의 모든 인구가 조직되고 맹종되고 전통화된 次數性的 공중기구 속에서 生의 정신적 및 물질적 근거를 급여받고 있다. 시야 가득히 즐비하게 솟은 이러한 조직과 체계와 산봉우리들은 제각기 특유한 생리와 특유한 수단방법으로써 자체 생명의 이익을 확충시켜 가면서, 허약한 公分母 위에 뿌리박아 마치 부식작용하는 곰팡이의 집단처럼 번식해 가고 있다. 하여 분자가 확대되면 확대될수록 한정된 어머니 즉 일정한 대지로부터 양식을 빨아들이는 그들 공중기구는 기근을 모면할 수 없을 것이며 영양실조에 빠지게 될 것이며 종국에 가서는 생존경쟁의 광기성에 휘몰려 맹목적인 相殺로써 불경기를 타개하려고 발악하고 발광하고 좌충우돌하기에 이를 것이다. 무수한 기생탑의 층계 아래 章과 節과 句의 마디마디 들러붙어 꿈틀거리는 부분품으로서 물리적 기능을 행위하고 있는 형형색색의 이들 맹목기능자는 항상 동업자들끼리의 경쟁에서 도태될 위태성을 의식하고 있는 것이기 때문에 스스로의 안전한 영업입지를 닦기 위하여 왼눈 곰배팔이를 다시 더 捨像하고 바늘끝만한 시점에다 전 역량을 집중하여 특수 특종한 기능을 뽑아 늘이는 일에로 기형적 分枝를 거듭하고 있다. 현대의 예술, 종교, 정치, 문학, 철학 등의 분업스런 이상 경향은 다만 이러한 역사적 필연 현상으로서 설명이 될 수 있을 것이다. 모든 것은 상품화해 가고 있다. 이러한 광기성은 시공의 경과와 함께 倍加 得勢하여 세계를 대대적으로 변혁시킬 것이다.[61]

위의 글에 따르면, 현실 상황은 자본주의 체제가 공고해지면서 인간의 욕망에 따라 이익을 쟁취하려는 생존경쟁의 상황이 심화되고, 각개 분야가 맹목적으로 분화되어 그 자체로 생명성을 상실

61) 위의 글, 367~368면.

하면서 모든 것이 상품으로 둔갑하여 거래되고 있다. 이러한 지적이 한국사회 산업화의 폐해를 모두 대변한다고 할 수는 없지만 신동엽이 궁극적으로 지향하는 조화롭고 생명감 넘치는 세계로부터 1960년대는 이미 멀찌감치 벗어나 있었다. 급격한 산업화의 여파로 농촌경제는 점점 파괴되어 가고 있었으며 땅을 잃은 농민들이 도시노동자로 편입되어 빈한한 삶을 이어 가고 있었다.

신동엽의 「종로오가鐘路五街」는 서울의 밤거리에서 만난 한 소년을 통해 산업화와 도시화의 어두운 이면을 비추고 있는 작품이다.

> 이슬비 오는 날
> 종로 5가 서시오판 옆에서
> 낯선 少年이 나를 붙들고 東大門을 물었다.
>
> 밤 열한시 반,
> 통금에 쫓기는 群像 속에서 죄 없이
> 크고 맑기만 한 그 소년의 눈동자와
> 내 도시락 보자기가 비에 젖고 있었다.
>
> 국민학교를 갓 나왔을까.
> 새로 사 신은 운동환 벗어 품고
> 그 소년의 등허리선 먼 길 떠나 온 고구마가
> 흙묻은 얼굴들을 맞부비며 저희끼리 비에 젖고 있었다.
>
> 충청북도 보은 俗離山, 아니면
> 전라남도 해남땅 漁村 말씨였을까.
> 나는 가로수 하나를 걷다 되돌아섰다.

그러나 노동자의 홍수 속에 묻혀 그 소년은 보이지 않았다.

그렇지.
눈녹이 바람이 부는 질척질척한 겨울날,
宗廟 담을 끼고 돌다가 나는 보았어.
그의 누나였을까.
부은 한쪽 눈의 娼女가 양지쪽 기대 앉아
속내의 바람으로, 때 묻은 긴 편지 읽고 있었지.

그리고 언젠가 보았어.
세종로 고층건물 공사장,
자갈지게 등짐하던 勞動者 하나이
허리를 다쳐 쓰러져 있었지.
그 소년의 아버지였을까.
半島의 하늘 높이서 太陽이 쏟아지고,
싸늘한 땀방울 뿜어 낸 이마엔 세 줄기 강물.
대륙의 섬나라의
그리고 또 오늘 저 새로운 銀行國의
물결이 딩굴고 있었다.

남은 것은 없었다.
나날이 허물어져 가는 그나마 토방 한 칸,
봄이면 쑥, 여름이면 나무뿌리, 가을이면 타작마당을 휩쓰는 빈 바람.
변한 것은 없었다.
李朝 오백년은 끝나지 않았다.

—「鐘路五街」 부분

시적 자아가 비 오는 밤거리에서 만난 낯선 소년은 이제 막 상경한 것으로 보인다. 소년의 말씨를 통해 시적 자아가 떠올리는 "충청북도 보은 俗離山"이나 "전라남도 해남땅 漁村"은 초등학교를 갓 졸업했을 만한 나이의 소년을 도시로 보내야 할 만큼 척박한 사태에 직면한 우리의 농어촌 현실을 시사한다. 그런데 2연의 "죄 없이 크고 맑기만 한 그 소년의 눈동자"가 "비에 젖고 있었다"라는 표현은 통금시간에 임박한 "밤 열한시 반"이라는 시간과 결부되어 소년이 처한 상황이 절박하고 어렵다는 것을 암시한 것이다. 이와 마찬가지로 3연에 반복적으로 표현된 "그 소년의 등허리선 먼 길 떠나 온 고구마가 / 흙묻은 얼굴들을 맞부비며 저희끼리 비에 젖고 있었다"는 부분도 비가 환기시키는 애상적 분위기를 넘어 소년을 포함한 지방에서 올라온 노동자들의 삶이 몹시 신산하다는 것을 간접적으로 나타낸다. 같은 맥락으로 4연에서 "노동자의 홍수 속에 묻혀" 소년이 보이지 않게 되는 장면에서 소년의 앞으로의 행적이 상경 노동자들의 고통스러운 삶과 일치하리라는 추측을 불러일으키기도 한다.

그리고 6·7연의 "부은 한쪽 눈의 娼女"와 허리 다쳐 쓰러진 "자갈지게 등짐하던 勞動者"는 각각 소년의 누나와 아버지를 떠올리는 인물로 연결되어 시의 초점이 상경한 소년에서 고통스러운 생활을 영위하는 도시 하층민으로 확장된다. 그러면서 그 고통의 원인이 "대륙"·"섬나라"·"銀行國"으로 표현된 외국의 정치·경제 세력에 있다는 점이 강조되고 있다. 또한 "李朝 오백년이 끝나지 않았다"는 말은 시인이 산업화와 근대화로 치장한 압제자의 횡포와 파탄의 역사가 지속되고 있음을 자각한 대목으로, 현실의 총체적 상황을 극단적으로 비판하는 부분이기도 하다.

「종로오가鐘路五街」는 핍박받는 사람들을 동해 1960년대 산업화가 빚어낸 부정적인 현실을 그려낸 시이다. 그런데 이 시가 상경 소년과의 구체적인 만남이나 소년의 상황에 대한 사실적인 인식을 전제로 쓰였다기보다는, 소년이라는 인물을 힘없는 도시 노동자들의 전형으로 내세우기 위해 소년에 대한 시인의 추측과 상상으로 시가 전개되었다는 점에서 이 시의 리얼리티가 다소 손상을 받는 것은 사실이다. 비슷한 맥락으로, "창녀"와 "勞動者"가 곧바로 누나와 아버지로 연결되어 표현되었다는 것도 이 시가 다소 감상적인 발상에서 비롯되었다는 것을 나타낸다. 그렇지만 이 시가 담보하고 있는 비판의식은 사회적 고통의 근본원인을 탐색하려는 열렬한 시인정신에 의해 빛을 발하고 있다.

비슷한 내용을 다룬 「서울」에서도 도시문명에 대한 강한 비판이 나타나 있다.

> 초가을, 머리에 손가락 빗질하며
> 南山에 올랐다.
> 八角亭에서 장안을 굽어보다가
> 갑자기 보리씨가 뿌리고 싶어졌다.
> 저 고층 건물들을 갈아엎고 그 광활한 땅에
> 보리를 심으면 그 이랑이랑마다 얼마나 싱싱한
> 곡식들이 사시사철 물결칠 것이랴.
>
> 서울 사람들은
> 벼락이 무서워
> 避雷塔을 높이 올리고 산다.

내일이라도 한강 다리만 끊어 놓으면
열흘도 못가 굶어죽을
特別市民들은
과연 盲目技能子이어선가
稻熱病藥광고며, 肥料광고를
신문에 내놓고 점잖다.

그날이 오기까지는 끝이 없을 것이다.
崇禮門 대신에 金浦의 空港
화창한 반도의 가을 하늘
越南으로 떠나는 북소리
아랫도리서 목구멍까지 열어놓고
섬나라에 굽실거리는 銀行소리

—「서울」 부분

1연은 시적 화자가 남산에 올라 도심의 빌딩들을 바라보며 벌이는 상상으로 시작된다. 빌딩들이 갈아엎어진 광활한 도심에 보리 물결이 일렁일 장면은 파격적이고 역동적으로 느껴진다. 이런 상상은 서울이 얼마나 생명이 메마른 공간인가를 역으로 드러내 주고 있다. 또한 벼락이 무서워 피뢰탑을 높이 올리고 산다든가 한강 다리만 끊어지면 열흘도 못 가 시민들이 굶어 죽을 것이라는 말은 서울이라는 도시가 얼마나 죄 많고 비정상적인 곳인가를 풍자적으로 나타내는 부분이다.

4연에는 "화창한 반도의 가을 하늘"과 대비되는 1960년대 한국의 비참한 현실이 엿보인다. 미국이 주도하는 국제관계 속에서 자주권을 행사하지 못하는 약소국가 젊은이들이 전쟁터로 나가는 상황과 경제대국으로 성장한 일본에 비굴한 모습을 보이는 정부의 태도가 드러나 있다. 이는 또 다른 시 「권투선수」에서도 반복적으로 나타나는데, "오전짜리 統治權으로 갈보銀行은/ 세워진다"는 부분이나 "콘크리트의 철학은/ 털이 난 철면피"라는 시행에서 외세에 의존한 부정한 권력과 왜곡된 산업화의 결탁이 신랄하게 비판되고 있다.

한국의 산업화는 국제 정세의 역학관계에 의해 강대국들의 틈바구니에서 이루어졌기 때문에 자본주의 체제의 구조적 모순 외에도 민족주의적인 문제가 결합되어 있었다. 「종로오가鐘路五街」와 「서울」을 통해 알 수 있듯이 신동엽 시에서의 문명 비판이 순수하게 자본주의 체제 비판에만 머무르지 않고 주변 강대국들의 정치·경제적 침탈로 확대된 것은 신동엽이 이러한 사실을 깊이 인식하고 있었음을 보여준다.

이처럼 산업화로 대표되는 물질문명의 폐해에 대한 고발이 신동엽 시의 주요 주제로 형성된 가운데, 또 하나의 특징적인 점은 그의 시에서 이러한 물질문명이 전쟁과 관련되어 자주 나타난다는 것이다. 인간의 욕망을 부추겨 더 많은 물질과 권력의 이익을 쟁취하도록 종용하는 체계가 결국 집단 간에 전쟁이라는 극단적인 폭력을 행사하게끔 하는 비극적 상황이 그의 시에 반영되고 있는 것이다. 또한 한 민족이 이념적으로 대립하여 분단 상황이 점점 더 고착화되어 가고 있던 시점에서, 전쟁의 비극을 직접 체험한 시인은 그 모든 문제들이 분리되어 있는 것이 아니라 유기적으로 연계되어 있는 것으로 파악한 것이다. 「풍경風景」과 「기계機械야」는 물질문명이 야기한 전全 지구적인 전쟁의 상황을 말해

주는 시들이다.

순이가 빨아 준 와이샤쯔를 입고
어제 의정부 떠난 백인 병사는
오늘 밤, 死海가의
이스라엘 선술집서,
주인집 가난한 처녀에게
팁을 주고.

아시아와 유우럽
이곳 저곳에서
탱크 부대는 지금
밥을 짓고 있을 것이다.

해바라기 핀,
지중해 바닷가의
촌 아가씨 마을엔,
온 종일, 上陸用 보오트가
나자빠져 딩굴고.

흰 구름, 하늘
젯트 수송편대가
해협을 건느면,
빨래 널린 마을
맨발 벗은 아해들은
쏟아져 나와 구경을 하고.

동방으로 가는
부우연 수송로 가엔,
깡통 주막집이 문을 열고
대낮, 말 같은 촌색시들을
팔고 있을 것이다.

어제도 오늘,
동방대륙에서
서방대륙에로
산과 사막을 뚫어
굵은 송유관은
달리고 있다.

—「風景」 부분

아스란 말일세. 平和한 남의 무덤 파면 어떡해, 田園으로 가게. 田園 모자라면 저 숱한 山脈 파 내리게나.

고요로운 바다 나비도 날으잖는 봄날 노오란 共同墓地에 소시랑 곤두세우고 占領旗 디밀어 오면 고요로운 바다 나비도 날으잖는 꽃살 이부자리가 禮儀가 되겠는가 말일세.

아스란 말일세. 잠자는 남의 등허릴 파면 어떡해. 논밭으로 가게 논밭 모자라면 저 숱한 山脈, 太白 티벨 파밀高原으로 기어 오르게나. 하늘 千萬개의 삽으로 퍽퍽 파헤쳐 보란 말일세.

아스란 말일세. 흰 젖가슴의 물결치는 거리, 소시랑 씨근대고 다니면, 불쌍한 機械야 景致가 되겠는가 말일세.

간밤 평화한 나의 조국에 기어들어와 사보뎅 심거놓고 간 자 나의 어깨 위에서 사보뎅 뽑아가란 말일세.

—「機械야」 부분

「풍경風景」은 말 그대로 세계 각지로 진주하는 군인들의 광경을 그리고 있다. 미국을 중심으로 한 자본주의 체제와 소련을 중심으로 한 사회주의 체제가 냉전관계를 지속하는 가운데 각자의 우방국은 물론 약소국가를 군사적으로 지원한다는 명목 아래 제국주의적 야심을 펼치고 있는 강대국들의 모습을 이 시는 비판하고 있다. 그런데 시적 자아가 일정한 거리에서 상황을 담담하게 묘사하는 이 시에서, 핍박의 대상이 "순이"를 비롯해 "처녀" · "아가씨" 등의 젊은 여성들이라는 점이 특이하다. 앞서 「종로오가鐘路五街」에서 시적 화자의 연민의 시선이 소년에 맞춰져 있는 것처럼 가장 힘없는 약자이면서 외세가 한 민족을 침탈할 때 항상 제일 큰 희생을 당하는 대상이 여성이라는 점에서, 패권주의의 참상에 대해 설득력 있는 상을 제시하고 있는 것이다. 이렇듯 여성이 상품처럼 팔려 나가고, 동방에서 서방으로 물자가 수탈되는 상황은 결국 물질문명의 질주가 초래한 약육강식의 비참한 사태에 해당된다.

「기계機械야」의 "機械"는 물질문명이 이룩한 모든 폭력적 기구를 통칭한다.[62] "占領旗"를 밀고 들어오는 권력은 막대한 자본과

62) 신동엽의 시에서 「껍데기는 가라」의 '흙가슴'과 대비되는 '쇠붙이'나 「水雲이 말하기를」의 '쇠붙이', '가시줄', 「누가 하늘을 보았다 하는가」의 '쇠 항아리' 등 금속성을 지닌 물체로 지칭되는 언어들은 '기계'와 마찬가지로 폭력이나 강권, 더 나아가 물질문명이 만들어 낸 비인간적이면서 부정한 힘을 대변한다.

무력을 배경으로 자국의 이득을 도모하고자 중요한 시장이나 자원을 지닌 곳, 지정학적으로 주요한 곳을 거점으로 삼고자 하는 세력이다. 그런데 이 시에서 침탈을 당하는 곳은 단지 평화로운 장소가 아닌 이미 수많은 참상을 겪어 온 곳이다. 기계가 범접하는 대상이 "무덤"이나 "共同墓地"와 같이 죽음과 연관되어 있기 때문이다. 이렇듯 기계가 논밭으로 가지 않고 "잠자는 남의 등허릴" 팔 때 그것은 이미 인간의 편리를 위해 작용하는 도구가 아닌 소수의 권력과 욕망을 위해 종사하는 존재가 된다. "간밤 평화한 나의 조국에 기어들어" 온 세력에게 이 땅에 심어 놓은 "사보뎅" 즉 불모성을 뜻하는 선인장을 뽑아 가라고 타이르는 시적 자아는 이 시의 완만한 어조와는 다르게 기계문명과 그것이 이룩한 권력에 치열하게 항거하고 있다.

자본주의가 키워 낸 기계문명 속에서 약육강식의 논리로 약자를 침범하는 모든 권력에 대한 신동엽의 항거는 기실 무정부주의에서 받은 영향이 크다. 인간에 대한 존중과 개인의 절대적인 자유를 근간으로 하는 무정부주의는 계급 간 불평등을 철폐하고 사유재산을 부정한다는 점에서 사회주의와 같지만 중앙집권적 권력을 부정한다는 점에서 사회주의와 다르다. 일제 강점기에 일본과 중국을 통해 한국으로 유입된 아나키즘은 광복이라는 중대한 시대적 과제 앞에서 민족주의적 성격을 띠고 있었기 때문에 침략자의 강권을 배척하려는 성향을 강하게 지니고 있었다.[63] 이러한 영향은 아나키즘이 급격히 세력을 잃은 6·25전쟁 이후 미국의

63) 구승회 외, 『한국 아나키즘 100년』, 이학사, 2004, 87~88면 참조.

세력이 남한에 엄청난 힘을 미치던 시기에도 일부 지식인들을 통해 지속적으로 남아 있었다.

신동엽 평전에 의하면, 그도 학창 시절부터 관심을 갖기 시작하여 전후의 서울 거리에서 크로포트킨의 서적을 애써 찾아다닐 정도로 아나키즘에 몰두했던 것으로 보인다.[64] 충남 부여의 가난한 농가에서 태어나 민중들의 궁핍한 생활을 직접 체험한 신동엽은 청년기에 크로포트킨의 저작을 통해서 자연스럽게 불평등한 사회체제의 모순에 깊은 분노를 느끼는 한편 이상적인 평등한 사회를 간절히 꿈꾸었을 것이다.

크로포트킨의 『청년에게 호소함』은 아나키즘의 이론을 체계적으로 전개한 다른 저작과는 달리 부조리한 사회현실을 타개하기 위해 청년들이 나아갈 방향에 대해서 청년들의 양심과 열정에 호소했다는 점에서 이 글을 접한 당시의 많은 청년들에게 공명을 주었을 것이다.

> 나는 당신이 학문적 교육을 받았을 것으로 가정한다. 당신이 의사가 되기를 원한다고 가정해보자.
>
> 내일 누더기 옷을 입은 여자가 당신을 아픈 여자에게 모셔가기 위해 올 것이다. 그가 당신을 통행자의 머리 위로 반대편 이웃이 악수라도 할 수 있을 만큼의 가난한 좁은 뒷골목으로 데려갈 것이다. 당신은 작

---

64) 성민엽 편저, 『신동엽』, 문학세계사, 1992, 38면 참조. 전주사범학교 동창인 하근찬의 증언에 따르면 무정부주의에 대한 신동엽의 관심은 사춘기 시절부터 시작된 것으로 볼 수 있다. 특히 크로포트킨의 자연적이고 진화론적인 무정부주의는 신동엽의 「詩人精神論」에 드러난 문명의 진화 과정이나 전경인(全耕人)의 의미와 상통한다고 볼 수 있다(김응교, 「신동엽 시의 장르적 특성」, 『민족시인 신동엽』(구중서 · 강형철 편), 소명출판, 1999, 603면 참조).

은 등불이 깜박거리는 계단을 하나, 둘, 셋 올라가고, 그리고 차갑고 어두운 방에서 더러운 이불을 덮고 보료 위에 있는 아픈 여자를 발견한다. 흙빛의 창백한 아이들이 엷은 옷을 입고 떨면서 큰 눈으로 당신을 바라본다.

남편은 그의 평생 동안 하루 12시간 혹은 13시간 일해 왔고, 이제 그는 3개월 동안 실직이 된 상태이다. 그의 직업에서 실직은 흔하다. 매년 주기적으로 일어나는 일이다. 그러나 이전에는 그가 실직되었을 때, 그의 부인이 파출부일로 가계를 도왔다. 하루에 30수우를(프랑스 돈 단위) 받고 당신의 셔츠를 빠는 것 등의 일이다. 그러나 이제 그녀가 두 달간 아파 누워서 그 가족은 이제 참담한 곤경에 빠져 있다.

의사인 당신은 그 여자를 위해 어떻게 처방을 내릴 것인가? 한 눈에 그녀의 질병이 영양부족과 신선한 공기의 결핍으로 인한 빈혈증임을 알았을 때 당신은 어떤 처방을 할 수 있겠는가? 매일 좋은 식사를? 시골에서 약간의 운동을? 환기가 잘되는 침실을 당신이 처방할 것인가? 얼마나 아이러니인가? 만약 그녀에게 그러한 것이 제공되었더라면, 당신의 충고를 기다리기 위해 그렇게 누워 있지도 않을 것이다.[65]

청년들에게 대화하듯 쓰인 이 글은 사회에 나아갈 청년들이 과연 무엇을 어떻게 해야 할 것인가라는 질문을 던진다. 만약 청년이 의사가 되기를 희망한다면 그 직업이 극도로 가난한 사람들에게 어떠한 정당한 처방도 내리지 못할 것이라 말하며, 제도적 모순으로 인한 궁핍 때문에 생긴 질병은 결국 제도를 개선해야만 근본적으로 해결할 수 있다고 역설하고 있다. 마찬가지로 청년이 법률가가 되려고 하든지 혹은 과학자가 되려고 하든지 간에 불평

65) 크로포트킨(P. A. Kropotkin), 성정심 역, 『청년에게 호소함』, 신명, 1993, 8~9면.

등이 심화된 사회에서는 그 법률이나 과학이 결국은 특권층에만 봉사하게 될 것이고, 민중의 가혹한 삶을 구제하지 못할 것이라고 말하고 있다. 그러므로 최소한의 양심과 지성이 있는 청년이라면 혁명에 동참할 것이고 그 혁명은 모든 구속을 끊어 버리고 인류사회에 진정한 평등과 자유를 성취하게 할 것이라며 아래와 같이 기술하고 있다.

> 부정 때문에 고통 받는 사람이 얼마나 많은가를 보라. 다른 사람을 위해 일하는 농부들, 그들 자신은 왕겨를 먹고 주인을 위하여 곡식을 남기는 농부들—우리 자신이 바로 이 수많은 대중인 것이다. 우리는 넝마를 입고 비단과 벨벳을 짜는 노동자들—우리도 또한 대중인 것이다. 공장이 고동을 울릴 때 우리는 거리로 나가 성난 바다처럼 달려들 수 있다. (…중략…) 고통 받으며 분노하는 우리 모두가 대중인 것이다. 우리가 바로 모든 것을 삼킬 수 있는 바다(대양)인 것이다. 우리가 뜻만 가진다면, 정의의 순간이 오고야 말 것이다.[66]

아나키즘은 모든 사회운동이 그렇듯이 민중운동으로 전개되는 한에서만 활력과 창의력을 발휘할 수 있다. 왜냐하면 아나키즘은 민중 속에 그 기원을 가지고 있기 때문이다. 즉 강제력을 가지고 민중 위에 군림하는 소수의 통치자에 대항하는 과정으로 아나키스트는 어느 시대에나 국가주의자와 대립해온 것이다. 또한 “국가사회주의자들이 중앙집권국가의 수중에 노동수단의 사회화를 꾀한다고 하는 망상을 포기하지 않는 한, 자본주의 국가와 사회주의 국가의 수립으로 향하여진 그들의 기도가 필연적으로 몰고 갈 결

66) 위의 책, 26면.

말은 곧 공상空想의 파산이요, 또한 군사독재뿐"[67]이라고 주장될 만큼 아나키즘은 사회주의와도 일정한 거리를 갖고 있었는데 그것은 아나키즘의 반권위주의적 성향 때문이었다. 이 반권위주의적 성향은 아나키즘이 자칫 개인의 자유를 침해할 가능성을 제거하는 한편 또 다른 특권층을 양산할 소지를 없애도록 해주었다.

이러한 아나키즘운동의 사상적 기저에는 상호부조론相互扶助論이 자리 잡고 있다. 다윈주의에 기초한 사회진화론은 적자생존과 사회에서의 무한경쟁을 강조하여 제국주의와 식민주의 정책에 지대한 영향을 주었다. 이에 반해 아나키즘의 상호부조론에서는 인간을 포함한 모든 생명체들이 생존과 번영을 위해 서로 돕는 본능을 지니고 있다는 사실을 밝히고 차별과 억압이 배제된 공동생활만이 인류의 나아갈 길이라고 강조하고 있다.[68] 상호부조 형태의 생활방식은 국가가 탄생하기 이전부터 존재해 왔으며 중앙집권적 정치 구조가 발달된 이후에도 어떠한 형태로든 변형되어 이어져 왔다. 또한 어느 시대에나 국가주의나 봉건적 질서에 반대하는 흐름이 이어져 왔다.

신동엽의 시에서는 유럽의 논리적이고 급진적인 아나키즘 이

67) 크로포트킨, 하기락 역, 『近代科學과 아나키즘』, 신명, 1993, 132면.

68) 크로포트킨은 "집권국가의 파괴적인 권력과 친절한 철학자나 사회학자가 과학의 분장을 입혀 설명하는 상호증오와 가차없는 상호투쟁이란 교리를 갖고 있다 하더라도, 인간의 지성과 심성에 깊이 뿌리한 인간연대의 감정을 제거할 수는 없는 것이다. 왜냐하면 그것은 인간이 되기 이전의 진화의 전 과정 속에서 육성된 것이기 때문이다. 인간의 가장 옛 단계 이래의 진화의 성과인 이 감정을 동일한 진화의 다른 하나의 측면이 정복할 수는 없는 것이다"라고 하여 인간 사회의 상호부조의 특성을 본능의 영역까지 소급해 들어갔다(하기락 역, 『相互扶助論』, 형설출판사, 1983, 256~257면).

론의 영향과 우리 생활 속에 내재되어 있는 단순화되고 이상화된 아나키즘적 요소가 결합된 형태로 나타난다. 무엇보다 외세에 항거하면서 자주적인 민족 현실을 희구하는 민족주의적인 차원에서 그의 아나키즘 사상이 시 속에 발현되었다는 점이 특징이다.

> 스칸디나비아라든가 뭐라구 하는 고장에서는 아름다운 석양 대통령이라고 하는 직업을 가진 아저씨가 꽃리본 단 딸아이의 손 이끌고 백화점 거리 칫솔 사러 나오신단다. 탄광 퇴근하는 鑛夫들의 작업복 뒷주머니마다엔 기름묻은 책 하이덱거 럿셀 헤밍웨이 莊子 휴가여행 떠나는 국무총리 서울역 삼등대합실 매표구 앞을 뙤약볕 흡쓰며 줄지어 서 있을 때 그걸 본 서울역장 기쁘시겠오라는 인사 한마디 남길 뿐 평화스러이 자기 사무실문 열고 들어가더란다. 남해에서 북강까지 넘실대는 물결 동해에서 서해까지 팔랑대는 꽃밭 땅에서 하늘로 치솟는 무지개빛 분수 이름은 잊었지만 뭐라군가 불리우는 그 중립국에선 하나에서 백까지가 다 대학 나온 농민들 추럭을 두대씩이나 가지고 대리석 별장에서 산다지만 대통령 이름은 잘 몰라도 새이름 꽃이름 지휘자이름 극작가이름은 훤하더란다 애당초 어느쪽 패거리에도 총쏘는 야만엔 가담치 않기로 작정한 그 知性 그래서 어린이들은 사람 죽이는 시늉을 아니하고도 아름다운 놀이 꽃동산처럼 풍요로운 나라, 억만금을 준대도 싫었다 자기네 포도밭은 사람 상처내는 미사일기지도 땡크기지도 들어올 수 없소 끝끝내 사나이나라 배짱 지킨 국민들, 반도의 달밤 무너진 성터가의 입맞춤이며 푸짐한 타작소리 춤 思索뿐 하늘로 가는 길가엔 황토빛 노을 물든 석양 大統領이라고 하는 직함을 가진 신사가 자전거 꽁무니에 막걸리병을 싣고 삼십리 시골길 시인의 집을 놀러 가더란다
>
> —「散文詩(一)」

> 술을 많이 마시고 잔

어제밤은
자다가 재미난 꿈을 꾸었지.

나비를 타고
하늘을 날아가다가
발 아래 아시아의 반도
삼면에 흰 물거품 철썩이는
아름다운 반도를 보았지.

그 반도의 허리, 개성에서
금강산 이르는 중심부엔 폭 십리의
완충지대, 이른바 북쪽 권력도
남쪽 권력도 아니 미친다는
평화로운 논밭.

술을 많이 마시고 잔 어제밤은
자다가 참
재미난 꿈을 꾸었어.

그 중립지대가
요술을 부리데.
너구리새끼 사람새끼 곰새끼 노루새끼들
발가벗고 뛰어노는 폭 십리의 중립지대가
점점 팽창되는데,
그 평화지대 양쪽에서
총부리 마주 겨누고 있던
탱크들이 일백팔십도 뒤로 돌데.

하더니, 눈 깜박할 사이
물방게처럼
한 떼는 서귀포 밖
한 떼는 두만강 밖
거기서 제각기 바깥 하늘 향해
총칼들 내던져 버리데.

꽃피는 반도는
남에서 북쪽 끝까지
완충지대,
그 모오든 쇠붙이는 말끔이 씻겨가고
사랑 뜨는 반도,
황금이삭 타작하는 순이네 미을 돌이네 마을마다
높이높이 중립의 분수는
나부끼데.

술을 많이 마시고 잔
어제밤은 자면서 허망하게 우스운 꿈만 꾸었지.

—「술을 많이 마시고 잔 어제밤은」

신동엽이 타계하기 일 년 전인 1968년 『월간문학』과 『창작과 비평』에 각각 발표된 「산문시散文詩 1」과 「술을 많이 마시고 잔 어제밤은」은 그 전에 발표된 시들과 다소간 차이를 갖는다. 앞서 언급한 「시인정신론詩人精神論」에서 표출되는 신동엽의 원수성原數性 세계나 아득한 과거에 대한 동경이나 회귀의식이 이 두 시에는 드러나 있지 않다. 반대로 시 「원추리」에 나타나는 상고시대上古時

代·삼한시대에 대한 동경이나, 서사시 『금강』에 드러나는 백제, 고구려의 '두레'와 '무정부 마을'에 대한 추수追隨 등은 시인이 꿈꾸는 순수한 유토피아의 모습을 보여준다. 그곳은 바람직한 세계이지만 시인의 당대 현실과는 동떨어진 세계로서 현실성이 떨어진다. 단지 과거의 세계로 회귀하는 것으로는 현실의 문제를 끌어안고 헤쳐 나아갈 수 있는 창조적인 힘을 생산하기 어렵기 때문이다.

그런 면에서 「산문시散文詩 1」에 등장하는 세계는 단지 유토피아로 보기에는 시에서 벌어지는 상황이 그나마 현실적인 모습을 띠고 있다. 그러나 이 시가 쓰인 1960년대의 정치적으로 암울한 상황을 감안한다면 이 시의 상황이 이상적이다 못해 환상적인 광경으로 느껴질 수도 있을 것이다. 그런데 언뜻 보면 이 시는 일찍이 사회복지제도가 발달한 스칸디나비아 나라들을 모델로 삼아 이상적인 나라를 그리는 것 같지만, 역설적으로 미국과 소련에 의해 분단되어 자주권을 제대로 행사하지 못하고 국내적으로 권위주의적인 독재정권에 허덕이던 당시의 우리나라 상황에 대한 비판을 담고 있다.

이 시의 아나키즘적 요소는 정부가 민중을 억압하지 않을뿐더러 모두가 평등하게 살아가는 모습 속에 드러나 있다. 이 나라에선 국가를 대표하는 대통령, 국무를 총괄하는 국무총리가 전혀 권위적이지 않고 보통 사람처럼 평범한 일상을 영위한다. 이 나라의 정신을 고양하는 것은 바로 문화의 힘이다. 노동자들이 평상적으로 철학책을 대하고 문학·음악 등에 익숙하며 대통령도 시인과 친교를 나눈다. 또 모두에게 교육의 기회가 균등하게 주어져 농민들도 다 대학을 나올 정도이고 경제적 평등도 보장되어 농가가 부유하다. 무엇보다 외세의 폭력에 가담하지 않는 바른 양심과 꿋꿋한 기상을 지닌 국민들이 사는 곳이 바로 이 시가 꿈꾸는 나라이다.

그에 비해 「술을 많이 마시고 잔 어제밤은」은 환상적인 요소가 강하다. 술에 취해서 잠든 뒤 꾼 꿈속의 상황이 시의 내용이라는 점 때문에 현실적인 느낌이 제거되어 있다. 그 꿈의 내용이 1·3연과 마지막 연에서 각각 "재미난 꿈", "허망하게 우스운 꿈"이라고 표현되어 암담한 현실 속에서 시인이 희구하는 이상 세계에 대한 의지가 약화되었는데 그 때문에 이 시가 다소 감상적으로 읽히기도 한다. 그럼에도 이 시가 제시하는 꿈같은 상황은 당대 현실의 모순을 상당 부분 끌어안고 있다.[69] 즉 "너구리새끼 사람새끼 곰새끼 노루새끼들 / 발가벗고 뛰어노는" 평화로운 중립지대가 팽창하여 총부리를 마주 겨누고 있던 탱크들이 백팔십도 회전하여 "한 떼는 서귀포 밖 / 한 떼는 두만강 밖 / 거기서 제각기 바깥 하늘 향해 / 총칼들 내던져 버리"는 극적인 광경은 현실의 비극을 넘어서려는 시인의 간절한 바람에서 비롯된 부분이다. 물론 그가 그린 세계가 다소 관념적이라는 약점이 있지만 그것을 통해 부당한 권위와 폭력에 항거하는 그의 시 정신을 살필 수 있다.

---

69) 김경복은 이 시가 60년대 시대 상황에서 통일논리의 경직화와 분단체제의 고착화에 따른 불안의식, 즉 독재화의 길로 치닫고 있던 당시의 권력의 힘에 대한 압박으로부터 벗어나려고 하는 시인의 욕망을 드러내고 있으며, 이러한 환상성은 현실논리를 뛰어넘는다는 점에서 근대성의 도구적 합리성을 뛰어넘는 구실을 한다고 하여, 서구가 기획한 근대적 합리성에 대한 반근대성, 반문명성을 띤다고 지적하였다(『한국 아나키즘시와 생태학적 유토피아』, 다운샘, 1998, 217면).

2) 동학적 세계관의 실현과 확장

1948년 전주사범학교를 졸업한 신동엽은 낙향하여 진로에 대해 고민을 거듭하던 끝에 1949년 돌연 상경하여 단국대 사학과에 입학한다. 반년도 지나지 않아 전쟁이 발발하자 다시 고향으로 내려간 신동엽은 부여를 함락한 인민군에 의해 민주청년동맹 선전부장을 떠맡게 되고, 전세가 역전되어 인민군이 물러나자 신변의 위험을 느껴 부산으로 도피하였다가 국민방위군에 징집된다. 우여곡절 끝에 쇄약해진 몸으로 부여로 돌아온 신동엽은 건강을 회복하여 대전의 전시 연합대학에 다니게 된다. 이때 재회한 사람이 바로 구상회였다.

> 6·25 전에는 안면만 있었던 구상회를 이 때 다시 만나 각별한 사이가 된다. 신동엽과 구상회는 뜻이 맞았다. 둘 다 문학 지망생이었고 역사에 대한 관심이 깊었다. 두 사람은 함께 자취를 하기도 하는데, 1951년 가을부터 1년 남짓한 기간에 충청남도 일대의 사적(史蹟)을 열심히 찾아다녔다. 부여 출신인 신동엽은 부여를 중심으로 한 백제(百濟)의 사적들을 안내하고, 구상회는 공주의 봉황산(鳳凰山), 동혈산(銅穴山), 우금치(牛金峙), 곰나루 등 갑오농민전쟁의 전적지들을 안내했다. 이들의 관심은 갑오농민전쟁으로 집중되어 문헌 자료를 섭렵하는 한편, 사적 답사의 범위를 넓혀 논산으로, 더 나아가 옛 고부(古阜) 땅인 정읍, 백산, 황토현 등을 비롯한 전북 일대로, 멀리는 전남 해남 지방까지 발길을 옮겼다. 이 기간은 신동엽의 정신사에 있어서 아무리 강조해도 지나치지 않을 중요한 시기였다. 신동엽 시세계의 진정한 면모의 기틀이 다져진 것이 바로 이 시기였던 것이다.[70]

역사학을 전공했던 신동엽이 왕조사 중심의 역사관에서 탈피하여 동학에 관심을 갖고 현장답사를 실행한 것은 당시로서는 굉장히 진보적인 행보로 볼 수 있다. 구상회와의 교우관계에서 영향 받은 것 외에도 자신이 태어난 땅에 대한 애정이 그곳에서 일어났던 역사적인 사건에 관심을 갖게 하였을 것이다. 그렇지만 무엇보다 신동엽의 가정환경과 성장과정에서 비롯된 기층민적 성향이 그로 하여금 민중운동의 성격을 갖는 갑오농민전쟁에 천착하게 했을 것이다. 다시 말하면 일제 강점기 충남의 가난한 농가 출신으로서 빈농들의 고통스러운 삶을 누구보다도 잘 알았던 시인에게 자연스럽게 민중의식이 싹텄으리라는 추측이 가능하다. 그리고 그가 당시 막대하게 밀려닥치던 서구 문물로서의 근대적 인식론에 대한 저항으로 선택한 것이 동학이었다고 볼 수 있다.[71] 결국 이십대 초반부터의 민중사에 대한 깊은 관심과 갑오농민전쟁 현장에 대한 답사는 1967년 『한국현대신작전집韓國現代新作全集』 제5권에 수록되는 장편서사시 『금강』으로 귀결된다.

『금강』은 서화序話와 후화後話를 비롯해 총 26장으로 구성되어 있으며, 허구적 인물인 신하늬를 내세우는 한편 실제 인물로 동학 지도자인 전봉준과 최제우, 최시형을 등장시켜 갑오농민전쟁

70) 성민엽 편저, 『신동엽』, 문학세계사, 1992, 50~51면.

71) 박지영은 서구 인식론의 주체의 분열상과 주체에 마주하는 객관의 경직성과 불투명성을 극복하고 세계에 대한 총체적 인식을 어떻게 회복할까 고민하고, 한반도 현실에 걸맞은 주체적인 인식체계를 찾아갈까 궁구하는 와중에 반외세적인 성격이 강한 동학을 정신적인 기반으로 삼은 것이라고 설명하였다(「유기체적 세계관과 유토피아 의식」, 『민족시인 신동엽』(구중서 · 강형철 편), 소명출판, 1999 참조).

이라는 역사적 사건을 큰 줄거리로 다루고 있다. 각 장은 거의 독립적인 내용 단계로 되어 있으며 상황과 시점과 시간적 배경이 다층적으로 구성되었다. 또한 한 장 안에서도 과거의 이야기가 전개되는 가운데 현재의 장면이 끼어드는 등 몽타주 수법이 빈번히 발휘되기도 하였다. 특히 과거와 현재의 병렬적 배치를 통해 과거의 사건에 대한 현재적 재해석은 물론 과거를 기준으로 한 현재적 사건의 객관화·명료화라는 효과를 획득하였다.

이 작품이 발표된 이듬해에 나온 김우창의 평가는 양면적이다. 그 당시 출간된 시들 가운데 『금강』이 단연코 가장 중요한 시적 업적의 하나가 될 것이라고 상찬하면서도 역사적 사건과 허구적 인물의 마찰을 비판하였으며, 아울러 시인의 역사적 사고의 부족함과 단순함을 지적하였다.[72] 김주연도 같은 맥락에서 역사적 사실에 대한 지나친 윤색, 예를 들면 전봉준의 심리에 대한 설명이라든지 사실 탐구에 근거한 구체적인 묘사보다 풍문의 기술記述 등은 시의 리얼리티를 깨는 동시에 시인의 시적 지향에 대한 의구심을 초래한다고 하였다. 더 나아가 시에서 역사를 받아들일 때에는 특히 기술적技術的인 면에 대한 배려가 있어야 하는데도 그러한 배려가 이루어지지 않았으며, 신하늬를 포함하여 역사의식을 가진 여러 개성적 인물 창조의 실패가 『금강』의 실패를 불러왔다고 극단적인 비판을 가하였다.[73] 그런데 김주연의 부정적 평가는 단

72) 김우창, 「申東曄의 『錦江』에 대하여」, 『창작과비평』, 창작과비평사, 1968년 봄 참조.
73) 김주연, 「詩에 있어서의 참여 문제－申東曄의 『錦江』을 중심으로」, 『狀況과 人間』, 박우사, 1969 참조.

지 신동엽 시에 국한된 것이라기보다 당시의 참여시 전체와 관련된 것인데, 기법과 구성의 결함을 곧바로 역사의식의 부재로 연결시키는 이러한 논리는 무리한 비판으로 보인다.

이러한 지적에 대해 김영무는 『금강』을 중심으로 신동엽의 여러 시를 살피면서 "아이러니, 시적 긴장, 애매성 등등을 강조하는 서구식 모더니즘의 시 정신에 물들어 있는 안목으로 대부분의 신동엽의 시를 읽으면 어쩌면 실망하는 독자가 없지 않을 것이다. 사실 때때로 그의 언어는 평면적이고 시의 구조 자체도 대체로 지나치게 투명하여 다소 묽고 엷다는 평을 면하기 어려울 때가 많다. 그러나 이런 결점 아닌 결점은 그의 시가 훌륭한 민요와 공유하는 특질이기도 하다. 가장 특징적인 그의 스타일은 직접성과 단순성인 바, 「아니오」, 「껍데기는 가라」, 「원추리」 등에 이런 독자적이고 인상적인 특징이 잘 나타난다"[74]고 하였다.

『금강』이 발표된 당시의 이런 엇갈리는 평가는 1960년대 첨예하게 벌어졌던 순수·참여 논쟁의 여파에서 비롯된 경향이 없지 않다. 그런데 그러한 논쟁과는 관계없이 갑오농민전쟁을 통해 민족의 전망을 발견하고 제시했다는 점은 신동엽 문학의 한 성과로 볼 수 있다. 그런 면에서 그의 시에 막대한 영향을 끼친 동학적 세계관을 살펴보는 것은 중요하다.

1894년에 일어난 갑오농민전쟁은 그 주체와 발생과정에 대한 여러 시각에 따라 동학과의 관련성 정도에 편차를 갖는다.[75] 그

74) 김영무, 「알맹이의 역사를 위하여―신동엽의 시」, 『문화비평』, 1970.4; 구중서·강형철 편, 『민족시인 신동엽』, 소명출판, 1999, 430~431면.

75) 갑오농민전쟁을 종교계의 산발적인 시위인 '동학란'쯤으로 의미를 축소하여

렇지만 유교적인 조선왕조에서 유불선이 결합된 자주적인 철학이 이른바 '서학'과의 대립 속에서 민중철학의 대안으로 제시되었을 뿐만 아니라 아래로부터의 적극적인 사회개혁으로 이어졌다는 것은 한국 근대사에서 큰 의미를 갖는다. 물론 그것이 왕권을 철저히 부인하고 국민주권국가를 수립하려는 혁명성을 지니고 있는가 하는 의문은 남아 있다. 그러나 사회적 · 경제적인 면에서만큼은 기존의 체제를 전면적으로 거부하고 외세의 침략에 대해서도 강력하게 저항했던 전쟁이었다는 점에서 혁신적인 사건이었음이 분명하다.[76)]

갑오농민전쟁에 대한 신동엽의 시각은 동학의 이념이 전쟁을 이끌었다는 동학혁명론과 농민이 주체가 된 그 이전의 산발적인

보려는 시각이 일소되지 않았기 때문에, 갑오농민전쟁과 동학의 관계를 객관적으로 해명하는 작업이 여전히 유효하다. 이영호에 따르면 농민전쟁과 동학의 관계에 대한 학설로는 동학혁명론, 농민전쟁론, 종교외피론 등이 제시되어 있다. 동학혁명론은 동학의 사상, 조직, 구성원 등 동학의 일체가 농민전쟁을 이끌었다고 보는 견해로 동학사상을 지도이념으로 볼 경우 이 전쟁은 '동학혁명'으로 이해된다. 농민전쟁론은 조선 후기부터 전개되어 온 농민항쟁이 전봉준의 지도이념, 동학의 포접조직과 결합되어 농민전쟁으로 발전했다는 견해와 온건하고 종교적 성격이 더 강했던 북접 세력과 분리된 남접 세력이 농민항쟁에 가담되어 적극적인 사회변혁이 기도되었다고 보는 견해로 나누어진다. 두 견해는 공통적으로 동학의 이념과 조직적 역할을 일정 부분 인정하고는 있지만 농민들의 저항운동 과정에서 형성된 민중의식이 민족의식으로까지 확대되어 농민전쟁의 혁명이념으로 자리잡아 이루어낸 것이 갑오농민전쟁이라고 보며 이 전쟁에서 동학의 역할을 부정하는 차원에 서 있다. 종교외피론은 "사회가 노동관계 위에 서서 정체하고 있는 시기에는 모든 개혁운동은 종교적 외피를 입는 것"이라는 엥겔스의 견해에서 비롯된 것으로 동학운동이 질적 양적 발전을 거듭하여 농민전쟁으로 나아간 것이라고 보는 견해이다(『동학과 농민전쟁』, 혜안, 2004, 24~28면 참조).

76) 강만길, 『고쳐 쓴 한국 현대사』, 창작과비평사, 1994, 210~211면 참조.

항쟁들이 갑오농민전쟁으로 결집되었다는 농민전쟁론의 절충으로 이루어졌다고 볼 수 있다. 이 시의 이야기가 서사시의 특성상 동학지도자 인물들에 의해 진행되지만, 『금강』에서는 동학이념이 전면에 드러나기보다 민중의식의 구현이 전제적인 초점으로 작용하기 때문이다. 그러한 시각은 갑오농민전쟁이 3・1운동, 4・19혁명으로 계승되었다고 표현된 서화 2절에서 잘 드러난다.

> 우리들은 하늘을 봤다
> 1960년 4월
> 歷史를 짓눌던, 검은 구름장을 찢고
> 永遠의 얼굴을 보았다.
>
> 잠깐 빛났던,
> 당신의 얼굴은
> 우리들의 깊은
> 가슴이었다.
>
> 하늘 물 한아름 떠다,
> 1919년 우리는
> 우리 얼굴 닦아놓았다.
>
> 1894년쯤엔,
> 돌에도 나무등걸에도
> 당신의 얼굴은 전체가 하늘이었다.

갑오농민전쟁과 3・1운동, 4・19혁명을 한 흐름으로 본 것은 이

항쟁들이 여타 사건보다 강한 민중의식에서 발로한 것이기 때문이다. 갑오농민전쟁이 다른 두 항쟁들과 한 맥락에 놓임으로써 그것이 동학이라는 사상체계를 뛰어넘어 전체 민중의 삶의 문제와 가장 밀접하게 연결되는 민중의식의 발현으로 받아들여질 수 있는 것이다. 그리하여 『금강』에 드러나는 동학적 세계관을 민중의식이라는 큰 틀 안에서 고구해야 한다는 관점이 생긴다. 예를 들어 최제우·최시형을 중심으로 한 북접은 '무위이화無爲而化',[77] 즉 인위적으로 공들이지 않아도 스스로 변화한다는 동학의 소극적 관념적 차원에 머물러 있었으나, 수탈당하던 빈농계층들이 주축이 되어 갑오농민전쟁을 일으켰던 남접은 보국안민輔國安民과 광제창생廣濟蒼生의 기치를 내세우며 만민평등을 근간으로 한 적극적인 반봉건·반외세 전쟁을 벌였다. 그런데 여기서 '무위이화'는 노자의 무위사상을 받아들인 것으로 동학농민전쟁의 현세적인 혁신성과는 거리가 있다. 그러므로 『금강』에 나타나는 동학적 세계관과 그 실제적 내용은 구분되어야 할 필요가 있다.

위의 시 1연에서 "하늘"은 "永遠의 얼굴"과 동격의 의미를 갖는다. 그것은 2연에서 "당신의 얼굴"과 통하며 4연에서도 거듭 반복되고 있다. 그 "하늘"(=永遠의 얼굴=당신의 얼굴)은 "歷史를 짓눌던, 검은 구름장"을 찢어야만 볼 수 있고 그것도 "잠깐 빛"날 뿐

---

77) 도가의 사상을 받아들인 부분으로 『도덕경』 제57장에 "我無爲而民自化"라는 구절, 즉 "내가 인위적인 것이 아닌 무위로써 백성을 다스리면 백성은 저절로 교화된다"는 말에서 온 것이다. 이는 유가의 명분과 공리주의가 인간의 심성을 타락시켜 허세와 비리로 가득 차게 한다고 보고 이런 유가적인 지혜를 없애기 위해 무위자연의 도로 복귀해야 한다고 역설한 부분이다(김영율 역, 『老子』, 금성, 1987, 78~79면).

이다. 다시 말해 그 "하늘"은 갑오농민전쟁, 3 · 1운동, 4 · 19혁명처럼 민중의 힘이 결집되어 부정한 폭압에 항거할 때에만 볼 수 있는 "얼굴"이다. 그것은 "영원의 얼굴"로 표현될 만큼 절대성, 신성성을 지니고 있다.

> 석가 죽은지 이미 3천년
> 노자 죽은지 이미 2천수백년
>
> 그분들은 하늘을 보았지만
> 그분들만 보았을 뿐
>
> 30억의 창생은
> 아직도 하늘을 보지 못한 게 아니오?
> 아직도 구제되지 못한 게 아니오?
>
> —『금강』 16장 부분

위의 시에서 나타나는 것과 같이 "하늘"은 정신적인 구제 혹은 득도와 연관될 것으로 보이는 '진리' · '도'와는 의미에 있어서 간극을 갖는다. 이때의 "하늘"은 자아 밖의 어떤 절대적 대상이나 경지를 뜻하지만, 서화에서의 "하늘"은 "우리들의 깊은 가슴"과 동격이 되면서 '사람이 곧 하늘'이라는 인내천人乃天사상과 연결된다. 다시 말해 "하늘"은 자아 밖에 존재하는 외물로서의 절대적 대상이 아닌 인간 자아에 깃든 신성한 영역인 동시에, 인간의 자아가 절대적 존중의 대상으로 통한다는 의미를 내포하고 있다.

이렇듯 인간이 하늘과 같이 소중하다는 사상은 만민평등사상과 불가분의 관계에 있는데, 철저한 계급사회였던 조선시대에는 이런 생각을 펼쳐 보이는 것만으로도 혁명적인 일이었다.

사람은 한울님이니라
노비도 농삿군도 천민도
사람은 한울님이니라

우리는 마음 속에 한울님을 모시고 사니라
우리의 내부에 한울님이 살아 계시니라
우리의 밖에 있을 때 한울님은 바람,
우리는 각자 스스로 한울님을 깨달을 뿐,
아무에게도 옮기지 못하니라.
모든 중생이여, 한울님 섬기듯 이웃사람을 섬길지니라.

水雲은
집에 있는 노비 두 사람을
해방시키어
하나는 며느리
하나는 양딸,

가지고 있던
금싸래기땅 열두 마지기
땅없는 농민들에게
무상으로 나누었다.

—4장 부분

어느 여름

東學교도 徐노인 집에서
저녁상을 받았다.

수저를 들으려니
안방에서 들려오는
베 짜는 소리,

"저건
무슨 소립니까?"

"제 며느리애가
베짜는가봅니다"

"서선생,
며느리가 아닙니다.
그분이 바로
한울님이십니다.

어서 모셔다가
이 밥상에서
우리 함께 다순 저녁
들도록 하세요."

(…중략…)

다음날 아침
떠나는 海月을 전송하러

徐노인 집안이 동구 밖
논길까지 나왔다.

막내아이가
따라나오며 우니
서노인은 눈을 부릅떠
위협, 쫓아보내려 했다.
海月은,
주인을 가로막아
어린이의 머리 쓰다듬으며
그 자리 흙바닥에
무릎 꿇었다.

그리고 서노인에게
말했다.

"이 어린 분도
한울님이세요.
소중히 받드세요."

—12장 부분

4장과 12장은 각각 수운 최제우와 해월 최시형의 일화를 통해서 인간존중·만민평등사상을 드러낸 부분이다. 『금강』에 묘사된 이들의 행적이 실제와 어느 정도 거리가 있고, 북접의 교주인 이들이 남접의 무장항쟁을 규탄하고 남접을 사문난적斯門亂賊으로 몰아 전봉준과 대립한 사실이 분명하지만[78] 『금강』은 서사시로서의 인물 행위의 묘사에 충실함으로써 줄거리를 생생하게 전개하고 있다. 4장에서 최제우는 노비와 농사꾼과 천민이 모두 '한울님'이라는 인내천사상을 역설하고 있다. 그것은 사람의 내부에 '한울님'이 살아 있기 때문에 모든 이웃을 '한울님' 섬기듯 해야 한다는 계시로 나아간다. 그리고 최제우도 노비를 해방시켜 며느리와 양딸로 삼고 땅을 농민들에게 나누어 주는 등 몸소 사상을 실천하는 모습을 보여주고 있다. 최제우가 동학교도인 서노인의 집에서 묵으면서 벌어진 일화도 이와 비슷한데, 앞의 이야기가 계급 간의 평등을 주장한 것이라면 이것은 봉건적 유교사회에서 가족 간의 불평등을 비판하는 부분이다. 여기서는 여자와 어린이를 하대하는 태도를 고치고 이들도 '한울님'처럼 소중히 받들라고 당부하는 장면이 묘사되고 있다. 이는 불평등한 관계 속에서 인간을 억압하는 신분제도에 대한 비판을 통해 만민이 평등할 때에만 모든 사람이 다 행복해지리라는 동학사상이 표현된 것이다.

신동엽은 『금강』에서 이러한 조선사회의 폐습을 비판하면서 민중들의 현실적인 고통이 어디에서 연원하는가 진단한다. 아래에 의하면 그것은 내부의 부정한 권력과 이익을 찾아 폭력을 앞세우고 들어오는 외세에서 비롯된다.

> 언제부터였을까,
> 살림을 장식하기 위해 백성들 가슴에
> 달았던 꽃이, 백성들 머리 위 기어올라와,

---

78) 이런 점을 지적하면서 김주연은 『금강』에 드러난 사실(史實)과 허구와의 차이를 들어 시인의 역사의식 부재를 비판하였다(김주연, 앞의 글 참조).

쇠항아리처럼 커져서 백성 덮누르기
시작한 것은

언제부터였을까, 산짐승, 有閑약탈자
쫓기 위해 백성들 문밖 세워뒀던 문지기들이,
안방 기어들어와 상전노릇 하기
시작한 것은,

李朝 5백년의
王族,
그건 中央에 도사리고 있는
큰 마리낙지.
그 큰 마리낙지 주위에
수십 수백의 새끼낙지들이 꾸물거리고 있었다
정승배, 大監마님, 兩班나리, 또 무엇

지방에 오면 말거머리들이
요소 요소에 웅거하고 있었다
관찰사, 縣監, 병사, 牧使,

마을로, 장으로
꾸물거리고 다니는 건 빈대,
捧稅官, 均田使, 轉運使, 아전, 이속, 官稅委員
그들도 벼슬은 벼슬이었다.

벼슬자리란 공으로 들어오지
않는 법,
밑천을 들였으면

밑천을 뽑아야,
그리고 지금이나
예나, 부지런히 上納해야
모가지가 안전한 법,
그래서, 큰 마리낙지 주위엔
일흔 마리의 새끼낙지가,

일흔 마리의 새끼낙지 산하엔
칠백 마리의 말거머리가,

칠백 마리의 말거머리 휘하엔
만 마리의 빈대 새끼들이.
아래로부터, 옆으로부터,
이를 드러내놓고 農民 피를 빨아

열심히, 上部로 상부로
올려바쳤다.
큰 마리낙지는
그럼 혼자서 살쪘나?

오늘, 우리들 책 끼고
출근 버스 기다리는 獨立門 근처
上典國 使臣의 숙소 慕華館이 있었다.
지금으로 말하면
무슨 호텔, 아니면 무슨 大使館,
해마다 王室은
3십3만 냥의 금은보활,
淸나라 皇室에 上納,

그리고 3십7만 냥의 돈 들여
상전국 使臣, 술과 고기와 계집으로 접대했다.

"혹, 노예들에 의해
우리王室 밀려나게 됐을 때
즉각 귀국 군대로
도와주옵소서."

新羅왕실이
백제, 고구려 칠 때
唐나라 군사를 모셔왔지.

옛날 사람 욕할건 없다.

우리들은 끄떡하면 外勢를
자랑처럼 모시고 들어오지.
八·一五 후, 우리의 땅은
디딜 곳 하나 없이
지렁이 문자로 가득하다.
慕華館에서 開城 사이의 행길에 끌려나와
淸나라 깃발 흔들던 눈먼 祖上들처럼,

오늘은 또, 화창한 코스모스 길
아스팔트가에 몰려나와,
불쌍한 장님들은, 대중도 없이 서양깃발만
흔들어댄다.

—6장 부분

6장에서는 봉건사회의 수탈구조가 비유적으로 표현되었다. "살림을 장식하기 위해 백성들 가슴에 달았던 꽃", "산짐승, 有閑약탈자 쫓기 위해 백성들 문밖 세웠던 문지기들", 즉 민중들의 생활을 윤택하게 하기 위해 애써야 할 왕과 관리들이 거꾸로 민중을 지배하고 억압하기 시작한 것이다. 이들은 "큰 마리낙지", "새끼낙지", "말거머리", "빈대 새끼"와 같이 왕실부터 상급관리 · 하급관리에 이르기까지 가혹하게 농민들을 수탈하고 있다. 여기에다 "큰 마리낙지"에 해당하는 왕실은 자신들의 안위를 위해 온갖 아첨을 떨며 외세를 끌어들이곤 한다. 이것이 조선왕조 말기의 현상이라면 통일을 위해 당나라를 끌어들인 신라도 자주성을 상실한 상태에서 남의 힘으로 왕실을 지키려는 책략을 보인 셈이다. 이는 정치적 · 경제적 사대주의를 넘어 "우리의 땅은 디딜 곳 하나 없이 지렁이 문자로 가득"한 문화적 사대주의에 빠지고 만 광복 뒤의 현실 상황을 말한 부분이다. 이 "불쌍한 장님들"은 비단 조선 말의 청나라에 대해서뿐만 아니라 광복과 전쟁을 거치면서 남한사회에 뿌리를 내린 미국과 1965년에 박정희 독재정권과 외교를 맺은 일본을 향해 "대중도 없이" 깃발을 흔들어대는 의식 없는 정부와 백성들이다. 이렇게 끌어들인 외세에 의존한 무리한 관치경제는 도시와 농촌 사이의 빈부 격차를 더욱 벌려 놓고("무엇이 달라졌는가, / 지금도 우물터 / 피기름 샘솟는 / 중앙都市는 살찌고 / 농촌은 누우렇게 시들어가고 있다" — 제13장 부분) 부패한 정부는 온갖 행패를 저지르고 있다("도둑질 / 약탈, 정권만능 / 노동착취, / 부정이 분수처럼 자유로운 버려진 시대" — 같은 장).

부패한 권력을 유지하기 위해 들어온 외세는 약소국에 용이하게 상품을 파는 데에만 멈추지 않고 그 나라의 주권을 침해하면서 스스로의 권력의 확장을 꾀하였는데, 그 피해와 고통은 고스란히 약소국 민중들에게 전가되었다.

㉠ 資本이 벨을 누르면
중앙청 정승 대감들이
맨발로 달려와
머리 조아리고.
다음날 그들
銀行室 벼슬아치들은
湖南平野 원주민의 쌀값을
대폭 引下.

資本室이 가지고 들어온
설탕값을 스물세 곱으로 올린다.

—제6장 부분

㉡ 반도의
등을 덮은 철조망
논밭 위 심어놓은 타국의 기지.

—제13장 부분

㉢ 갈라진 조국.
강요된 分斷線.
우리끼리 익고 싶은 밥에
누군가 쇠가루를 뿌려놓은 것 같구나.
너와 나를 反目케 하고
개별적으로 뜯어가기 위해

누군가가 우리의 세상에
쇠가루 뿌려놓은 것 같구나.

—제6장 부분

㉠에는 외세가 정부 인사들을 입맛대로 조정해서 제한된 양밖에 생산하지 못하는 농산품을 싼 가격에 수입하고는 얼마든지 생산 가능한 공산품을 높은 가격에 수출하여 막대한 이익을 얻는 모습이 나타나 있다. 그런데 외세는 이런 경제적 수탈만 감행하는 것이 아니라 ㉡처럼 약소국을 자신들의 병참기지로 삼기에 이른다. 이는 냉전시대에 이념적으로 첨예하게 대립하던 미소 양극의 구도 속에서 한반도를 군사적 원조라는 미명 아래 자국의 병참기지로 삼아 정치 경제적 영향력을 행사하던 미국과 소련의 행태이기도 하다. 그리고 "너와 나를 反目케 하고 개별적으로 뜯어가기 위해" "우리의 세상에 쇠가루 뿌려놓"았다고 표현했듯이, 한반도의 분단이 이들 강대국들의 이해관계에서 비롯되었다는 사실을 명확하게 드러내는 ㉢에선 과거의 상황과 현재의 상황이 겹쳐지면서 동학의 반외세 저항이 당대에도 뚜렷한 의의를 가질 수 있다는 사실을 웅변적으로 보여주고 있다.

이러한 반외세·반봉건 정신은 만민평등과 함께 동학사상 속에 올곧게 살아 있는 기운이며, 이러한 정신이 단지 과거의 일에 머무르는 게 아니라 현재에도 분명히 계승되어야 할 가치라는 것이 드러남으로써 『금강』의 창작의도와 당대적 의의가 다시 빛을 발할 것이다.

제 3 장

부정의식의 형상화와 시적 탐구

1. 김수영—부정의식과 '사랑'의 탐구

1) '바로보기'와 부정의식

김수영의 초기시에서 '보다'라는 행위는 특별한 의미를 지닌다. 그것은 감각기관을 통해 대상의 상태를 인식한다는 일차적인 뜻 외에도 대상이나 대상과 관련된 상황은 물론, 좀 더 존재론적인 차원에서 대상이나 상황의 내용과 특질을 밝힌다는 적극적인 의미까지 포함한다. 그의 시에서도 '보다'라는 표현은 응당 적극적인 의미를 품고 있다. 그런데 '보다'라는 말은 그 앞에 목적어인 '무엇을'이 해명될 때 온전히 성립될 수 있다. 「공자孔子의 생활난生活難」은 시인이 보려고 한 것이 무엇인지에 대해 희미한 단서를 제공한다.

꽃이 열매의 上部에 피었을 때
너는 줄넘기 作亂을 한다

나는 發散한 形象을 求하였으나
그것은 作戰 같은 것이기에 어려웁다

국수—伊太利語로는 마카로니라고
먹기 쉬운 것은 나의 叛亂性일까

동무여 이제 나는 바로 보마
事物과 事物의 生理와
事物의 數量과 限度와
事物의 愚昧와 事物의 明晳性을

그리고 나는 죽을 것이다.

—「孔子의 生活難」

김현은 이 시에서 '바로 본다'라고 표현된 동작이 3연의 "나의 叛亂性"이라는 말과 밀접한 관련성이 있다고 하였다. 그에 의하면 '바로 본다'는 것은 한 대상을 사람들이 부여한 의미대로 이해하지 않고 그 나름으로 보는 것이며, 도식적이고 관습적인 태도에서 벗어나 상식에 반란을 일으키는 것을 뜻한다. 그런 인식은 1연처럼 "作亂"으로 표현된 의식의 파격과도 통한다. 이런 파격성은 기존의 동양적 감상주의에서 탈피한 비시적非詩的인 요소의 도입이라는 모더니즘의 특성을 드러낸다고 하였다.[1]

이에 대해 염무웅은 비교적 의미가 명확하게 읽히는 4·5연을 제하고 나머지 윗부분은 전혀 의미를 해독할 수 없다고 하였다. 그의 말에 따르면, 앞서 김현의 분석은 '바로 본다'와 "나의 叛亂性" 두 말만을 결부시킨 해석이지 그 말들이 유기적으로 결합된 작품 전체의 구조와 의미에 대한 해석이라고 볼 수 없으며 오히려 이 시에 대해서는 황동규의 "시를 의식한 시"[2]라는 언급처럼 쓰일 시에 앞서 있는 시, 혹은 시적인 '포즈'가 시에 앞서 있는 시라는 평가가 온당하다고 하였다. 염무웅은 그밖에도 1연부터의 혼란과 4연에서의 돌연한 전환이 야기한 단절, 5연의 엉뚱한 비약, 그리고 이 모든 것들의 총체적 결합이 독자에게 낭패감을 주는 소격효과疏隔效果를 이룬다고 지적하였다. 그런 의미에서 이 시는 전형적인 모더니즘 계열의 난해시에 속한다고 하였다.[3]

두 의견 모두 「공자孔子의 생활난生活難」이 모더니즘의 특성을 갖는다고 지적했지만 이런 지적들이 모더니즘 시에 대한 일정한 이해와 비판에 근거했다기보다, 자의적인 분석에 의존하거나 이 시를 난해시로 규정하여 논외로 치부하는 데 멈추었다는 평가를

1) 김현, 「自由와 꿈」, 『거대한 뿌리』(김수영 시선집 해설), 창작과비평사, 1974, 9면.
2) 황동규, 「정직의 空間」, 『달의 行路를 밟을지라도』(김수영 시선집 해설), 민음사, 1976, 12면.
3) 염무웅, 「金洙暎論」, 『창작과비평』, 창작과비평사, 1976년 겨울, 427~428면.

벗어나기 힘들다. 1970년대에 김현과 염무웅에 의해 행해진 이러한 두 가지 해석은 향후 김수영의 초기시 가운데 자주 언급되는 「공자孔子의 생활난生活難」에 대한 해석의 두 가지 흐름을 주도해 왔다. 염무웅처럼 시 전체를 유기적인 구조로 파악하기엔 이 시의 구절 사이에 의미의 진폭이 크고, 김현처럼 부분적인 표현과 표현의 연결을 통해 시의 창작의도를 도출하기엔 다소 무리가 있어 보인다. 즉 이 시는 독자가 전체적인 내용을 받아들이기엔 표현이 덜 되어 있다는 점에서 미완성작이다. 난해시도 의미의 소통을 전제로 한 하나의 작품으로서, 해석하기가 비교적 어렵다는 특징을 지니고 있을 뿐이지 해석이 불가능한 것은 아니다. 해석의 길이 아예 원천봉쇄된 시는 난해시의 영역에도 해당되지 않는 미완성작 혹은 실패작이라고 볼 수 있기 때문이다. 그런데도 미완성작을 완성작으로 간주하고 독자가 해독할 수 없는 완성된 의미구조가 내재해 있으리라는 추측 아래 작위적 · 자의적으로 작품 해설을 시도하거나 의미를 조주해가는 것은 위험한 일이다.

이 시에서는 그나마 온전히 해독할 수 있는 부분이 4 · 5연이다. 시적 자아의 진리 탐구에 대한 열의가 드러난 4연은 짧은 서술어와 긴 목적어가 도치되어 단정적이고 의지적인 느낌을 준다. 그러나 "바로 보마"의 목적어인 '무엇을'에 해당하는 4연 2~4행의 "事物과 事物의 生理", "事物의 數量과 限度", "事物의 愚昧와 事物의 明晳性"은 이 세상의 '진리'나 '진실'쯤으로 바꿔 이해할 수 있겠으나 너무 추상적이어서 막연하게 느껴진다. 오히려 '아침에 진리를 들으며 저녁에 죽어도 좋다'라는, 공자의 말을 연상시키는 5연이 4연과 어우러져 이 시의 초점이 된다. 다시 말해

이 시에서는 '무엇을' 보는 것이 중요한 게 아니라 '바로 본다'는 태도와 그 의지가 더 돌출되어 있다. 그리하여 '바로 본다'의 목적어 '무엇을'에 해당하는 숨은 내용은 '바로 보는 나'가 된다. 다소 치기로 느껴지기도 하지만, '바로 보는 나'의 태도, 죽음과 맞바꿀 수 있다고 선언하는 완강하고 처절한 태도가 이 시를 쓰게 한 원동력이기 때문이다.

미완성작인 이 시에서 '바로 본다'의 의미가 좀 더 선명해지기 위해서는 다른 초기시들과의 비교가 필요하다. 다른 몇몇 시들에서도 '보다'의 의미가 부각되어 있다.

가까이 할 수 없는 書籍이 있다
이것은 먼 바다를 건너온
容易하게 찾아갈 수 없는 나라에서 온 것이다
주변없는 사람이 만져서는 아니될 冊
만지면은 죽어버릴듯 말듯 되는 冊
가리포루니아라는 곳에서 온 것만은
確實하지만 누가 지은 것인줄도 모르는
第二次大戰 以後의
긴긴 歷史를 갖춘 것같은
이 嚴然한 冊이
지금 바람 속에 휘날리고 있다

(…중략…)

나는 이 책을 멀리 보고 있다
그저 멀리 보고 있는 듯한 것이 妥當한 것이므로

나는 괴롭다

—「가까이 할 수 없는 書籍」 부분

"가까이 할 수 없는 書籍"은 "바다를 건너" "容易하게 찾아갈 수 없는 나라"에서 온 책으로, 그 나라는 식민지 현실을 체험한 후진국의 젊은 시인이 도달할 수 없는 풍요가 넘치는 곳이다. 그곳에서 온 책은 "주변없는 사람이 만져서는 아니될" "만지면은 죽어버릴듯 말듯 되는 冊", 다시 말해 시적 자아와는 "가까이 할 수 없는" 책이다. 이렇듯 소외감과 열등감에 뒤틀리고 억눌린 시적 자아가 이 책을 바라보는 태도 또한 독특하다. 시적 자아는 그 책을 '멀리' 보고 있다. '바로' 보고 있지 않은 것이다. 그 책을 '멀리' 보고 있는 시적 자아의 태도는 더 이상 완강하거나 죽음과 맞서 있지 않다. 그리하여 김수영의 시에서 대비적으로 짝을 이룬 '바로보기/비껴보기'의 체계가 형성된다. 이 '바로보기'는 대상을 비껴 보고 있는 자신에 대해 반성하게 하는 대비항이며, 대상을 비껴 보게 하는 모든 상황에 대한 부정이다.

아버지의 寫眞을 보지 않아도
悲慘은 일찌기 있었던 것

돌아가신 아버지의 寫眞에는
眼鏡이 걸려있고
내가 떳떳이 내다볼 수 없는 現實처럼
그의 눈은 깊이 파지어서
그래도 그것은

돌아가신 그날의 푸른 눈은 아니요
나의 飢餓처럼 그는 서서 나를 보고
나는 모오든 사람을 또한
나의 妻를 避하여
그의 얼굴을 숨어 보는 것이요

詠嘆이 아닌 그의 키와
詛呪가 아닌 나의 얼굴에서
오오 나는 그의 얼굴을 따라
왜 이리 조바심하는 것이요

조바심도 습관이 되고
그의 얼굴도 습관이 되며
나의 無理하는 生에서
그의 寫眞도 無理가 아닐 수 없이

그의 寫眞은 이 맑고 넓은 아침에서
또하나의 나의 팔이 될 수 없는 悲慘이요
행길에 얼어붙은 유리창들같이
時計의 열두시같이
再次는 다시 보지 않을 遍歷의 歷史……

나는 모든 사람을 避하여
그의 얼굴을 숨어 보는 버릇이 있소

—「아버지의 寫眞」

倒立한 나의 아버지의

얼굴과 나여

나는 한번도 이[虱]를
보지 못한 사람이다

어두운 옷 속에서만
이[虱]는 사람을 부르고
사람을 울린다

나는 한번도 아버지의
수염을 바로는 보지
못하였다

　　新聞을 펴라

이[虱]가 걸어나온다
行列처럼
어제의 물처럼
걸어나온다

—「이[虱]」

「아버지의 사진寫眞」에서 시적 자아는 아버지의 사진을 숨어서 본다. 더 정확히 말하자면 사진 속의 아버지를 피해 숨는 동시에, 사진을 보는 시적 자아의 모습을 볼지도 모를 사람을 피해 숨어서 사진을 보는 것이다. 이 시에서 의도적으로 다소 희화화된 시적 자아를 바라보는 또 한 사람은 바로 시인이기 때문이다.

이때 사진 속의 아버지는 "떳떳이 내다볼 수 없는 現實처럼" 눈이 깊다. 그는 "나의 飢餓처럼" 서서 '나'를 보고 있다. 이런 비유적 표현을 유추해보면, 아버지는 떳떳하게 현실을 살아온 사람인 데 비해 '나'는 그렇지 않다는 진술로 보는 것이 자연스럽다. 여기에서도 사진 속의 아버지가 "나의 飢餓처럼" "서" 있다거나 "나를 보고" 있다는 것이 강조되기보다 '飢餓'와 같은 '나'의 상태가 더 드러날 뿐이다. 다소 희화화된 시적 자아를 바라보는 시각은 자조적이고 비관적이다.

비슷한 내용을 다룬 시 「이[虱]」에서는 '한번도 바로 보지 못한 아버지의 수염'이 '한번도 보지 못한 이[虱]'로 등치된다. "어두운 옷 속에서만 / 이[虱]는 사람을 부르고 / 사람을 울"리는 것처럼 '아버지의 수염'으로 표현된 현실(현실 앞에서 떳떳해야 한다는 인식)도 어두운 '나' 속에서 '나'를 괴롭힌다. 현실 앞에 떳떳하지 못한 자신에 대한 부정이 시적 자아가 자신과 대비적으로 비춰지는 아버지와 대면할 때 숨어보게 하는 것이며, 이는 역으로 현실·역사와 관련될 것으로 유추되는 어떤 진실을 시인이 바로 보고자 열망한다는 사실을 말해준다. 그런데 여기서도 중요한 것은 '무엇을 바로 본다'고 할 때의 '무엇'보다 '바로 본다' 그 자체이다. 김수영 식으로 논하자면 '바로 본다'는 말 속에는 이미 '무엇'이 포함되어 있는 것이다.[4] 다시 말해 '무엇'을 진리나 진실·현실·

4) 김수영은 시작(詩作)의 의미를 "온몸으로 동시에 밀고 나가는 것"이라고 역설하며 다음과 같이 잇고 있다. "그러면 온몸으로 동시에 무엇을 밀고 나가는가. 그러나—나의 모호성을 용서해 준다면—'무엇을'의 대답은 '동시에' 안에 이미 포함되어 있다고 생각된다. 즉 온몸으로 동시에 온몸을 밀고나가는 것이 되고, 이 말은 곧 온몸으로 바로 온몸을 밀고 나가는 것이 된다."(「시여, 침을

역사 등으로 치환하기보다 바로 보려는 시인의 치열한 자세가 어떻게 부각되었는가가 중요하다. 바로 그 치열함이 사변적인 김수영의 여러 시를 사변적이지 않게 읽게 만든다. 바로 보려는 '무엇'에 대해 궁리하기 전에 시인의 정신의 열도가 먼저 전달되기 때문이다. 이것이 바로 시가 논리 이상으로 끌어당겨지는 지점이기도 하다.

여기서 '바로보기'는 '바로보기'를 방해하는 온갖 힘들과 맞닥뜨릴 수밖에 없다. 부정의식은 '바로보기'를 방해하는 온갖 것들에 대한 저항이며 끊임없이 움직이는 진실을 고정된 허상으로 속이는 것들에 대한 회의이다. 다시 말해 '바로보기'와 부정의식은 상보적으로 함께 작동하는 동시에 부정의식은 '바로보기'의 전제가 되기도 한다.

벨어라」, 『전집』 2, 398면) 이 모호한 말은 '온몸의 이행=사랑=시의 형식'이라는 등식으로 나아가지만 위의 인용을 해명하는 구실을 하지 못한다. 오히려 시를 쓴다는 것이 "시에 대한 思辨을 모조리 파산을 시켜야 한다"는 인용 부분의 앞 문장을 인용 부분과 연결 지을 때 의미가 다소 뚜렷해진다. 요약하자면 위의 말은 인식의 차원이 아닌 태도의 차원에 서 있다. 온몸, 온 존재를 다하여 낡고 고정된 것을 허물어뜨리고 정신의 첨단에 서려 하는 시인의 자세에 대해 강조한 것이라고 볼 수 있기 때문이다.

2) 부정의식과 리듬의 양상

(1) 외향적 부정의식과 반복·열거

부정의 대상이 되는 인습因襲은 낡고 고정된 상태로 이어져 내려오는 것으로 그 자체로써 창조적 기능을 수행할 수 없다. 창조적 기능은 이미 정해진 것을 스스로 반성하고 허물어뜨린 다음에야 가능하기 때문이다. 그런 의미에서 김수영이 전통의 허울을 쓴 인습을 부정한 것은 당연하다. 이런 인습은 절대적인 권력을 휘두르던 조선 왕조의 모습으로 나타나기도 한다. "검은 철을 깎아 만든/고궁의 흰 지댓돌 우의/더러운 향로 앞으로 걸어가서/잃어버린 愛兒를 찾은 듯이/너의 거룩한 머리를 만지면서"(「더러운 香爐」) '더러운 향로'와 다를 것 없는 시적 자아의 상황을 바라보고 있다. 이 시는 세계를 향하지 못하고 세계와의 긴장을 상실한 자아의 폐쇄적인 내면을 보여주는데,[5] 여기서 향로의 '거룩한 머리'는 향로에 대한 역설적 표현으로 몰락한 왕조에 대한 시적 자아의 부정적 태도를 단적으로 드러낸 것이다. 그 태도는 "王宮의 음탕"에 대해 분개하지 못하는 "옹졸한" 자신에 대한 반성으로도 연결되지만(「어느날 古宮을 나오면서」), 적극적인 부정의식으로 치닫기보다는 부정적 대상이 시적 자아와 일치되는, 다시 말해 시적 자아의 내면이 통찰되는 와중에 외부의 대상에 대한 비판이 비유적·소극적으로 나타날 뿐이다.

그보다는 4·19혁명을 기점으로 일어난 새로운 정치의식에 의

5) 이기성, 「고독과 비상의 시학」, 『김수영』, 새미, 2002, 198~199면.

해 시인이 권력에 대한 분노의 목소리를 드높일 때 그 부정의식은 더욱 명백하게 표출된다. 「육법전서六法全書와 혁명革命」, 「우선 그 놈의 사진을 떼어서 밑씻개로 하자」, 「가다오 나가다오」는 모두 4·19혁명 직후에 쓰인 시들이다. 세 시 모두 직설적이고 격앙된 어조를 보인다는 점에서 공통적이지만 부정하는 대상들은 각기 다르다.

既成六法全書를 基準으로 하고
革命을 바라는 者는 바보다
革命이란
方法부터가 革命的이어야 할 터인데
이게 도대체 무슨 개수작이냐
불쌍한 백성들아
불쌍한 것은 그대들 뿐이다
天國이 온다고 바라고 있는 그대들 뿐이다
최소한도로
自由黨이 감행한 정도의 不法을
革命政府가 舊六法全書를 떠나서
合法的으로 不法을 해도 될까 말까한
革命을—
불쌍한 것은 이래저래 그대들 뿐이다
그놈들이 배불리 먹고 있을 때도
고생한 것은 그대들이고
그놈들이 망하고 난 후에도 진짜 곯고 있는 것은
그대들인데
불쌍한 그대들은 天國이 온다고 바라고 있다

그놈들은 털끝만치도 다치지 않고 있다
보라 巷間에 금값이 오르고 있는 것을
그놈들은 털끝만치도 다치지 않으려고
버둥거리고 있다
보라 금값이 갑자기 八千九百환이다
달걀값은 여전히 零下二八인데
이래도
그대들은 悠久한 公序良俗精神으로
爲政者가 다 잘해줄 줄 알고만 있다
순진한 학생들
점잖은 학자님들
체면을 세우는 文人들
너무나 鬪爭的인 新聞들의 補佐를 받고

아아 새까맣게 손때묻은 六法全書가
標準이 되는 한
나의 손등에 장을 지져라
四·二六革命은 革命이 될 수 없다
차라리
革命이란 말을 걷어치워라
허기야
革命이란 단자는 학생들의 宣言文하고
新聞하고
열에 뜬 詩人들이 속이 허해서
쓰는 말밖에는 아니되지만
그보다도 창자가 더 메마른 저들은
더이상 속이지 말아라

革命의 六法全書는 '革命'밖에는 없으니까

—「六法全書와 革命」

「육법전서六法全書와 혁명革命」은 자유를 억압하는 낡은 권력과 법률에 대한 부정이 강하게 드러난 시이다. "革命이란/方法부터가 革命的이어야" 한다든가, "革命의 六法全書는 '革命'밖에는 없"다는 선언은 시인에게 혁명은 내용뿐만이 아니라 방법에 있어서도 혁명적이어야 한다는 사실, 즉 혁명의 절대성을 보여준다. 여기서 민중은 정치가들에게 속아 "그놈들이 배불리 먹고 있을 때도/고생"하고 "그놈들이 망하고 난 후에도 진짜 곯고 있"으며, 단지 "天國이 온다고 바라고" 정치가에게 길들여진 채 "爲政者가 다 잘해줄 줄 알고만" 있다. 이렇듯 민중은 억압받고 있을 뿐만 아니라 그 억압의 실체와 혁명의 본질을 망각한 "불쌍한" 존재로 비춰진다. 그리고 이 민중과는 또 다른 부류, 즉 혁명에 직접적으로 참여하여 혁명을 올바른 방향으로 이끌어야 할 주체들인 학생과 학자와 문인, 신문들조차 옛 법률에 의존하여 혁명을 완수하려 하고 있다고 주장하고 있다. 이것은 그만큼 김수영의 의식이 당대의 정치의식보다 예리하다는 것을 보여주는데, 허위의식에 빠진 정치인들, 쉽사리 현실과 타협하려는 무리들에게 통렬한 비판을 가했다는 점에서 그의 부정의식은 밖으로 향해 있으며 현실의 문제에 강하게 밀착하여 '바로보기'를 수행하고 있다. 금값과 달걀값의 상관관계에 대해 언급할 만큼 그의 면밀한 시각은 민중과 현실의 편에 서 있으면서도 혁명에 관한 한 절대적 기준이 혁명일 수밖에 없다고 선언함으로써 혁명을 향한 확고한 신념을 표출하고 있다.

이 시에서는 비판의 대상을 향해 "무슨 개수작이냐", "나의 손등에 장을 지져라" 하고 외치는 등 표현에 있어서도 거친 어조가 이어지고 있다. 그런데 시적 자아가 직접적으로 메시지를 전달하는 대상은 "백성들" 즉 민중이고, 비판의 대상은 "그놈들"로 표현된 "위정자" 혹은 정치가이다. 1·2연까지는 2인칭 대명사로 지칭된 "백성들"·"그대들"에게 시적 자아가 말하는 형식으로 되어 있는데, 3연에서는 청자가 돌연 정치가로 바뀌고 비판의 강도도 높아진다. 이들 청자에게 호격이나 명령법을 자주 사용하여 단정적인 느낌을 주면서 호소력을 풍기고 있다는 점이 이 시의 특징이다.[6] 한편, 1연만 보더라도 긴 구문의 행 중간 중간에 "革命이란", "革命을－", "그대들인데" 같은 짧은 행을 배치하여 격정적인 의미를 적절한 호흡으로 조절하면서 의미를 강조하며 마치 맹렬한 토로를 하는 듯한 느낌을 전달해준다.

그런데 「우선 그 놈의 사진을 떼어서 밑씻개로 하자」에서는 위의 시보다 훨씬 호흡이 빨라지고 표현이 거칠어진다. 또한 반복과 열거를 통해 의미의 상승작용이 일어나는 현상을 발견할 수 있다.

우선 그놈의 사진을 떼어서 밑씻개로 하자

6) 야콥슨(R. Jakobson)은 언어전달 행위에 나타나는 핵심적인 구성요소인 발신자·메시지·수신자 가운데 수신자를 지향할 때 언어는 능동적 기능을 갖는데 그 순수한 문법적 표현이 호격과 명령법이라고 하였다(신문수 편역, 「언어학과 시학」, 『문학 속의 언어학』, 문학과지성사, 1989, 54~57면 참조). 이러한 언어는 그 자체로 끝나는 것이 아니라 청자에게 어떤 행위를 요구한다는 점에서 발신자 지향, 즉 1인칭 '나' 지향의 언어와 달리 선동성을 요하는 형식에 적합하다고 볼 수 있다.

그 지긋지긋한 놈의 사진을 떼어서
조용히 개굴창에 넣고
썩어진 어제와 결별하자
그놈의 동상이 선 곳에는
民主主義의 첫 기둥을 세우고
쓰러진 성스러운 學生들의 雄壯한
紀念塔을 세우자
아아 어서어서 썩어빠진 어제와 결별하자

이제야말로 아무 두려움 없이
그놈의 사진을 태워도 좋다
협잡과 아부와 무수한 악독의 상징인
지긋지긋한 그놈의 미소하는 사진을—
大韓民國의 방방곡곡에 안 붙은 곳이 없는
그놈의 점잖은 얼굴의 사진을
洞會란 洞會에서 市廳이란 市廳에서
會社란 會社에서
××團體에서 ○○協會에서
하물며는 술집에서 음식점에서 洋靴店에서
무역상에서 개솔린 스탠드에서
책방에서 학교에서 全國의 國民學校란 國民學校에서 幼稚園에서
선량한 백성들이 하늘같이 모시고
아침저녁으로 우러러보던 그 사진은
사실은 억압과 폭정의 방패이었느니
썩은놈의 사진이었느니
아아 殺人者의 사진이었느니
너도 나도 누나도 언니도 어머니도

철수도 용식이도 미스터 강도 柳중사도
강중령도 그놈의 속을 모르는 바는 아니었지만
무서워서 편리해서 살기 위해서
빨갱이라고 할까보아 무서워서
돈을 벌기 위해서는 편리해서
가련한 목숨을 이어가기 위해서
신주처럼 모셔놓던 의젓한 얼굴의
그놈의 속을 창자밑까지도 다 알고는 있었으나
타성같이 습관같이
그저그저 쉬쉬하면서
할말도 다 못하고
기진맥진해서
그저그저 걸어만 두었던
흉악한 그놈의 사진을
오늘은 서슴지않고 떼어놓아야 할 날이다

(…중략…)

軍隊란 軍隊에서 獎學士의 집에서
官公吏의 집에서 警察의 집에서
民主主義를 찾은 나라의 軍隊의 衛兵室에서 師團長室에서 政訓監室에서
民主主義를 찾은 나라의 教育家들의 事務室에서
四·一九후의 警察署에서 파출소에서
民衆의 벗인 파출소에서
협잡을 하지 않고 뇌물을 받지 않는
官公吏의 집에서

驛이란 驛에서
아아 그놈의 사진을 떼어 없애야 한다

(…중략…)

영숙아 기환아 천석아 준이야 만용아
프레지던트 김 미스 리
정순이 박군 정식이
그놈의 사진일랑 소리없이 떼어 치우고

우선 가까운 곳에서부터
차례차례로
다소곳이
조용하게
미소를 띄우면서
극악무도한 소름이 더덕더덕 끼치는
그놈의 사진일랑 소리없이
떼어 치우고—

—「우선 그 놈의 사진을 떼어서 밑씻개로 하자」 부분

「우선 그놈의 사진을 떼어서 밑씻개로 하자」에는 부정한 권력자에 대한 시인의 극단적인 분노가 드러나 있다. 온갖 공공장소에 걸려 있는 권력자의 사진은 사실 "억압과 폭정의 방패", "殺人者의 사진"이었을 뿐이다. "썩어빠진 어제와 결별"하기 위해서라도 그 사진은 당장에 처분해야 한다. 처분의 방식으로 사진을 '개굴창'에 집어넣거나 '밑씻개'로 하자는 시적 자아의 극단적인 발언은 부정 대상에 대한 비판을 넘어 증오를 느끼게끔 한다.

이 시는 4·19혁명 시기의 흥분에 찬 분위기를 고스란히 전해주지만 김수영의 대표작에 비해 시적인 정제가 훨씬 떨어진다. 비슷한 내용의 시행들이 큰 효과 없이 반복되었으며 그 내용도 거의 구호에 가깝게 설명적으로 펼쳐져 있기 때문이다. 이 부분에서는, 김수영이 자유에 대해 이야기하면서 "작품이 좀 미흡한데가 있어도, 그 시인이 시인으로서 자유의 신앙을 갖고 있는 것이라는 것을 알 때는 좋게 보이고 또 좋게 보려고 한다. 아무리 작품이 짜임새가 있고 말솜씨가 좋고 명확하더라도, 그가 보수적인 맹꽁이라는 것을 알 때는 환멸이다"[7]라고 언급한 대목을 떠올리게 한다. 이 말은 시에서 형식적인 짜임새보다 시인의 의식이 더 중요하다는 의견을 피력한 것이다. 그런데 그의 시에서 사소한 이야기가 절제 없이 지속된다든가, 비속어와 구어체로 된 욕설이 거침없이 등장하는 것은 서정시에 대한 기존 관념이나 현실적 제도를 전복하려는 전략 아래에서 이루어진다고 볼 수 있다.[8] 위의 시에서도 의도적이든 의도적이지 않든 이런 무리한 형식, 즉 낭비와도 비슷한 거침없는 열거가 오히려 당시의 정황과 결부된 시의식의 열도를 있는 보여주는 동시에 기존의 서정시에서 찾아볼 수 없던 파괴력을 드러낸다. 다시 말해 분노를 분노 그대로, 절망을 절망 그대로 보여 주는, 꽉 짜여지지 않은 발산적인 구조가 오히려 더 효과적일 수도 있는 것이다.[9]

---

7) 김수영, 「나의 신앙은 '自由의 회복'」, 『전집』 2, 111면.
8) 노철, 「개인주의의 승리」, 『김수영』(황정산 편), 새미, 21면 참조.
9) 이러한 형식은 주로 시인의 정신이 고양되었을 때 나타나는데, 예를 들어 「巨

이 시도 앞의 시와 마찬가지로 2인칭 청자에게 시적 자아가 진술하는 형태로 되어 있다. 청유형 시구가 자주 나타나는 이 시 속에서의 표현이 "영숙아 기환아 천석아 준이야 만용아/프레지던트 김 미스 리" 등 2인칭 청자에게만 직접적으로 요청하기보다 시적 자아 스스로에게 다짐하는 부분과 겹쳐지는 양상으로 나타나기 때문에 청자가 불분명하게 보이기까지 한다.

그런데 대상에 대한 부정의식이 거침없이 드러난 4·19혁명 이후의 시에서부터 김수영 시의 특유한 양상이 출현한다. 그것은 바로 시의식의 강도를 조장하는 반복과 열거의 형식이다. 이 시에서 볼 때 "軍隊에서", "獎學士의 집에서", "官公吏의 집에서", "警察의 집에서", "파출소에서" …… 등과 같이 부사격 조사 '~에서'가 붙은 무수한 장소가 열거될 때, 파출소나 역과 같은 장소의 세부적인 의미는 점차 약화되고 '사진을 떼어 없애야 한다'는 의미만 강력해진다. 시의 뒷부분에 가서 "영숙아 기환아 천석아 준이야 만용아/프레지던트 김 미스 리/(…중략…)/그놈의 사진일랑 소리없이 떼어 치우고"라며 마치 신들린 것처럼 반복·열거하

大한 뿌리」, 「사랑의 變奏曲」, 「어느날 古宮을 나오면서」 같은 시의 언뜻 불필요하다고 느껴지는 반복 부분, 초점을 벗어나는 시행 부분에서 엿볼 수 있다. 김수영 시의 리듬에 대한 서우석의 언급을 시의 구조와 연관지어 생각한다면 이런 현상이 어느 정도 설명될 수 있다. "너무 잘 읽히기 때문에 즉 너무 박자가 잘 맞기 때문에 혐오를 느끼는 산문도 발견하게 된다. 그것은 리듬에 대한 자신감에서 오는 가벼움과 리듬 안으로 빠져들어 헤어나지 못하는 함몰 때문에 느껴지는 감정이다. 이것은 근본적으로 속된 것에 대한 혐오감이다. 지나친 매끄러움과 소박한 꺼끄러움 사이의 이 조화는 지적인 능력만으로 이루어지는 것은 아니다. 아마 생활에 있어서의 정직이라든지 성실이 예술적 형식에 작용하게 되는 점이 지점이 아닌지 모르겠다."(서우석, 「김수영-리듬의 희열」, 『詩와 리듬』, 문학과지성사, 1981, 142면)

는 부분에서는 점차적으로 열기를 더해가는 시인의 신념만 남게 된다.

> 이유는 없다—
> 가다오 너희들의 고장으로 소박하게 가다오
> 너희들 美國人과 蘇聯人은 하루바삐 나가다오
> 美國人과 蘇聯人은 '나가다오'와 '가다오'의 差異가 있을 뿐
> 말갛게 개인 글 모르는 백성들의 마음에는
> '美國人'과 '蘇聯人'도 똑같은 놈들
> 가다오 가다오
> '四月革命'이 끝나고 또 시작되고
> 끝나고 또 시작되고 끝나고 또 시작되는 것은
> 잿님이할아버지가 상추씨, 아욱씨, 근대씨를 뿌린 다음에
> 호박씨, 배추씨, 무씨를 또 뿌리고
> 호박씨, 배추씨를 뿌린 다음에
> 시금치씨, 파씨를 또 뿌리는
> 夕陽에 비쳐 눈부신
> 일년 열두달 쉬는 법이 없는
> 걸찍한 강변밭같기도 할 것이니
>
> 지금 참외와 수박을
> 지나치게 풍년이 들어
> 오이, 호박의 손자며느리값도 안되게
> 헐값으로 넘겨버려 울화가 치받쳐서
> 고요해진 명수할버이의
> 잿물거리는 눈이
> 비둘기 울음소리를 듣고 있을 동안에

나쁜 말은 안하니
가다오 가다오

지금 명수할버이가 멍석 위에 넘어져 자고 있는 동안에
가다오 가다오
명수할버이
잿님이할아버지
경복이할아버지
두붓집할아버지는
너희들이 피지島를 침략했을 당시에는
그의 아버지들은 아직 젖도 떨어지기 전이었다니까
명수할버이가 불쌍하지 않으냐
잿님이할아버지가 불쌍하지 않으냐
두붓집할아버지가 불쌍하지 않으냐
가다오 가다오

선잠이 들어서
그가 모르는 동안에
조용히 가다오 나가다오
서푼어치값도 안되는 美·蘇人은
초콜렛, 커피, 페치코오트, 軍服, 手榴彈
따발총…… 을 가지고
寂寞이 오듯이
寂寞이 오듯이
소리없이 가다오 나가다오
다녀오는 사람처럼 아주 가다오!

—「가다오 나가다오」 부분

「가다오 나가다오」는 「육법전서六法全書와 혁명革命」이나 「그 놈의 사진을 떼어서 밑씻개로 하자」에 비해 거친 어조가 약간 누그러져 있고 직설적인 내용도 다소 완곡하게 돌아서 있다. 그것은 미국과 소련을 향한 직접적인 명령형 언술 뒤에 따라붙는 혁명에 대한 명상 부분 때문이다. 혁명이 "끝나고 또 시작되고 끝나고 또 시작"되는 것이라는 표현에는, 단순히 이 혁명이 정치적인 혁명에 국한되는 것이 아니라 혁명은 우리의 온 생활을 통해 우리가 수없이 부딪치고 갱신해야 얻을 수 있는 것이라는 암시가 들어 있다. 이는 혁명의 반복되는 끝과 시작이 "잿님이할아버지가 상추씨, 아욱씨, 근대씨를 뿌린 다음에 / 호박씨, 배추씨, 무씨를 또 뿌리고 / 호박씨, 배추씨를 뿌린 다음에 / (…중략…) / 夕陽에 비쳐 눈부신 / 일년 열두달 쉬는 법이 없는 / 걸찍한 강변밭같기도 할 것이니"라고 한 부분에서 명확해진다. 혁명을 농사에 비유한 것은 농사 생활의 소박함과 신성함, 식물들의 건강한 생명성을 혁명에 결부시키려 한 것이다.

이 시에서도 거듭되는 열거는 정의와 진실에 대한 시인의 절박한 열망을 있는 그대로 드러내 준다. 위의 시에서 부각되는 정의와 진실에 대한 강조는 한 민족이 외세의 부당한 간섭을 받지 않고 살아가야 하며, 외세에 의해 핍박받는 사람들의 현실을 뼈저리게 인식해야 한다는 시인의 의식에서 비롯된 것이다.

여기서도 마찬가지로 '명수할버이'·'잿님이할아버지'·'경복이할아버지'·'두붓집할아버지'를 지나치다 싶을 만큼 늘어놓고 이들이 "불쌍하지 않으냐"며 반복하는 부분은 오히려 절제되지 않아서 시인의 육성처럼 더욱 간절하게 느껴진다. 마지막 연에 열거된 '초콜렛'·'커피'·'페치코오트'·'군복軍服'·'수류탄手榴彈'·'따발총' 등은 외세의 표피적 문명과 무자비한 폭력을 나타내는 사물들로, 야욕을 지닌 외세의 부정적 속성을 드러내는 단어들이다.

명령형 또는 청유형 표현이 넘치는 세 편의 시 모두 힘차고 직설적이다. 행갈이와 반복에 의해 생성된 리듬감을 고려하지 않는다면 이 시는 거의 산문적 진술에 가깝다. 또한 거개가 2인칭 청자를 상정하여 강하게 의사를 타진하는 형식으로 되어 있다는 점이 특징이다. 자유당 독재체제와 4·19혁명에 대한 현실 인식에서 비롯된 이 시들의 부정의식은 명료하고 힘찬 선동성을 지니고 있다. 이는 이 시들의 부정 대상이 시인 밖에 뚜렷하게 존재하는 실체이기 때문이다. 이 시에서의 시인의 의지와 열기는 반복과 열거를 통해 간곡한 의미전달력을 획득하며, 혁명이나 정의의 유구성과 정당성을 웅변하는 형식에 반복과 열거가 효과적인 구실을 하였다.

(2) 내향적 부정의식과 반복점층

김수영의 시에서 부정의 대상이 명료할 경우 거친 언어의 과감한 사용과 열거를 통한 빠르고 힘찬 리듬의 활용을 엿볼 수 있으며, 이를 통해 의미의 상승작용이 일어나는 현상을 살펴볼 수 있다. 이에 반해 부정의 대상이 시적 자아의 안과 밖에 걸쳐 있거나 그 실체나 움직임이 모호할 경우, 김수영 시의 부정의식은 내향성을 띠게 되며 의미의 진폭이 커지면서 섬세한 의미의 결을 형성한다. 김수영 시에 자주 등장하는 부정 대상으로서의 '적'은 시적 자아의 외부와 내부에 걸쳐 등장하며 이를 통해 부정의식이 대자對者와 즉자卽者의 경계를 넘나든다.

「하…… 그림자가 없다」는 부정의식의 방향이 대사회적으로 일관하던 종래의 범주를 넘어 일상으로 틈입하는 양상을 보여준다.

> 우리들의 敵은 늠름하지 않다
> 우리들의 敵은 카크 다글라스나 리챠드 위드마크 모양으로 사나웁지도 않다
> 그들은 조금도 사나운 惡漢이 아니다
> 그들은 善良하기까지도 하다
> 그들은 民主主義者를 假裝하고
> 자기들이 良民이라고도 하고
> 자기들이 選良이라고도 하고
> 자기들이 會社員이라고도 하고
> 電車를 타고 自動車를 타고
> 料理집엘 들어가고
> 술을 마시고 웃고 雜談하고
> 同情하고 眞摯한 얼굴을 하고
> 바쁘다고 서두르면서 일도 하고
> 原稿도 쓰고 치부도 하고
> 시골에도 있고 海邊가에도 있고
> 서울에도 있고 散步도 하고
> 映畵館에도 가고
> 愛嬌도 있다
> 그들은 말하자면 우리들의 곁에 있다

(…중략…)

우리들의 싸움의 모습은 焦土作戰이나
'건 힐의 血鬪' 모양으로 활발하지도 않고 보기좋은 것도 아니다
그러나 우리들은 언제나 싸우고 있다
아침에도 낮에도 밤에도 밥을 먹을 때에도
거리를 걸을 때도 歡談을 할 때도
장사를 할 때도 土木工事를 할 때도
여행을 할 때도 울 때도 웃을 때도
풋나물을 먹을 때도
市場에 가서 비린 생선냄새를 맡을 때도
배가 부를 때도 목이 마를 때도
戀愛를 할 때도 졸음이 올 때도 꿈속에서도
깨어나서도 또 깨어나서도 또 깨어나서도……
授業을 할 때도 退勤時에도
싸일렌소리에 時計를 맞출 때도 구두를 닦을 때도……
우리들의 싸움은 쉬지 않는다

우리들의 싸움은 하늘과 땅 사이에 가득차있다
民主主義의 싸움이니까 싸우는 방법도 民主主義式으로 싸워야 한다
하늘에 그림자가 없듯이 民主主義의 싸움에도 그림자가 없다
하…… 그림자가 없다

—「하…… 그림자가 없다」 부분

'바로보기'의 시선은 부정적 실체를 철저히 규명하고 부정해야만 가능한데, 정말 무서운 '적'은 우리 앞에 뚜렷하게 나타나는 것이 아니라는 깨달음이 이 시의 바탕을 이룬다. 우리의 '적'은 "善

良하기까지 하"고 어디에서나 볼 수 있는 평범한 사람 행세를 한다. 말하자면 '적'은 "우리들의 곁"에 있다. '적'과 싸움을 벌일 전선도 눈에 보이지 않는다. 그 전선은 집안일 수도, 직장일 수도, 동네일 수도 있다. 또한 그 싸움은 낮이든 밤이든 우리가 무슨 일을 할 때든 쉬지 않는다. 이럴 때 문제가 되는 것이 바로 일상이다.

이미 김수영은 「바뀌어진 지평선地平線」을 통해 "뮤우즈여 / 너는 어제까지의 나의 勢力 / 오늘은 나의 地平線이 바뀌어졌다"고 선언하였다. 즉 현실에 동떨어진 서정시인이 되기보다는 "오늘과 來日의 차이를 正視하기 위하여" 조금 더 현실을 향해 시를 쓰겠다는 다짐을 나타낸 것이다. 일상과 시가 별개가 아닌 것처럼 이제 '적'으로 표상된, '바로보기'를 방해하고 자유를 억압하려드는 세력과의 싸움이 일상 속에서도 매순간 벌어진다. 「하…… 그림자가 없다」에서 언뜻 보면 평범하지만 지루하게 진행되는 반복과 열거 부분(반복적으로 "~하고", "~ㄹ 때도"가 붙은 구문들)은, 곁에 있지만 그림자가 없는 '적'의 존재에 대해 경악스러운 느낌을 자아내는 효과를 갖는다.

이 시에서의 싸움은 '민주주의식民主主義式으로 싸우는 민주주의民主主義의 싸움'이라는 좀 더 정치적인 함의를 띠기 때문에 '적'도 그와 비슷한 의미를 갖지만, 다른 작품을 통해 모호하나마 조금씩 '적'의 의미가 확장되는 것을 볼 수 있다.

> 우리는 무슨 敵이든 敵을 갖고 있다
> 敵에는 가벼운 敵도 무거운 敵도 없다
> 지금의 敵이 제일 무거운 것같고 무서울 것같지만

이 敵이 없으면 또 다른 敵—來日
來日의 敵은 오늘의 敵보다 弱할지 몰라도
오늘의 敵도 來日의 敵처럼 생각하면 되고

—「敵 1」 부분

이 시에서의 '적'은 이미 정치적인 의미를 넘어 좀 더 전방위적인 의미를 띤다. 오늘의 '적'과 내일의 '적'이 날마다 다르다는 것은 그만큼 '적'이 다양하고 시시각각 형태를 달리한다는 것을 뜻한다. 또한 이 '적'은 단지 일상 속 시적 자아의 외부에만 있는 것이 아니라 내부에도 걸쳐 있는 것으로 보인다. '적'을 판별하는 주체의 시각에 따라 한 대상이 갑자기 '적'이 될 수도 있기 때문이다. 「적敵 2」에서 "聖人은 妻를 敵으로 삼았다"는 부분이나 "가장 가까운 敵에 대한다/가장 사랑하는 敵에 대한다/우연한 싸움에 이겨보려고"라는 부분은 부정 대상으로서의 '적'이 외부의 살아 있는 실체라기보다 어떤 관념이나 한계 상황, 현실에 대한 무감각, 혹은 시적 자아 스스로일 수도 있다는 짐작을 가능하게 해준다. 이는 그의 산문을 통해서도 어렵지 않게 확인된다.

「25시」를 보고 나서, 포로수용소를 유유히 걸어나와서 철조망 앞에서 탄원서를 들고 보초가 쏘는 총알에 쓰러지는 소설가를 생각하면서, 나는 몇 번이고 가슴이 선득해졌다. 아아, 나는 작가의—만약에 내가 작가라면—사명을 잊고 있는 것이 아닌가. 나는 타락해 있는 것이 아닌가. 나는 마비되어 있는 것이 아닌가. 이 극장에, 이 거리에, 저 자동차에, 저 텔레비전에, 이 내 아내에, 이 내 아들놈에, 이 안락에, 이 무사에, 이 타협에, 이 체념에 마비되어 있는 것이 아닌가. 마비되어 있지 않다는 자신에 마비되어 있는 것이 아닌가. (…중략…) 역시 원수는 내 안에 있구나 하는 생각이 또 든다. 우리 집 안에 있고 내 안에 있다. 우리 집 안에 있고 내 안에 있는 적만 해도 너무나 힘에 겨웁다.[10]

영화 속에서 양심을 위해 목숨을 버리는 소설가의 모습을 보고 자신이 타락하고 마비되어 있는 것이 아닌가 되물으며 시인은 '적'이 자신 안에 있다는 사실을 거듭 깨닫는다. 그리하여 초기시의 막연한 우수와 지적인 포즈를 통해 나타나던 자조적이고도 비관적인 부정성이 외부의 대상을 향한 부정의식으로 전화된 이래, 그 부정의식이 점차 시적 자아 내부를 향한 진중하고도 치열한 반성의 성격을 띠게 된다. 이때 의식의 열도는 점층 형식에 의해 조장된다. 열거 형식의 시가 평면적 전개에 의해 의미를 발산한다면, 점층 형식의 시는 심층적 전개에 의해 의미를 수렴하는 데 주력한다. 다시 말해 점층 형식의 시는 시적 열도를 단계적으로 강화하면서 의미의 정점을 향해 치달으려는 성향이 강하다고 할 수 있다. 「어느날 고궁古宮을 나오면서」는 점층 형식을 통해 내향적 부정의식이 정점에 다가가는 모습을 보여주는 시이다.

왜 나는 조그마한 일에만 분개하는가
저 王宮 대신에 王宮의 음탕 대신에
五十원짜리 갈비가 기름덩어리만 나왔다고 분개하고
옹졸하게 분개하고 설렁탕집 돼지같은 주인년한테 욕을 하고
옹졸하게 욕을 하고

10) 김수영, 「삼동(三冬) 유감」, 『전집』 2, 131면.

한번 정정당당하게
붙잡혀간 소설가를 위해서
언론의 자유를 요구하고 越南파병에 반대하는
자유를 이행하지 못하고
二十원을 받으러 세번씩 네번씩
찾아오는 야경꾼들만 증오하고 있는가

옹졸한 나의 전통은 유구하고 이제 내 앞에 情緒로
가로놓여있다
이를테면 이런 일이 있었다
부산에 포로수용소의 第十四野戰病院에 있을 때
정보원이 너어스들과 스폰지를 만들고 거즈를
개키고 있는 나를 보고 포로경찰이 되지 않는다고
남자가 뭐 이런 일을 하고 있느냐고 놀린 일이 있었다
너어스들 옆에서

지금도 내가 반항하고 있는 것은 이 스폰지 만들기와
거즈 접고 있는 일과 조금도 다름없다
개의 울음소리를 듣고 그 비명에 지고
머리에 피도 안 마른 애놈의 투정에 진다
떨어지는 은행나무잎도 내가 밟고 가는 가시밭

아무래도 나는 비켜서있다 絶頂 위에는 서있지
않고 암만해도 조금쯤 옆으로 비켜서있다
그리고 조금쯤 옆에 서있는 것이 조금쯤
비겁한 것이라고 알고 있다!

그러니까 이렇게 옹졸하게 반항한다
이발쟁이에게
땅주인에게는 못하고 이발쟁이에게
구청직원에게는 못하고 동회직원에게도 못하고
야경꾼에게 二十원 때문에 十원 때문에 一원 때문에
우습지 않으냐 一원 때문에

모래야 나는 얼마큼 적으냐
바람아 먼지야 풀아 나는 얼마큼 적으냐
정말 얼마큼 적으냐……

—「어느날 古宮을 나오면서」

김수영이 후기 시에서 일상적인 소재를 자주 다루었듯이 이 시도 가장 일상적인 에피소드에서 시작되고 있다. 어느 날 시적 자아는 식당에서 사소한 이유 때문에 식당 주인 여자에게 욕을 해대는 자신을 발견하면서 붙잡혀 간 소설가를 위해서 언론자유를 요구하고 월남파병 반대를 외치는 자유를 이행하지 못하는 자신의 비겁함에 대해 깨닫게 된다. 포로수용소에서의 체험을 들어 자신이 야경꾼에게 일삼는 반항이 전쟁 중 포로수용소 야전병원에서 스펀지를 만들고 거즈를 개는 소극적 저항과 다를 것이 없다는 진술을 통해 시적 자아는 자신을 부끄럽게 되돌아보며 고통을 느끼고 있다.[11] "떨어지는 은행나무잎도 내가 밟고 가는 가시

11) 김재용은 이 '소극적 저항'을 단지 여성 간호사가 해야 할 일을 남자가 하는 것에 대한 수치심으로만 연결짓지 않고 좀 더 섬세한 해석을 통해 저항의 의미를 살리고 있다. "포로수용소에 갇혀 있을 때 그는 반공포로에 속해 있었고, 나중에 남게 되었다. 전쟁을 겪으면서 그가 북한에 대해 가졌던 판단을 고려한다

밭"은 단지 고통스러운 심정만이 아니라 시적 자아가 가고 있는 험난한 상황으로 인식된다. 그리고 그것은 역설적으로 시인에게 자유를 인정하지 않는 사회, 다시 말해 "붙잡혀간 소설가를 위해서 / 언론의 자유를 요구하"거나 "越南파병에 반대하는 / 자유를 이행하지 못하"도록 억압하는 사회에 대한 반항적인 발언으로 느껴지게끔 한다. 또한 '絶頂' 위에 서 있지 않다는 거듭된 비판과 그것이 비겁한 것이라는 사실을 알고 있다는, 알고도 비겁하게 살고 있다는 참담한 자인自認은 김수영 시의 부정의식이 시인의 내면을 밑바닥까지 뚫고 들어가서 얻어 낸 치열한 자각의 순간을 보여준다.[12] 이로써 김수영의 내향적 부정의식은 자조와 비관이 아닌 반성의 에너지를 획득하는데, 이는 시인의 정신을 쇄신하는 차원에 이르게 하는 창조적 계기가 된다.

면 이는 너무나 당연한 태도인 것이다. 그렇기 때문에 정보원들이 이를 이용하여 그를 포로경찰로 만들려고 애를 썼고, 심지어 여자들 앞에서 남자의 자존심을 건드려 가면서까지 유혹했지만 그는 단호하게 거부하였다. 포로경찰이 되어 어느 한 편을 드는 것은 도저히 받아들일 수 없는 일이었다. 어차피 자유롭게 자기 사회를 비판할 수 있는 자유가 주어져 있지 않은 상황에서 다른 쪽을 비판한다는 것은 그 자체로 양심상 허락하지 않는 일인 것이다. 그렇게 때문에 그는 어느 편에도 서지 않는 소극적 저항을 계속하면서 스펀지 만들기와 거즈 접고 있는 일에만 매달리는 것이다. "지금도 내가 반항하고 있는 것은 이 스펀지 만들기와 거즈 접는 일과 조금도 다름없다"라고 한 것 역시 이런 맥락에서 나온 것이다."(「김수영 문학과 분단극복의 현재성」, 『역사비평』, 역사비평사, 1997.9, 42~43면)

12) 김명인은 김수영 시의 장점으로 "한 편의 시에서 대상에 대한 성찰과 그 성찰을 수행하는 자기 자신에 대한 비판적 성찰이 동시적으로 이루어지는 것"을 들었는데(「그토록 무모한 고독, 혹은 투명한 비애」, 『실천문학』, 실천문학사, 1998년 봄, 225면) 그런 점에서 「어느날 古宮을 나오면서」는 단지 시적 자아의 소시민적 상황을 자조적으로 나타냈다는 평가보다, 역설적으로 드러낸 사회비판과 자아에 대한 반성을 동시에 이루어냈다는 평가가 더 합당하다.

이 시는 반복과 열거에 의해 의식의 열도를 조장하던 다른 시들과 달리 반복과 점층으로 반성의 치열성을 드러내고 있다. 열도는 점층적으로 더해가지만, 시적 자아 자신에 대해서는 점강적으로 단위를 축소하여 반성의 강도를 효과적으로 높이고 있는 점도 특징적이다. 즉, "땅주인에게는 못하고 이발쟁이에게 / 구청직원에게는 못하고 동회직원에게도 못하고 / 야경꾼에게", "三十원 때문에 十원 때문에 一원 때문에 / 우습지 않느냐 一원 때문에" 식의 점강을 통해 자신의 왜소하고 비겁한 모습을 시적 자아 스스로 질타하는 부분은, 끝으로 "바람아 먼지야 풀아 나는 얼마큼 적으냐"라는 미미한 대상에 자신을 빗대는 표현으로 나아가는데, 이러한 점강표현이 오히려 점층적으로 의미를 강화하고 있다. 그리하여 이 강화된 의미가 통렬한 반성에 다다름으로써 한국 현대시에서 보기 드문 치열하고 준엄한 자기검열의 정신을 보여준다.

3) 부정과 긍정을 통한 '사랑'의 지향

김수영에게 4·19혁명은 하나의 정치적 사건에 그치는 것이 아니라 식민지 현실과 전쟁을 겪은 시인으로서 청천벽력과 같은 정신적 자각은 물론 한국사회에 대한 굳은 역사적 전망을 심어주었다.[13] 그러나 혁명 뒤 총선에서 승리한 민주당 정권은 내분

13) 김수영은 월북한 김병욱에게 띄우는 편지에서 4·19혁명에 대한 감격을 다음과 같이 말하였다. "사실 4·19 때에 나는 하늘과 땅 사이에 '통일'을 느꼈소. 이 '느꼈다'는 것은 정말 느껴본 일이 없는 사람이면 그 위대성을 모를 것이오. 그때는 정말 '남'도 '북'도 없고 '미국'도 '소련'도 아무 두려울 것이 없습디다.

되어 싸움에 몰두하고 군중에게 총을 쏘게 한 책임자나 부정선거 관련자들에게 무죄에 가까운 형량을 내리게 하는 등 4월 혁명의 정신을 이어 나가지 못하였다.[14] 4·19혁명을 통해 민중에 대한 자각을 얻고 새로운 사회의 도래를 열망하던 김수영에게 혁명 이후의 정치 현실은 부정적으로 비쳐졌으며 그도 깊은 절망에 빠질 수밖에 없었다. 「그 방을 생각하며」는 혁명 이후 혁신세력이 좌절을 겪고 정치에 대한 시인의 기대가 무너지던 시기에 쓰인 작품이다.

革命은 안되고 나는 방만 바꾸어버렸다
그 방의 벽에는 싸우라 싸우라 싸우라는 말이
헛소리처럼 아직도 어둠을 지키고 있을 것이다

나는 모든 노래를 그 방에 함께 남기고 왔을 게다
그렇듯 이제 나의 가슴은 이유없이 메말랐다
그 방의 벽은 나의 가슴이고 나의 四肢일까
일하라 일하라 일하라는 말이
헛소리처럼 아직도 나의 가슴을 울리고 있지만
나는 그 노래도 그 전의 노래도 함께 다 잊어버리고 말았다

革命은 안되고 나는 방만 바꾸어버렸다
나는 인제 녹슬은 펜과 뼈와 狂氣—

하늘과 땅 사이가 온통 '자유독립' 그것뿐입디다. 헐벗고 굶주린 사람들이 그처럼 아름다워 보일 수가 없습디까! 나의 온몸에는 티끌만한 허위도 없습니다. 그러니까 나의 몸은 전부가 바로 '주장'입니다. '자유'입니다……."(「38線이 걷힐 날에 ①」, 『민족일보』, 1961.5.9, 4면)

14) 역사학연구소, 『함께 보는 한국근현대사』, 서해문집, 2004, 337~338면.

失望의 가벼움을 財産으로 삼을 줄 안다
이 가벼움 혹시나 歷史일지도 모르는
이 가벼움을 나는 나의 財産으로 삼았다

革命은 안되고 나는 방만 바꾸었지만
나의 입속에는 달콤한 意志의 殘滓 대신에
다시 쓰디쓴 냄새만 되살아났지만

방을 잃고 落書를 잃고 期待를 잃고
노래를 잃고 가벼움마저 잃어도

이제 나는 무엇인지 모르게 기쁘고
나의 가슴은 이유 없이 풍성하다

—「그 방을 생각하며」

이 시는 바뀌지 않은 현실과 바꾼 방을 대비하여 바뀌지 않은 현실, 즉 혁명의 실패를 절망적으로 노래한 시이다. 그런데 여기서 바뀌기 전의 방은 말하자면 혁명의 열기가 기록된 방이다. 권력자의 억압에 시달리던 한없이 나약하기만 할 것 같던 민중이 스스로 일어나 민주주의를 쟁취하려는 광경을 목도한 김수영은 흥분에 휩싸여 당시 거리를 달렸을 것이다. 그러다가 계엄령이 내려졌다는 소문을 듣고 군대와 포로수용소 생활을 겪으면서 얻게 된 레드콤플렉스 때문에 급히 도봉동 집으로 들어갔고, 방에 틀어박혀 라디오 방송에 귀를 기울였을 것이다.[15] 그 방에서 데

15) 최하림, 『김수영 평전』, 실천문학사, 2001, 273~275면 참조.

모대를 폭도로 몰아세우는 방송에 분개하다가 점점 거세어져 가는 혁명의 기세에 벅찬 마음으로 응원을 보낸 것이다. 이승만이 하야한 뒤 곧장 성취될 성싶었던 민주주의는, 그러나 보수적인 민주당 세력의 집권과 그 세력의 분열로 퇴색해가고 결국 혁명은 실패한다. 그 시기에 시적 자아는 방을 바꾸게 되었고 그 방의 벽에 "싸우라 싸우라 싸우라"는 지나간 벅찬 응원의 함성이 "헛소리"처럼 "어둠"을 지키고 있는 모습을 지켜보고 있을 수밖에 없었다. 혁명의 실패 뒤에 이제 시적 자아의 "가슴은 이유 없이 메말랐"다. 그래서 시적 자아는 혁명을 부르짖던 "노래도 그 전의 노래도 함께 다 잊어버리고 말았다"고 참담하게 고백하고 있다.

그런데 2연에서 드러난 '이유 없이 메마른 가슴'에 대한 표현이 끝연에서 돌연 "이제 나는 무엇인지 모르게 기쁘고/나의 가슴은 이유 없이 풍성하다"는 진술로 변화되었다. 이러한 변화가 비약처럼 느껴지는 것은 변화의 동기가 표현되어야 할 3연이 관념적으로 읽히기 때문이다. 그렇다면 3연의 "녹슬은 펜과 뼈와 狂氣－"와 "失望의 가벼움"을 재산으로 삼을 줄 안다는 것은 무엇인가. "녹슬은"은 "펜"·"뼈"·"狂氣"를 모두 수식해주는 말로, 이 수식어구가 혁명의 실패와 함께 낡아 버린, 시적 자아를 지탱해주던 어떤 가치들이다. 반면 실망과 가벼움은 서로 유사한 속성을 지니는 말로, 실망이 불러일으키는 아쉬움·허전함·허탈감이 가벼움이란 속성으로 변환되어 표현된 것으로 추측할 수 있다. 그런데 이 가벼움은 무위에 가까운 행위가 지니기 쉬운 작고 하찮은 힘을 지니고 있지만, 이런 소소한 것들이 모여 역사를 움직인다는 깨달음이 바로 시적 자아의 재산이 된다. 이러한 부분은

이 시의 3연이 언어로 포착된 명확한 의미구조를 지니기보다 개인적이고 모호한 표현으로 이루어졌기 때문에, 2연과 끝연의 간격은 더욱 커져 보이고 끝연의 변화가 의미의 비약으로 읽힌다.

중요한 것은 "메마른 가슴"(2연), "입속에서 되살아나는 쓰디쓴 냄새"(4연), "온갖 기대를 잃은 상태"(5연)가 대변하는 부정적 상황이 어떻게 끝연과 같은 긍정의 상태로 변화되었는가 하는 것이다. 앞서 풀이한 '가벼움의 획득'[16]이라는 역사에 대한 작은 통찰들이 그 동인動因의 일부가 되겠지만, 그 간격을 메우는 것들이 좀 더 설명되지 않으면 안 된다. 그런데 그 전에 이런 비약이 역설 자체에서 생긴다는 것을 김수영의 다른 시를 통해 확인할 수 있다.

> 삶은 계란의 껍질이
> 벗겨지듯
> 묵은 사랑이
> 벗겨질 때
> 붉은 파밭의 푸른 새싹을 보아라
> 얻는다는 것은 곧 잃는 것이다
>
> —「파밭 가에서」 부분

여기서 "묵은 사랑"이 무엇을 의미하는지 알 수는 없지만, 4행까지의 상황이 시적 자아에게 일종의 상실의 상태라는 것을 추측할 수 있다. 그렇다면 5행의 "푸른 새싹"은 그것이 예컨대 삶에

16) 그런데 이 가벼움은 다시 5연에서 상실될 수 있음을 나타내고 있다. 즉 이 부분은 부정적 상태에서 전회된 긍정적 상태가 거듭 부정될 수 있음을 드러낸다. 따라서 긍정은 온전한 긍정이 아니라 언제나 부정될 수 있는 상태이며 부정과 긍정 모두 언제든지 의미의 가변성, 더 나아가 의미의 역동성을 내포한다.

대한 열의이든 희망이든 상실 뒤에 반드시 얻게 되는 어떤 긍정적 가치를 대변하는 대상일 것이다. 그렇다면 의미 진행 순서로 보아 '잃는다는 것은 곧 얻는 것이다'가 옳겠지만 상실과 획득이 어차피 순환되는 것이라면 어느 것이 앞뒤에 위치하든 문제되지 않는다. 이 부분은 의도적으로 순서를 바꾼 것인데 단지 뒤에 놓인 '잃는 것'의 의미가 더 강조된 것으로 느껴지기 쉽기 때문에 시적 자아가 긍정적 상황보다 부정적 상황에 더 몰두하고 있다고 보는 것이 자연스럽다. 물론 이런 역설적 상황에서는 본래의 긍정, 부정의 의미조차 다소 무색해진다. 문제는 구태여 실례를 들지 않더라도 "얻는다는 것은 잃는 것이다"라는 역설이 이 시의 구체적인 의미를 떠나서도 통용될 수 있는 삶의 보편적 진실이라는 것이다.

또한 작품 속에서 삶의 여러 가지 상반된 국면들이 통일성 있게 극화되기 위해서 역설이 효과적으로 쓰이고 있다는 것을 참고할 수 있다.[17] 이런 역설은 김수영의 산문에서도 발견되는데, "시는 문화를 염두에 두지 않고, 민족을 염두에 두지 않고, 인류를

17) 브룩스(C. Brooks)는 "시인들이 차례로 평범하고 논리적인 단순성보다 애매성과 역설을 택하게 된 데는 그러한 수사학적인 이유보다도 더 고상한 이유들이 있기 마련이다. 시인의 입장에서는 과학자처럼 그의 체험을 분석하여, 그것을 여러 조각들로 나누고, 그것들을 구분하고 다양한 조각들을 분류하는 것으로는 충분치 않다. 그의 업무는 궁극적으로 체험을 종합하는 데 있다. 그는 체험 자체의 통일성을 우리에게 되돌려주어 그 자신 속에 담긴 그것을 우리로 하여금 깨닫게 해야 한다"고 하면서, 그러기 위해선 단순한 진술이나 추상이 아닌, 필연적으로 아이러니컬한 충격이 내포된 극화가 필요하다고 하였다. 그 극화는 상반되는 국면들이 하나의 속성 속에 합체되기를 요구하는데, 그 하나의 속성은 진술의 차원에서 하나의 역설, 즉 상반되는 것들의 결합의 주장이라고 하였다(이경수 역, 『잘 빚어진 항아리』(개역판), 문예출판사, 1987, 278~279면).

염두에 두지 않는다. 그러면서도 그것은 문화와 민족과 인류에 공헌하고 평화에 공헌한다"[18]고 한 진술은 마치 "道常無爲 而無不爲"[19]라는 노자의 역설을 떠올리게 한다. 이렇듯 대상의 어떤 속성이 역설에 의해 날카롭고도 분명하게 드러나기도 하는데, 김수영도 이런 역설의 효과를 깊이 인식하고 작품 속에서 사용하고 있었다는 점이 확인된다.

그런 의미에서 「그 방을 생각하며」의 상황, 즉 '이유 없이 메마른 가슴'과 '이유 없이 풍성한 가슴'의 연결은 상당히 역설적으로 받아들여진다. 혁명의 실패가 곧 혁명의 성공이 된다는 구절의 진의眞意는 사회와 역사에 대해 깊은 통찰·전망과 더불어 무엇보다 불굴의 신념을 갖는다는 것이다. 절대적 신념 앞에서 혁명의 실패나 성공과 같은 상대적 상황은 순식간에 무화無化되기 때문이다.

앞의 여러 시에서 볼 수 있는 것과 같이 지속적인 부정과 부정의 부정을 통해 시인은 자기갱신을 수행하고 있으며 부정과 긍정의 간극이 한순간의 비약이 아닌, 역설로 드러나는 삶의 총체적 진실의 발견과 지속적인 자기성찰, 그리고 강한 신념에 의해 메워지고 있다는 사실을 발견할 수 있다. 이러한 발견과 성찰은 시간과 역사에 대한 탐구와 이해로 점차 깊이를 더한다. 「현대식現代式 교량橋梁」이 그 예에 해당된다.

---

18) 김수영, 「시여, 침을 뱉어라」, 『전집』 2, 403면.

19) 도덕경 31장에 나오는 말로 "도(道)는 아무 것도 하지 않지만 그러면서도 하지 못하는 것이 없다." 즉 천하를 지배하는 자가 무위자연의 도를 체득한다면 만물은 그의 덕에 동화되어 모든 것이 이루어질 수 있다는 말이다(김영율 역, 『老子』, 금성, 1987, 53~54면 참조).

現代式 橋梁을 건널 때마다 나는 갑자기 懷古主義者가 된다
이것이 얼마나 罪가 많은 다리인줄 모르고
植民地의 昆蟲들이 二四시간을
자기의 다리처럼 건너다닌다
나이어린 사람들은 어째서 이 다리가 부자연스러운지를 모른다
그러니까 이 다리를 건너갈 때마다
나는 나의 心臟을 機械처럼 중지시킨다
(이런 연습을 나는 무수히 해왔다)

그러나 문제는 이러한 反抗에 있지 않다
저 젊은이들의 나에 대한 사랑에 있다
아니 信用이라고 해도 된다
"선생님 이야기는 二十년 전 이야기이지요"
할 때마다 나는 그들의 나이를 찬찬히
소급해가면서 새로운 여유를 느낀다
새로운 歷史라고 해도 좋다

이런 驚異는 나를 늙게 하는 동시에 젊게 한다
아니 늙게 하지도 젊게 하지도 않는다
이 다리 밑에서 엇갈리는 기차처럼
늙음과 젊음의 분간이 서지 않는다
다리는 이러한 停止의 증인이다
젊음과 늙음이 엇갈리는 순간
그러한 速力과 速力의 停頓 속에서
다리는 사랑을 배운다
정말 희한한 일이다
나는 이제 敵을 兄弟로 만드는 實證을
똑똑하게 천천히 보았으니까!

—「現代式 橋梁」

1연에는 시적 자아가 다리를 대하는 태도가 나타나 있다. 그 다리는 일제 강점기 때 침략적 용도로 건설된 현대식 다리일 것이다. 시적 자아는 일제가 만든 이 다리가 죄가 많다고 여기고 있으며 그 다리가 광복된 이후에도 남아 있다는 것이 부자연스럽다고 생각한다. 그 다리를 건너는 현재의 사람들, 즉 그 다리가 얼마나 죄가 많은 다리인 줄 모르고 이십사 시간 자기의 다리처럼 건너다니는 사람들이 "植民地의 昆蟲들"이라고 다소 과격하게 표현된 것도 그런 역사적인 의식에서 연유한 것이다. 약간 모호하긴 하지만 여기서의 식민지적 상황은 과거 일제 강점기에만 해당되는 것이 아니라 시가 쓰이던 당대에까지 미치는 것이라 할 수 있다. 왜냐하면 그 다리가 여전히 "자기의 다리"가 아니라는 표현도 그렇지만 현재형의 문장 종결 형식이 식민지적 상황의 지속을 느끼게 하기 때문이다. 어쨌든 그 다리가 어째서 부자연스러운지 모르는 나이 어린 사람들과 달리 그 다리가 부자연스럽다고 생각하는 시적 자아는 다리를 건널 때마다 "心臟을 機械처럼 중지시"키며 "이런 연습을 나는 무수히 해왔다"고 진술한다. 이런 행위는 2연에서 나타나듯이 부자연스러움을 느끼게 하는 대상 즉 부정적 대상에 대한 시적 자아의 "反抗"에 해당된다. 이런 시적 자아의 행위는 다소 과장되게 느껴지는데, 이것이 단지 공허한 몸짓으로만 보이지 않는 것은 2 · 3연에 이어지는 의식의 열도와 변화 때문이다.

2연을 통해 시적 자아는 중요한 것이 시적 자아의 반항이 아니라, 그 다리가 부자연스러운지 모르는 젊은이들의 나에 대한 "사랑"(혹은 "信用")에 있다고 말한다. 여기서는 부정적 대상을 부정적 대상으로 보지 못하는 사람들에게 시적 자아가 응당 부정적 시선을 가지리라는 예상이 뒤엎어지며 1연과 2연이 긴장관계로 맺어지기 시작한다. 1연에서 2연으로 가는 동안 주체와 행위의 중심도 '나의 반항'에서 '젊은이들의 사랑'으로 바뀐다.

그렇다면 "信用"이라고 해도 좋을 "젊은이들의 나에 대한 사랑"이란 무엇인가. "信用" 정도로 맞바꿀 수 있는 "사랑"이란 원래의 의미보다 훨씬 낮은 가치를 갖겠지만 2연에서는 그 의미가 약간 모호하게 처리되어 있다. 각각 6·7행에 마치 동격으로 배치된 "여유"와 "歷史"와의 격차만큼이나 "사랑"은 "信用"과 의미의 격차를 가질 것이다. 그런데 그 "사랑"은 기실 젊은이들이 시적 자아에 대해 느낀다기보다 시적 자아가 젊은이들에게 느낀다고 보는 것이 합당하다. 세대 차이를 언급하는 젊은이들의 나이를 통해 시적 자아가 살아온 세월을 찬찬히 되돌아보고 나서, 새로운 "여유"와 "역사"를 느끼는 시적 자아가 젊은이들에 대해 느낀다고 보는 것이 더 자연스럽기 때문이다. 그럼에도 그 사랑 행위의 주체를 젊은이들로 돌린 것은 시적 자아가 그들이 지닌 태도를 새롭게 수긍하게 되었기 때문이다. 즉 시적 자아보다 이십년 뒤에 태어나 일제 강점기를 거치지 않은 젊은이들의, 대상에 대한 부정의 시선을 훌쩍 뛰어넘는 새로운 긍정의 시선을 통해 시적 자아는 그 두 가지를 끌어안는 새로운 가치를 발견하게 된 것이다. 말하자면 막강한 부정적 가치를 아무렇지 않게 무화시키는 긍정의 정신도 "사랑"이지만 그 두 가지, 부정과 긍정이 혼효混淆되는 순간도 "사랑"이라고 생각한 것이다. 그리하여 대립적 대상인 '적'과도 그야말로 '형제'가 되기도 한다. 이편과 저편을 연결하는 다리의 속성과 어울려, 다리는 젊음과 늙음뿐만 아니라 그것이 초래한 상반된 시선과 가치가 교차하고 포괄되는 "사랑"의 실증이다.

> 욕망이여 입을 열어라 그 속에서
> 사랑을 발견하겠다 都市의 끝에
> 사그라져가는 라디오의 재갈거리는 소리가
> 사랑처럼 들리고 그 소리가 지워지는
> 강이 흐르고 그 강건너에 사랑하는
> 암흑이 있고 三월을 바라보는 마른나무들이
> 사랑의 봉오리를 준비하고 그 봉오리의
> 속삭임이 안개처럼 이는 저쪽에 쪽빛
> 산이
>
> 사랑의 기차가 지나갈 때마다 우리들의
> 슬픔처럼 자라나고 도야지우리의 밥찌끼
> 같은 서울의 등불을 무시한다
> 이제 가시밭, 덩쿨장미의 기나긴 가시가지
> 까지도 사랑이다
>
> 왜 이렇게 벅차게 사랑의 숲은 밀려닥치느냐
> 사랑의 음식이 사랑이라는 것을 알 때까지
>
> 난로 위에 끓어오르는 주전자의 물이 아슬
> 아슬하게 넘지 않는 것처럼 사랑의 節度는
> 열렬하다
> 間斷도 사랑

이 방에서 저 방으로 할머니가 계신 방에서
심부름하는 놈이 있는 방까지 죽음같은
암흑 속을 고양이의 반짝거리는 푸른 눈망울처럼
사랑이 이어져가는 밤을 안다

그리고 이 사랑을 만드는 기술을 안다
눈을 떴다 감는 기술—불란서혁명의 기술
최근 우리들이 四·一九에서 배운 기술
그러나 이제 우리들은 소리내어 외치지 않는다

복사씨와 살구씨와 곶감씨의 아름다운 단단함이여
고요함과 사랑이 이루어놓은 暴風의 간악한
信念이여
봄베이도 뉴욕도 서울도 마찬가지다
信念보다도 더 큰
내가 묻혀사는 사랑의 위대한 도시에 비하면
너는 개미이냐

아들아 너에게 狂信을 가르치기 위한 것이 아니다
사랑을 알 때까지 자라라
人類의 종언의 날에
너의 술을 다 마시고 난 날에
美大陸에서 石油가 고갈되는 날에
그렇게 먼 날까지 가기 전에 너의 가슴에
새겨둘 말을 너는 都市의 疲勞에서
배울 거다
이 단단한 고요함을 배울 거다

복사씨가 사랑으로 만들어진 것이 아닌가 하고
의심할 거다!
복사씨와 살구씨가
한번은 이렇게
사랑에 미쳐 날뛸 날이 올 거다!
그리고 그것은 아버지같은 잘못된 시간의
그릇된 瞑想은 아닐 거다

—「사랑의 變奏曲」

이른바 '도시의 욕망'은 그간 시인이 결벽적으로 증오하고 회피해오던 대상이었다.[20] 그런 대상을 향해 "욕망이여 입을 열어라 그 속에서 / 사랑을 발견하겠다"고 외치는 시적 자아의 모습은 자신이 악착같이 부정하던 대상 속에서 자신이 궁극적으로 추구하려는 가치를 찾겠다는 의도를 드러낸다. 이러한 역전으로 인해 여기서는 더 이상 부정과 긍정이 대별적 태도가 아니다. "都市의 끝에 / 사그러져가는 라디오의 재갈거리는 소리가 / 사랑처럼 들"

20) 여기서의 욕망은 근본적으로 무언가를 더 얻거나 얻음으로써 해소하는 차원의 것이라기보다 시인으로서 자본주의 사회에서의 기본적인 생계를 이어 나가려는 기도에 불과한 것이었지만 김수영에게는 그것조차 녹록치 않았다. 그는 생계를 해결하기 위한 여러 가지 돈벌이에 대해 대단한 결벽을 보이곤 하였다. 1954년 11월 27일 일기에서와 같이 신문사 일을 하는 것에 대해 어머니와 대화를 나누면서 치욕감을 느끼는 것이나, 12월 30일 일기에서처럼 번역 일로 출판사 편집자와 의논하면서 분노와 서글픔을 갖는 것도 세속적 생활에 대한 김수영의 과도한 반감에서 기인한다(「일기초 1」, 앞의 책, 483~488면). 또한 김수영이 도시에 대해 느끼는 시각, 즉 "서울은 차디찬 곳"이라든지 "결론이 없는 인생같은 서울, 괴상하고 불쌍한 서울"(위의 글, 491~492면)이라고 진술할 만큼 불쾌하고 비관적인 시각이 김수영의 여러 글에서 발견된다. 이것은 시인으로서 지성인 혹은 선비와 같은 정신적 고결함을 지키려다가 부딪치게 되는 감정이며 도시 자체와 도시에서 이루어지는 비루한 일상에 대한 환멸과도 연관된다.

린다는 표현은 욕망의 산물인 도시적 가치, 자본주의를 포함한 물질문명이 만들어 낸 대상을 긍정의 대상으로 탈바꿈시키는 것이 바로 "사랑"의 태도라는 것을 강조하는 것이라 볼 수 있다. 다시 말해서 "사랑"은 부정적 대상 속에서 긍정의 가치를 찾아내는 순간이고 부정과 긍정의 경계를 허물어뜨리는 끊임없는 연습 속에서 탄생하는 것이다. 이런 역설적인 결과뿐만 아니라 그 지난한 전 과정이 "사랑"을 탄생케 하는 시간이라고 할 때, 김수영 시에서의 "사랑"은 완성된 형태로 존재하기보다 미완성인 채로 끝없이 진행되는 가치일 것이기에, 그것에 대해 단순히 규정을 내리는 것은 어려운 일임에 틀림이 없다.

그것은 곧 "사랑하는 암흑", "사랑의 봉오리", "이제 가시밭, 덩쿨장미의 기나긴 가시가지 / 까지도 사랑이다"와 같이 세상 만물에게로 "사랑"이 퍼져 나가는 것으로 표현된 1연부터 4연까지의 시적 자아의 벅찬 감정 상태를 지나, "사랑을 만드는 기술"을 언급하는 대목에서는 "사랑"의 의미에 대한 성찰로 이어진다. "눈을 떴다 감는 기술—불란서혁명의 기술 / 최근 우리들이 四·一九에서 배운 기술"이 "사랑을 만드는 기술"이라는 부분은 오히려 그 "사랑"이 얼마나 큰 희생과 긴 여정을 통해 이룩되었는가에 대한 역설적 진술이라 할 수 있다. 마찬가지로 그 "사랑"을 아주 작은 사물, 즉 "복사씨와 살구씨와 곶감씨"에서 찾는 이유도, "사랑"이라는 개념에 대한 거대하고 공고한 틀과 경계를 깨뜨림으로써 "사랑"의 가치가 재발견될 수 있다는 시인의 믿음에서 비롯된 것이다. 다시 말하자면 그것은 "사랑"은 아주 작은 사물(복사씨 · 살구씨 · 곶감씨)에서 엿볼 수 있지만 아주 큰 도시(봄베이 · 뉴욕 · 서울)도 "사랑의 도시"에 비하면 "개미"처럼 작다는, 어떻게 규정할 수 없는 "사랑"에 대한 의미의 윤곽을 드러낸 표현에 해당된다. 또한 그것을 시적 자아의 아들에게 전수함으로써 시인은 "사랑"에 대한 발견과 재인식이 미래에까지 진행되기를 바라고 있다.

2. 신동엽–부정의식과 '중립'의 탐구

1) 전쟁체험과 부정의식

20대 초반기를 6·25전쟁의 포화와 그 여진 속에서 보내야 했던 신동엽에게 전쟁체험은 그의 시세계를 형성하는 데 막대한 영향을 끼쳤다. 도처에서 잔혹한 살육의 참상을 목격하고 죽음의 공포 속에 도피생활을 하면서 그는 전쟁의 비극을 뼈저리게 느낄 수밖에 없었고, 그것이 일종의 '원체험'이 되어 그의 시의식 속에 뿌리 깊게 남았다.[21] 또한 이념적 갈등에 의한 동족 간의 전쟁으

21) 고은은 6·25전쟁의 의미에 대해, "6·25는 현실에 속해 있지 않다. 그러나 그것은 그 이후의 세대에게 근원적인 원체험(原體驗)이 되고 있다. 60년대, 70년대라는 사기당하기 쉬운 허황한 연대기구호(年代記口號)에도 불구하고 아직도 그것의 의미는 지속되지 않으면 안 된다. 실제로 6·25는 한 시대로 완료되지 않았다. 그것은 거의 무기한으로 연장되고 있다. 어떤 변형 어떤 발전으로 각색되면서도 그것의 원상은 현대 한국사의 자장(磁場)을 이루며 많은 역사의 부분들이 그것에 흡인되고 있는 사실을 간과할 수 없다. 이를테면 그것은 그 이전의 8·15와 정신적 소작인으로 채워진 식민지시대, 3·1운동, 개화기의 희

로 인해 각 체제는 그에 속한 사람들에게 정치적 이데올로기를 강제하는 한편, 그것을 거부하는 사람들을 가혹하게 탄압했기 때문에 신동엽을 비롯한 당시의 어떤 시인도 창작의 자유를 마음껏 누릴 수 없었다. 그렇게 질식할 것 같은 현실 속에서도 신동엽의 부정의식은 날카롭게 발현되었는데, 전쟁을 일으키는 인위적인 온갖 정치체제와 전도된 이념체계가 신동엽에게는 부정의 대상들이었다.

전쟁 때 고향에서 민주청년동맹의 선전부장을 맡은 신동엽의 전력은, 전세가 역전되어 남쪽이 수복된 뒤에 그로 하여금 후환이 두려운 고향을 떠나 이역을 떠돌게 했고, 부패한 군 당국으로 말미암아 많은 인원이 병들고 죽게 된 국민방위군에 복무하게 하여 그의 심신을 완전히 망가뜨렸다.[22] 결국 그가 사회주의 이력을 극복하기 위해 자원입대한 근 일 년 동안의 군 생활이 끝나기까지 그를 고통 속으로 몰아넣은 것도 이데올로기적 대립이 만들어 낸 전쟁이었다.

신동엽은 전쟁에 대해 이렇게 진술하였다.

> 동란은 어제도 오늘도 계속되고 있다. 갖은 미명을 다 뒤집어쓴 살육, 약탈, 파괴, 매음, 자살, 정복, 시장침탈 이러한 사실들이 사태를 이뤄 눈 앞에서 범람하고 있다. 이것은 다만 관조계(觀照界)의 현상(現象)으

극까지를 소급함으로써 6·25의 의미 자체가 증대되고 그 이후의 4·19, 5·16의 동인(動因)으로서 현대사의 구심을 이루고 있"으며 현실적으로 정치, 경제, 사회 전반에 깊은 영향을 끼치고 있다고 하였다(『1950年代 그 廢墟의 文學과 人間』, 민음사, 1973, 13면).

22) 성민엽 편저, 『신동엽』, 문학세계사, 1992, 42~50면 참조.

로서만 그치는 게 아니라 끊임없이 우리의 생명을 위협하며 우리의 인간성을 부상(負傷)시킬 것을 요구하고 있다.

(…중략…)

조국의 백성들은 헐벗은 거지가 되어 남으로 북으로 돼지떼처럼 몰려다닌다. 이방인들은 내 나라 동포들과의 협조 아래 내 나라 내 백성들의 도시와 농촌을 모조리 회진(灰塵)시키고 말았다. 가는 곳마다 기아에 기진맥진한 백성들은 마지막 남은 기력을 다하여 도적과 사리(私利)와 도략과 아부와 모략과 상쟁을 지속하고 있다.[23]

신동엽은 국민방위군에 소집되어 귀향하다 낙동강가에서 잡아먹은 게 때문에 발병한 디스토마가 1958년에 재발하였고, 그 때문에 결혼 뒤 어렵사리 몸담은 교직에서 물러나게 되었다. 처자식과 떨어져 일 년 동안 부여에서 요양한 뒤, 갑오농민전쟁과 6·25전쟁의 격전지인 동혈산에 올랐다가 풀숲에서 사람의 뼈와 녹슨 장총을 발견한다.[24] 이런 체험을 바탕으로 전쟁에 대한 성찰이 더해진 작품이 바로 「진달래 산천山川」이다.

길가엔 진달래 몇 뿌리
꽃 펴 있고,
바위 모서리엔
이름 모를 나비 하나
머물고 있었어요

23) 신동엽, 「동란과 문학의 진로」, 『젊은 시인의 사랑』(송기원 편), 실천문학사, 1988, 248~249면.
24) 성민엽 편저, 앞의 책, 68~70면 참조.

잔디밭엔 長銃을 버려 던진 채
당신은
잠이 들었죠.

햇빛 맑은 그 옛날
후고구렷적 장수들이
의형제를 묻던,
거기가 바로
그 바위라 하더군요.

기다림에 지친 사람들은
산으로 갔어요
뼛섬은 썩어 꽃죽 널리도록.

남햇가,
두고 온 마을에선
언제인가, 눈먼 식구들이
굶고 있다고 담배를 말으며
당신은 쓸쓸히 웃었지요.

지까다비 속에 든 누군가의
발목을
果樹園 모래밭에선 보고 왔어요.

꽃 살이 튀는 산 허리를 무너
온종일
탄환을 퍼부었지요.

길가엔 진달래 몇 뿌리
꽃 펴 있고,
바위 그늘 밑엔
얼굴 고운 사람 하나
서늘히 잠들어 있었어요

꽃다운 산골 비행기가
지나다
기관포 쏟아 놓고 가 버리더군요.

기다림에 지친 사람들은
산으로 갔어요.
그리움은 회올려
하늘에 불 붙도록.
뼛섬은 썩어
꽃죽 널리도록.

바람 따신 그 옛날
후고구렷적 장수들이
의형제를 묻던
거기가 바로
그 바위라 하더군요.

잔디밭엔 담배갑 버려 던진 채
당신은 피
흘리고 있었어요.

—「진달래 山川」

제목처럼 이 시의 1연은 꽃이 피고 나비가 날아다니는 평화로운 정경 묘사로 출발한다. 2연에서 장총을 버려 던진 채 잠든 '당신'이 등장하여 긴장감이 생기지만 1연의 평화가 손상되는 것은 아니다. 문제는 3연의 '당신'이 잠든 자리가 옛날 후고구려 장수들이 의형제 묻던 곳이라는 구절에서 '당신'의 잠이 단지 평화로운 정경 속의 한 부분만은 아니라는 느낌을 준다는 것이다. 그렇다면 시대가 한참 차이 나지만 '장총'과 '장수들'이 공통적으로 환기시키는 전쟁 상황의 병렬적 배치는 어떤 의미를 지니는 것일까. 이런 의문을 잠시 뒤로 미루고 다음 연을 따라가 보면, 기다림에 지쳐 산으로 간 사람들과 "당신"이 어떤 연계를 가질 것이라고 짐작할 수 있지만, 역시 쉽게 어떤 단정을 내리기는 곤란하다. 어쨌든 '당신'과 '장수들'과 '사람들'의 행위가 나란히 배치됨으로써 이들의 관계가 모종의 합일점을 가지리라는 추측을 내리기에는 지장이 없어 보인다.

그렇다면 5연의 '당신'의 말은 잠들기 이전인 과거에 행해진 발언이라고 볼 수 있는데, 아주 처참한 상황에 처한 식구들을 두고 전쟁터로 나온 '당신'의 처지를 통해 현실의 절박함과 참담함을 가늠해볼 수 있다. 그런데 자신의 처지를 말하는 '당신'의 태도가 담배를 말며 쓸쓸히 웃는 모습으로 그려져 연민의 느낌이 나면서도 내용상 어긋나 보인다. 단지 '쓸쓸히' 웃기에는 현실의 참상이 훨씬 깊기 때문이다. 이어서 6연에 나오는 시신의 모습이 "지까다비 속에 든 누군가의 발목"으로 충격적으로 나타나 있다. 그가 일본식 운동화인 '지까다비'를 신었다는 점으로 미루어 볼 때 정규군이 아닐 가능성이 높다. 이를 4연에 "산으로 간 사람들"

과 결부시키면 '당신'의 실체는 결국 빨치산으로 귀결될 수도 있을 것이다. 이는 신동엽의 전쟁 때의 빨치산 체험과도 연관이 있을 것이다.[25] 그리고 7연에선 온종일 탄환이 퍼부어지는 상황이 "꽃 살이 튀는 산허리"라고 묘사되어 1연의 진달래가 평화롭게 핀 광경과 대비되면서 하나의 구조로 완결된다. 이 시의 중심인물인 '당신'은 1연부터 어찌 보면 곤히 잠들어 있는 것으로 묘사되었지만, 이 시의 전환점이 되는 8연에는 "서늘히" 잠든 것으로 그려져 있고 마지막 연에서 "당신은 피 / 흘리고 있었어요"라고 묘사됨으로써 평화로운 '잠'의 전모가 싸늘한 죽음과 맞닿아 있다는 사실이 확인되어 충격적인 울림이 발생한다.

1연부터 7연까지가 한 부분으로, 나머지 8연부터 12연까지가 다른 한 부분으로 묶여 있는 이 시는 두 부분이 거의 대칭구조로 짜여 있다. 다시 말해 이 시는 8연을 전환점으로 7연과 9연의 사격 장면, 4연과 10연의 "기다림에 지친 사람들"이 등장하는 부분, 3연과 11연의 후고구려 장수들이 나오는 부분, 2연과 12연 '당신'이 등장하는 부분으로 짝지어져 있다. 서로 다른 장면과 시간의 배치가 이 시를 읽어 가는 데 적지 않은 혼란을 주지만, 각 연들

25) 실제 신동엽이 빨치산으로 활동했다는 증언은 강형철이 신동엽의 부인 인병선과의 인터뷰를 통해 추출한 부분에서 찾아볼 수 있다. "수복 이후 3개월간 그리고 국민방위군 탈출 이후 1년간의 행적이 불분명한데 이 기간에 그의 '빨치산'활동이 이루어졌을 것이라고 필자는 판단한다. 인병선이 신동엽을 사귄 지 3, 4개월 지났을 무렵(1954년 2월경) 신동엽이 빨치산활동을 할 때 사귄 애인이라는 石知라는 여인을 신동엽과 함께 만난 일이 있다고 한다. (…중략…) 인병선은 신동엽의 빨치산 활동이 부여 수복 이후 도피과정에서 이루어졌을 것으로 생각하고 있으며 빨치산 활동을 하고 난 뒤 부여경찰서에서 조사를 받았고 이때 조사과정에서 심한 고문의 결과로 왼쪽 팔목이 비틀어져 있었다고 증언한다."(「申東曄 詩 硏究」, 숭실대 박사논문, 1999, 5~6면)

사이의 간극이 시에 미묘한 긴장을 주고 있다. 또한 대칭구조를 통해 내용이 변형 반복되는 연들의 배치가 구조적인 리듬감을 주는 한편, 비극적인 정서를 회감回感시키는 데 일조하고 있다. 또한 시적 자아의 부드러운 어조가 이 시의 비참한 상황과 대비되어 여운을 주는 것도 이 시의 특징이다. 그런데 「진달래 산천山川」이나 전쟁을 소재로 한 「풍경風景」·「기계機械야」 같은 시들에 나타난 시공간은 다분히 막연하게 느껴진다. 또한 그 시들에서는 시인의 구체적인 전쟁체험이 나타나지 않고, 시 속의 장면도 굉장히 관념적으로 읽힌다는 특징이 있다.

그 뒤에 발표된 시극 「그 입술에 파인 그늘」에 이르면 전쟁의 비극이 좀 더 극명하게 형상화된다. 이 시극은 전쟁 중의 어느 봄날, 치열한 육박전이 휩쓸고 지나간 계곡에서 서로 다른 진영의 부상병 남녀가 만나는 장면으로 시작된다. 이미 이념이나 체제의 허망함을 깊이 느끼던 두 사람 사이에 연정이 싹트기 시작한다.

> 여 어렵게 생각하실 것 없어요. 우린 지금 통일을 성취한 셈이에요.
> 남 통일이 이렇게 쉽게 이루어질 줄은. 조국의 일부분이 지금 이곳에서 통일되었구료.
> 여 아아아.
> 남 우린, 아까까지 싸워 왔지만, 우리의 아랫배가 싸운 건 아니었어. 껍질이 싸웠어, 껍데기가 껍데기끼리 저희끼리 싸웠던 거야.
>
> —「그 입술에 파인 그늘」 부분

시극의 전개가 다소 우연적이고 인위적이긴 하지만 남남북녀가 만나 정서적·정신적 통일을 성취한 것으로 표현된 것은 시인의 통일에 대한 깊은 열망이 형상화된 것이다. 또한 남북이 서로 싸운 것이 아니라 껍데기끼리 싸웠다는 말은 결국 냉전이데올로기에 의한 강대국들의 충돌의 결과가 6·25전쟁이었다는, 역사에 대한 엄정한 인식을 보여주는 대목이다. 이 시극은 서로 의지하여 골짜기를 벗어나려던 남녀가 전투기에 의해 폭사당하면서 결말을 맺는데, 이것이 솔바람 소리와 평화스런 산새 소리의 음향, 밝고 가볍게 상승하는 음악과 대비되어 비극적 여운이 짙어진다.

남녀의 입을 통해 시인이 말하려고 했던 전쟁의 비극성과 전쟁 발생의 원인은 「조국」에서도 나타난다. 이 시에서 시인은 전쟁과 분단 상황이 단지 우리 민족 스스로의 폭력과 대립에서 온 것이 아니라는 것을 역설하고 있다.

무더운 여름
불쌍한 原住民에게 銃쏘러 간 건
우리가 아니다
조국아, 우리는 여기 이렇게
쓸쓸한 簡易驛 신문을 들추며
悲痛 삼키고 있지 않은가.

그 멀고 어두운 겨울날
異邦人들이 대포 끌고 와
江山의 이마 금그어 놓았을 때도
그 壁 핑계삼아 딴 나라 차렸던 건
우리가 아니다
조국아, 우리는 꽃 피는 南北平野에서

주림 참으며 말없이
밭을 갈고 있지 않은가.

(…중략…)

껍질은,
껍질끼리 싸우다 저희끼리
춤추며 흘러 간다.

(…중략…)

조국아,
江山의 돌속 쪼개고 흐르는 깊은 강물, 조국아.
우리는 임진강변에서도 기다리고 있나니, 말없이
銃기로 더럽혀진 땅을 빨래질하며
샘물같은 東方의 눈빛을 키우고 있나니.

—「조국」 부분

「그 입술에 파인 그늘」에서 남자가 자신들이 한반도를 떠나기 전에는 어떤 선택도 할 수 없다고 말하는 것과 같이, 전쟁은 우리 민족의 선택이 아닌 강대국들의 이해타산에서 비롯되었다는 인식이 위의 시에 드러나 있다. 1969년 신동엽이 타계한 해에 발표된 이 시에서는 베트남전의 한국군 참전과 관련된 내용이 나타나 있다. "불쌍한 原住民에게 銃쏘러 간 건/ 우리가 아니다"라는 시행은 결국 미국의 압력에 눌려 약소민족인 우리가 또 다른 약소민족인 베트남에 군사력을 행사하게 된 참담한 현실이 나타난 부분이다. 연이어 "쓸쓸한 簡易驛 신문을 들추며 / 悲痛 삼키고 있지 않은가"라고 하여 신문에서 베트남 참전 부대의 소식을 읽으며 전쟁터에서 죽어 가고 있을 여러 나라의 죄 없는 젊은이들과 자주권을 행사하지 못하는 힘없는 조국에 대해 시적 자아는 비통한 감정을 느끼고 있다. 시간을 거슬러 "異邦人들", 즉 미국과 소련이 금 그어 놓은 이 땅에서 각기 다른 나라를 세워 분단을 기정사실화하고 대립과 반목을 일삼았던 것도 결국 온전히 우리가 원해서 벌어진 상황이 아니라고 말하고 있다. 여기서 '우리'는, 민족 구성원 중에서도 권력자들이 아닌 "주림 참으며 말없이 / 밭을 갈고" 있는 민중이다. 이러한 민중 외에 다른 세력은 모두 '껍데기'에 불과한 것이며 전쟁도 결국 이들 '껍데기'들의 아귀다툼에 불과하다는 인식이 이 시에 나타나 있다. 그러면서 이 시는 간절한 통일의 염원을 드러내며 시를 끝맺고 있다. 정부 주도로 경제개발계획이 시행되고 베트남에 국군을 파병하면서 강대국의 눈치를 보고 있던 1960년대 말의 사회 상황에서 이러한 냉철하면서도 미래 지향적인 현실 인식을 펼쳤다는 것은 주목할 만하다.

신동엽의 전쟁체험은 주로 개인적 체험으로 시의 전면에 드러나기보다 관념적 양상으로 드러난다. 그것은 당시의 표현의 자유에 대한 제한에 말미암은 탓이 크겠으나, 그의 트라우마가 그만큼 내밀하게 침잠해 있었다는 것을 알려주는 동시에 그만큼 전쟁에 대한 그의 고초가 깊었다는 것을 방증하기도 한다. 그의 전쟁체험은 민족적 비극의 성찰을 넘어 세계사적 인식에 맞닿아 있어, 기계문명에 대한 부정으로까지 나아가면서 현실에 대한 실천적 방편으로서의 부정의식의 시적 발현과 이어지고 있다. 이는 서구의 이성 중심주의에서 비롯된 인식론적 차원의 부정의식과 대별되는 지점이며, 실천적 덕목으로서의 부정의식의 성향을 나타내는 부분이기도 하다.

2) 부정의식과 어조의 양상

(1) 외향적 부정의식과 단정적 어조

신동엽의 부정의식은 인류 문명사와 한국사에 대한 나름대로의 통찰에서부터 비롯되었다. 「시인정신론詩人精神論」에서 언급되었듯이 당대는 인류문명사 전체에서 차수성次數性 세계에 해당되며 인간들은 개개의 존엄성을 잃어버린 채 거대한 기계의 부속품 같은 '맹목기능자'로서의 삶을 영위하며 생존경쟁과 욕망추구의 광기성에 휘몰려 있을 뿐이다.[26] 약소민족인 한국이 강대국에게 침탈당하고 힘없고 선량한 민중이 권력자들에게 억압당할 수밖에 없었던 과정과 원인에 대한 역사적 인식에 맞물려 신동엽의 부정의식은 강렬한 현실지향적 성향을 지니게 되었다.

신동엽은 『금강』 6장에서 조선의 왕족을 중앙에 도사리고 있는 큰 마리낙지로, 왕족 주위에 있는 고관과 권귀들을 새끼낙지들로, 지방의 관찰사·현감·병사·목사들을 말거머리들로, 아전·이속 같은 하급관리들을 빈대들에 비유하였다. 그리고 왕족이 자신들만의 안위를 위해 외세를 끌어들이는 광경을 묘사하여,

26) 신동엽, 「詩人精神論」, 앞의 책 참조

권력의 부패와 횡포가 야욕에 찬 외세와의 결탁으로 이어졌으며 그것이 단지 조선 말기의 현상이 아니라 1960년대의 상황과 잇닿아 있다고 인식하였다.

또한 「왜 쏘아」에서는 외세에 의해 분단된 조국에 외세가 들어와 주인처럼 행세하며 민중에 억압을 가하는 현실을 비판하고 있다. 시인은 이 시에서 부정적 대상들을 향해 직접 대화하듯이 말하는 형식을 취했는데, 차분하게 따지듯이 이어지는 시행은 시적 자아의 분노에 찬 심정을 억지로 억누르는 것 같아서 오히려 진중한 울림으로 다가온다.

> 눈이 오는 날
> 소년은 쓰레기 통을 뒤졌다.
>
> 바람 부는 밤
> 만삭의 임부는
> 철조망 곁에 쓰러져 있었다.
>
> 그리고 눈이 갠 아침
> 그 화창하게 맑은 산과 들의
> 은빛 강산에서
> 열두살짜리 소년들은
> 어제 신문에서 읽은 童話얘길 재잘거리다
> 저격 받았다.
>
> 나는 모른다.
> 그 열두살짜리들이 참말로

꽁꽁 얼어붙은 조그만 손으로
자유를 금 그은 鐵條網 끊었는지 안 끊었는지.

나는 모른다
그 철조망들이
맨발로 된장찌개 말아먹은 소년들에게
목숨을 강요해서까지
필요한 것인지 아닌지는.

다만 나는 안다
지금은 二重으로
철조망이 쳐져 있고
섬은 倉庫가 시 있지만
그 근처 양지바른 언덕은
우리 어렸을 때만 해도
머리에 흰 수건 두른 아낙들이
안방 이야길 주고받으며
햇빛에, 목홧단 콩깍지들을 말리던 곳이다.

그리고 또 나는 안다
지금은 낯선 얼굴들이
얕보는 휘파람으로 왔다갔다 하지만
그 근처 양지바른 언덕은
우리 어렸을 때만 해도
토끼몰이하던 아우성으로
씨름놀이하던 함성으로
밤낮을 모르던 박첨지네 동산이다.

쓰레기통을 뒤져
깡통 꿀꿀이 죽을 찾아 먹는 일
나도 이따금은 해봤다
눈 사태속서 총 겨냥한
낯선 兵丁의 호령을 듣고
그 퍽퍽한 눈속을
깊이깊이 빠지면서 무릎이겨 기던
그 少年의 마음을 나는 안다.

꿰진 뒤꿈치로
사지 늘어트려
국수가닥 깡통을
눈 속에 놓치던
그 마음을 나는 안다.

아기 밴 어머니가
배가 고파, 애들을 재워 놓고
집을 빠져나와
꿀꿀이죽을 찾으려던 그 마음을,
고요한 새벽 흰 눈이 쌓인 그 벌판에서의
외로운 부인의 마음을
나는 안다.

왜 쏘아.
그들이 설혹
철조망이 아니라
그대들의 침대밑까지 기어들어갔었다 해도,

그들이 맨손인 이상
총은 못 쏜다.

왜 쏘아.
우리가 설혹
쓰레기통이 아니라
그대들의 板子안방을 침범했었다 해도
우리가 맨손인 이상
총은 못 쏜다.

쏘지 마라.
솔직히 얘기지만
그런 총 쏘라고
朴첨지네 기름진 논밭,
그리고 이 江山의 맑은 우물
그대들에게 빌려준 우리 아니야.

罰 주기도 싫다
머피 일등병이며 누구며 너희 고향으로
그냥 돌아가 주는 것이 좋겠어.

솔직히 얘기지만
이곳은 우리들이
백년 오백년 천년을 살아 온
아름다운 땅이다.

솔직히 얘기지만

이곳은 우리들이 천년 이천년
울타리 없이도 콧노래 부르며 잘 살아온
아름다운 江山이다.

—「왜 쏘아」

미군의 민간인 오발사건에서 소재를 취한 이 시에는 총 맞은 소년과 임산부가 묘사되다가 4연에서 돌연 "나는 모른다"로 시작되는 도치문의 구조가 5연까지 이어지고 있다. 이는 다시 6연에서 "나는 안다"는 구절로 시작되는 도치문의 구조로 7연까지 이어지는데, 각 연의 나머지 시행을 이끌고 있는 대비적인 이 두 구절은 부당한 외세에 대한 시적 자아의 단호한 부정을 강조하는데 기여한다. "물러가라, 그렇게 / 쥐구멍을 찾으며 / 검불처럼 흩어져 歷史의 下水口 진창 속으로 / 흘러가버리렴아, 너는 / 汚辱된 權勢 咀呪받을 이름 함께"(「阿斯女」 부분)나 "닦아라, 사람들아 / 네 마음속 구름 / 찢어라, 사람들아, / 네 머리 덮은 쇠 항아리"(「누가 하늘을 보았다 하는가」 부분)와 같이 신동엽의 시 도처에 나타나는 도치구문은 단정적인 어조를 형성하여 부정의식을 형상화하는데 상당한 표현 효과로 작용한다. "나는 안다"의 반복은 8연에도 거듭되는데, 이번부터는 도치문의 형태가 아니라 각 연의 마지막 행에 반복적으로 붙어 여러 시행으로 진술된 목적어절을 받아들이는 역할을 하고 있다. 그리하여 구성 형태가 다른 일정한 서술어의 적절한 배치는 전체적인 구조에 변화를 주면서 단정적인 어조를 강화하는 기능을 한다. 그리고 이러한 구문 배치가 구조적인 리듬을 형성하는데 11연부터 끝연까지 지속되는 특정 구절의 반복이 의미를 효과적으로 전달하는 한편 긴 시에 적당한 균형을 잡아 주고 있다.

이 시에서 총을 쏜 미군이 주둔하고 있는 곳은 "二重으로/철조망이 쳐져 있고/검은 倉庫가 서 있는 곳"이며 미군으로 추정되는 "낯선 얼굴들이/얄보는 휘파람으로 왔다갔다" 하는 곳이다. 그러나 시적 자아가 어렸을 적에는 "머리에 흰 수건 두른 아낙들이/안방 이야길 주고 받으며/햇빛에, 목홧단 콩깍지들을 말리던 곳"이며 "토끼몰이하던 아우성으로/씨름놀이하던 함성으로/밤낮을 모르던 박첨지네 동산"이다. 결국 미군은 지난날의 푸근하고 즐거운 추억이 숨 쉬고 있는 그곳을 '철조망'과 '검은 창고'로 대변되는 금지와 수탈의 공간으로 탈바꿈시켰으며 멸시의 태도로 그 땅의 주인들을 대하고 있다. 총에 맞아 죽은 소년과 임산부는 극도의 허기를 채우기 위해 미군부대 쓰레기통 주위를 배회하던 가난한 사람들이며, 시적 자아도 그들과 독같이 쓰레기통을 뒤져 본 적이 있기에 그 처지를 이해한다고 말하고 있다. 그런 그들이 아무 잘못도 없이 총에 맞아 죽은 것은 도저히 있을 수 없는 일인데, 이는 모두 미군에게 잠시 빌려준 땅에서 미군이 점령군 행세, 주인 행세를 하고 있기 때문이다. 그러면서 이 시는 미군이 이 땅에서 나가 주기를 촉구하는 것으로 끝맺고 있다.

현재의 시점으로 보더라도 꽤 진보적인 시각을 드러내고 있는 이 시는 도치 구문과 강조 구문의 구조적 반복으로 형성된 단정적 어조의 의미전달력에 힘입어 외적 대상에 대한 시인의 강렬한 부정의식이 형상화되고 있는데, 이는 신동엽 시의 외향적 부정의식의 표현적 특징이라 할 수 있다. 이 시는 비슷한 시기에 쓰인 김수영의 「가다오 나가다오」와 거의 비슷한 내용을 담고 있으면서, 전후부터 비롯된 불평등한 한미관계는 물론 부정한 외세에 대한 1960년대 시인들의 비판을 담아내고 있다.

이에 비해 「밤은 길지라도 우리의 내일來日은 이길 것이다」는 부정의식과 미래에 대한 신념이 어우러져 발산되는 양상을 보인다.

> 말 없어도 우리는 알고 있다.
> 내 옆에는 네가 네 옆에는
> 또 다른 가슴들이
> 가슴 태우며
> 한 가지 念願으로
> 行進
>
> 말 없어도 우리는 알고 있다.
> 내 앞에는 사랑이 사랑 앞에는 죽음이
> 아우성 죽이며 億진 나날
> 넘어갔음을.
>
> 우리는 이길 것이다
> 구두 밟힌 목덜미
> 生풀 뜯은 어머니
> 어둔 날 눈 빼앗겼어도.
>
> 우리는 알고 있다.
> 五百年 漢陽
> 어리석은 者 떼 아즉

몰려 있음을.

우리들 입은 다문다.
이 밤 함께 겪는
가난하고 서러운
안 죽을 젊은이.

눈은 舖道 위
妙香山 기슭에도
俗離山 東學골
나려 쌓일지라도
열 사람 萬 사람의 주먹팔은
默默히
한 가지 念願으로
行進

고을마다 사랑방 찌개그릇 앞
우리들 두쪽 난 祖國의 運命을 입술 깨물며

오늘은 그들의 巢窟
밤은 길지라도
우리 來日은 이길 것이다.

—「밤은 길지라도 우리 來日은 이길 것이다」

이 시는 유작遺作으로, 진중한 어조와 선동적인 언어로 표현되어 있지만 내용은 관념적이다. 이 시도 마찬가지로 일정한 구절(“우리는 알고 있다”, “이길 것이다”)의 반복에 힘입어 구조적인 리듬이 형성되고 있으며 도치문으로 구성된 연마다 명료한 의미가 집약되고 있다. 앞의 시와 다른 점이 있다면 비교적 긴 시행들이 몰고 간 가쁜 호흡을 짧은 명사종결 시행이 받음으로 강화된 의미가 단정적 어조를 형성한다는 것이다. 1연의 "말 없어도 우리는 알고 있다/내 옆에는 내가 네 옆에는/또 다른 가슴들이/가슴 태우며/한 가지 염원으로/行進"에서 2·3행에 열거된 주체들과 4·5행의 부사구가 6행의 '하다'라는 동사파생접미사가 생략된 명사로 치달음으로써 다섯 행의 호흡을 거쳐 온 의미가 "行進"이라는 한 마디의 말로 집중되어 단정적 의미가 강화되었다. 이는 도치구문으로 거듭 형성된 세 연을 지나고 5연에서 오히려 호흡을 풀어 놓고 시상이 전환되는 명사종결 구문("이 밤 함께 겪는/가난하고 서러운/안 죽을 젊은이")을 지남으로써 6연에서 다시 1연에서 변형된 내용·형태의 반복 부분에 이르자 의미의 강도가 높아진다. 또한 서술어 운용에서 부사(구) 같은 수식어를 배제하거나 수식어와 서술어를 한 행으로 놓지 않고 다른 행으로 떨어뜨려 배치해 서술어에 강세를 주는 방식도 단정적 어조를 형성하는 방식으로 작동하였다.

여기서는 "妙香山 기슭"과 "俗離山 東學골"에 눈이 동시에 내려 쌓이는 것으로 표현되어 압제를 이겨내기 위해 한 가지 신념으로 행진하는 주체가, 갈라져 있는 우리 민족 전체라는 것이 암시된다. 그렇다면 폭압을 행사하는 "그들"은 바로 남북을 분단시킨 데 막중한 책임이 있는 미국과 소련 등의 외세에 해당될 것이다.

이 시는 비교적 단순한 구조로 되어 있으며 시의 내용도 외세를 부정하는 기존의 다른 시들의 내용에서 크게 벗어나 있지 않지만 외향적 부정의식이 단정적 어조로 구현된다는 특징을 보여 주는 작품이다. 「왜 쏘아」, 「밤은 길지라도 우리 내일來日은 이길 것이다」를 포함하여 신동엽의 부정의식을 드러내는 많은 시에서 시인은 시행의 길이를 통해 호흡을 조절하면서 도치 구문과 명사 종결형을 반복적으로 사용하고, 수식어를 배제하면서 서술어를 단독으로 배치하여 단정적 어조를 강화하였다.

(2) 내향적 부정의식과 명상적 어조

외세와 권력에 대해 거침없는 비판을 수행하던 신동엽의 부정의식이 역사·문명적 사유에 의해 내밀화되면서 명상적 어조를 띠게 된다. 명상적 어조는 시인 자신의 반성적 성찰보다 훼손되지 않은 원상세계의 모습과 부정적 현상을 초래한 근본적인 원인을 동시에 통찰하는데, 이를 통해 왜곡된 현실 상황을 전면적으로 타개하기 위한 신동엽의 시 정신은 더욱 심원한 지경에 도달한다.

가령 「원추리」에서 "톡 톡 / 건드리면 / 먼 上古까장 울린다 // 춤추던 사람이여 / 토장국 냄새. // 이슬 먹은 세월이여 / 보리타작 소리. // 톡 톡 / 투드려 보았다. // 三韓ㅅ적 / 맑은 대가리. // 산 가시내 / 사랑, 다 / 보았으리."와 같은 부분에서는 원초적 삶의 내용, 즉 자연에 깃들어 살던 사람들의 순수한 성정性情을 그리워하는 태도가 엿보인다. 그것은 『금강』 6장에서 백제와 고구려시대를 '생활의 시대'로 보고 희구한 데에서도 확인된다. "王은, / 百姓들의 가슴에 단 / 꽃. // 군대는, 백성의 고용한 / 문지기. // 앞마을 뒷마을은 / 한 식구, / 두레로 노동을 교환하고 / 쌀과 떡, 무명과 꽃밭

/아침 저녁 나누었다. // 가을이면 迎鼓, 舞天, /겨울이면 씨름, 윷놀이, / 오, 지금도 살아있는 그 흥겨운 / 農樂이여"와 같은 부분이 그것을 뒷받침한다. 물론, 고대왕국 시기를 권위적인 왕도 특권층도 없는 것으로 본 것이 객관적인 역사 인식이라고 보기는 어렵지만, 고대의 생활상이 마치 이상적인 무정부사회의 모습으로 그려진 것은 원초적으로 평화로운 생활상에 대한 강렬한 소망에서 비롯된 것이다.[27] 그런데 이런 소망은 물질문명과 억압적 상황에 대한 부정과 한 짝을 이룬다. 과거에 대한 이러한 추수追隨는 현실의 상황을 냉철하게 인식하는 데 오히려 해가 될 수도 있지만, 그의 부정의식을 형성하는 데 영향을 미친다. 또한 부정적 현상에 대한 직접적 대응이 아닌 간접적 사유를 통해 대상의 본원을 더욱 심도 있게 탐색하는 계기를 마련해주기도 한다. 이러한 사유는 주로 명상적 어조를 형성하며 때로 그것은 현재적 시공時空을 확장시키는 방법을 통해 나타난다.

위의 「원추리」나 『금강』 4장이 시간을 거슬러 상고시대로 올라가는 방식을 취하고 있다면, 「진달래 산천山川」은 과거시제를 통해 지나간 상황을 회상하는 형태로 되어 있다.

잔디밭엔 長銃을 버려 던진 채
당신은
잠이 들었죠.

27) 신경림은 신동엽의 복고주의를 과거의 질서나 풍습에 대한 막연한 그리움에 따른 것이 아니라 '민족적 순수성의 회복'이라는 차원에서 이해해야 한다고 언급하였다(「역사의식과 순수언어—신동엽의 시에 대하여」, 『민족시인 신동엽』(구중서 · 강형철 편), 소명출판, 1999, 34면).

햇빛 맑은 그 옛날
후고구렷적 장수들이
의형제를 묻던,
거기가 바로
그 바위라 하더군요.

기다림에 지친 사람들은
산으로 갔어요
뼛섬은 썩어 꽃죽 널리도록.

—「진달래 山川」 부분

신동엽의 시에서 자주 사용되는 과거형 시제는 그것이 굳이 과거 상황의 진술에 얽매일 필요가 없을 때에도 쓰인다. 그리하여 과거 상황과 현재와의 아득한 거리를 통해 역사적 보편성을 획득하기도 한다. 즉 위의 시에서처럼 '당신'이 죽어 누워 있던 장소와 후고구려 장수들이 의형제를 묻던 장소의 일치는 그 시간적 간극을 넘어 하나의 역사성을 갖는다. 「원추리」나 『금강』 4장에서 나타나듯이, 이상적인 것으로 여겨지는 상고시대 후고구려의 상황은 당신이 잠든 것으로 표현된, 사실은 죽어 있는 상황과 대비되어 '당신'의 죽음에 대해 비통한 감정을 갖도록 만드는 동시에 역사적 진실로서의 전쟁의 보편적인 비극성을 드러낸다.

그런데 문제는 '당신'이 죽어 누워 있는 상황도 시대를 알 수 없는 과거의 일로 묘사되어 현실의 직접적 상황으로 읽히기보다 시인의 관념과 정서를 통해 조주된 상황으로 읽힌다는 것이다. 그것은 다음 연에 산으로 들어가 싸우다 죽은 사람들이 꽃이 된 것으로 표현된 부분에서 그 도를 더하게 된다. 결국 서로 현격히 다른 시공간 상황의 병치가 만들어 내는 거리는 상황 전체를 거시적으로 바라보고 그것을 야기한 뿌리 깊은 원인과 그것의 보편적인 실체를 명상적으로 접근하도록 유도한다.

이러한 방식은 이미 앞에 살펴본 「풍경風景」에서와 같이 강대국의 침탈에 대한 전 지구적 참상을 펼치는 데 쓰였는데 아래의 시에서도 비슷한 규모의 서로 다른 공간 상황의 병치가 나타난다.

> 알제리아 黑人村에서
> 카스피海 바닷가의 村아가씨 마을에서
> 아침 맑은 나라 거리와 거리
> 光化門 앞마당, 孝子洞 終點에서
> 怒濤처럼 일어난 이 새피 뿜는 불기둥의
> 抗拒……
> 衝天하는 自由에의 意志……
>
> —「阿斯女」 부분

> 水雲이 말하기를
> 하늘님은 콩밭과 가난
> 땀흘리는 사색 속에 자라리라.
> 바다에서 조개 따는 소녀
> 비 개인 오후 미도파 앞 지나는
> 쓰레기 줍는 소년
> 아프리카 매 맞으며
> 노동하는 검둥이 아이,
> 오늘의 논밭 속에 심궈진

그대들의 눈동자여, 높고 높은
하늘님이어라.

—「水雲이 말하기를」 부분

「아사녀阿斯女」에서는 압제에 대한 항거와 자유에의 의지가 "알제리아 黑人村", "카스피海", "光化門 앞마당 孝子洞 終點" 등 억압받는 곳이라면 어디에서나 울려 퍼지는 것으로 표현되어 있다. 그리고 「수운水雲이 말하기를」에서와 같이 "바다에서 조개 따는 소녀"나 "미도파 앞 지나는/쓰레기 줍는 소년"이나 "아프리카 매 맞으며/노동하는 검둥이 아이" 등 가장 약하고 가난한 사람들이 바로 '한울님'이라는 표현에서도 시적 자아의 명상적 어조는 시적 의미가 시공간의 한계를 초월해 보편성을 얻는 것을 돕고 있다.

이러한 어조는 외부 대상에 대한 부정의식이 시적 자아 내적으로 응결되면서 비교적 호흡이 긴 시행을 통해서도 표출된다.

줄줄이 살뻐도 흘러나려 내를 이루고 怨恨은 물레밭을 이랑 이뤄 만사꽃을 피웠다.

七月의 太陽과 은나래 젓는 하늘 속으로 眞珠배기 치마폭 화사히 흩어져 가고 더위에 찌는 黃土벌, 전쟁을 불지르고 간 原生林 한가닥 노래 길이 열려 한가한 馬車처럼 大陸이 기어오고 있었다.

五月의 숲속과 뻐꾸기 목 메인 보리꺼덕 傳說밭으로.
가슴 뫼로 허리 논으로 마음 벌판으로 장마철 비바람은 흘러 나리고.
산골 물소리 만세소리 폭폭이 두 가슴 쥐어뜯으며 달팽이 장장마다 호미 세 자루 조밥 한 줌 흘려보낸 鐵道沿邊 怨憤은 千萬里 멀었다.

구름이 가고 새 봄이 와도 허기진 平野, 낙지뿌리 와 닿은 선친들의 움집뜰에 王朝ㅅ적 투가리 떼는 쏟아져 江을 이루고, 바다 밑 용트림 휘 올라 어제 우리들의 역사밭을 얼음 꽃 피운 億千萬 돌창 떼 뿌리 세워 하늘로 反亂한다.

—「阿斯女의 울리는 祝鼓」 부분

시상이 상당히 산만하게 전개되었지만 이 시에서는 부정의식이 좀 더 내밀화되어 시적 자아의 관조적 시선으로 나아간다는 사실이 발견된다. 이 시의 1연에서 드러나는 현실상은 처참히 파괴된 땅으로 묘사된다. 살과 뼈가 내를 이룰 정도로 흘러내리고 영문 없이 죽은 사람들의 원한이 온갖 꽃으로 피어난 땅은 거대한 살육의 현장이다. 그것은 "黃土벌"에서의 전투, 즉 '황토현 전투'가 벌어진 동학농민전쟁을 떠올리게 하는데, 시 전체적으로 볼 때 그러한 전쟁 상황은 단지 한 시기의 사건에 그치는 것이 아니라 다른 모든 전쟁의 참상과 고통이 포괄된 것으로 보인다. 다음 연에서는 다소 모호하지만 노동력을 극도로 착취당하다 죽은 민중들의 모습이 엿보인다. 허기를 면하지 못하는 민중이 권력자의 침탈에 삶의 터전을 빼앗기다가 결국 원한으로 들고 일어서 "돌창 떼 뿌리 세월 하늘로 反亂"하는 광경이 드러나 있다.

특징적인 것은 이런 파편적인 영상들이 긴 호흡에 의해 한 흐름으로 이어진다는 것이다. 그것은 현실에 대한 직접적인 고발로 나아가기보다 명상적인 어조를 형성하여 부정적 대상의 근원으로 시선을 돌리게 한다. 부정 대상의 근원이 유구하고 뿌리 깊은 것이라면 부정 대상에 대한 직접적 대응보다는 조금 더 관조적인 시각과 사유가 필요하기 때문에 그런 명상적 어조가 유용한 방편으로 작용한 것이라 할 수 있다.

그에 비해 아래의 시들은 대화체 혹은 대화체와 유사한 형식으로 명상적 어조를 이어 나가고 있다.

> 눈동자를 보아라 香아 회올리는 무지개빛 허울의 눈부심에 넋 빼앗기지 말고
>
> 철 따라 푸짐히 두레를 먹던 정자나무 마을로 돌아가자 미끈덩한 기생충의 생리와 허식에 인이 배기기 전으로 눈빛 아침처럼 빛나던 우리들의 故鄕 병들지 않은 젊음으로 찾아가자꾸나
>
> —「香아」 부분

> 보세요. 이마끼리 맞부딪다 죽어가는거야요. 여름날 洪水 쓸려 罪없는 百姓들은 발버둥쳐 갔어요. 높아만 보세요, 온 歷史 보일꺼에요. 이 빠진 古木 몇 그루 거미집 쳐 있을 거구요.
>
> 하면 당신 살던 고장은 지저분한 雜草밭, 아랫도리 붙어 살던 쓸쓸한 그늘밭이었음을 눈뜰 거에요.
>
> —「힘이 있거든 그리로 가세요」 부분

> 여보세요 阿斯女. 당신이나 나나 사랑할 수 있는 길은 가차운데 가리워져 있었어요.
>
> 말해 볼까요. 걷어치우는 거야요. 우리들의 포등 흰 알살을 덮은 두드러기며 딱지며 면사포며 낙지발들을 面刀질해 버리는 거야요. 땅을 갈라놓고 색칠하고 있은 건 전혀 그 吸盤族들뿐의 탓이에요. 面刀질해 버리는 거야요. 하고 濟州에서 豆滿까질 땅과 百姓의 웃음으로 채워버리면 되요.
>
> 누가 말리겠어요. 젊은 阿斯達들의 아름다운 피꽃으로 채워버리는데요.
>
> —「주린 땅의 指導原理」 부분

「香아」에서는 남성적인 목소리의 시적 자아가 '香'이라는 여성에게 권유하는 형식으로 말을 건네고 있다. 시적 자아가 피하자고 말하는 "무지개빛 허울의 눈부심"과 "미끈덩한 기생충의 생리와 허식"이 정확히 무엇을 뜻하는지 알 수 없지만, "눈빛 아침처럼 빛나던 故鄕 병들지 않은 젊음"과 대조되는 부정적인 대상, 혹은 물질문명에 대한 무비판적 경도와 외세 앞에 굴종하려는 습성 정도로 보는 것이 자연스러울 것이다.

이런 목소리가 「힘이 있거든 그리로 가세요」에서는 여성적인 화자로 바뀌어 청자에게 무언가를 일깨워 주고 있다. 인용된 이 시의 2연에 앞서 1연에서 시적 자아는 "그렇지요, 좁기 때문이에요, 높아만 지세요, 온 누리 보일 거에요. 雜踏 속 있으면 보이는 건 그것뿐이에요"라고 하였는데, 2연에서는 우리가 그 좁고 낮은 '雜踏', 즉 잡초밭에 머물수록 서로 싸우고 아우성치다 자멸할 것이라고 말하고 있다. 그러면서 우리가 조금 더 높아진다면, 다시 말해 세계를 보는 시각이나 정신적 경지를 높인다면 우리가 지내던 곳이 결국 고목에 쳐진 거미집이었으며 "지저분한 雜草밭, 아랫도리 붙어 살던 쓸쓸한 그늘밭"이었다고 깨달을 것이라는 진언이 이어지고 있다.

「주린 땅의 지도원리指導原理」에서는 시적 자아의 목소리가 아사달의 목소리로 바뀌어 아사녀에게 말하는 식으로 되어 있으며, 아사달과 아사녀가 사랑할 수 있는 길, 즉 부정적인 현실이 완전히 타개되는 길에 대해 언급되어 있다. "우리들의 포등 흰 알살을 덮은 두드러기며 딱지며 면사포며 낙지발들"이나 땅을 갈라놓고 색칠하고 있는 "吸盤族들"은, 부당한 권력자들은 물론 폭압적인 외세까지 지칭하는 것으로 볼 수 있는데, 이것들을 "面刀질" 해 버리자는 시적 자아의 거듭된 주장은 거세면서도 단호하다. 제주도에서 두만강까지 백성들의 웃음으로 채우자는 시행은 통일에 대한 염원이 담긴 부분인데, 통일은 결국 "젊은 阿斯達들의 아름다운 피꽃"으로 표현된 젊은이들의 고귀한 희생에 의해 가능하다는 의식이 그것을 뒷받침하고 있다.

이러한 대화체의 사용은 부정적 대상들에 대한 직접적인 비판으로 이어지기보다 '향香', '아사녀阿斯女' 등의 청자에게 살갑게 말을 건네거나 무언가를 권유하는 형식으로 되어 있지만, 여기서 이들 청자는 실재하는 구체적인 인물이 아니기 때문에 시적 화자의 진술은 스스로에 대한 다짐이나 당부에 가깝다. 이렇게 자신의 내면으로 향한 말들은 부정적 상황에 대해 근본적인 통찰과 타개를 요구하고 있으며, 그것이 간곡한 명상적 어조로 형성되고 있음을 알 수 있다.

3) 부정을 통한 '중립'의 지향

신동엽의 부정의식은 단지 부정을 위한 부정에 그치는 것이 아니라 부정을 통해 바람직한 현실에 도달하기 위한 실천적 · 의지적 덕목이었다. 신동엽이 바란 세상은 크로포트킨의 무정부주의에서 영향 받은 이상적인 무정부사회, 공동생산 · 공동분배를 기초로 하는 원시적인 공산주의 체제에 가까웠다. 또한 그것은 국가체제의 완성 전후 단계인 동예 · 부여 · 고구려나 삼한과 같은 고대 읍락 형태의 생활 속에서도 나타난다. 그런데 이들 이상 세계는 1960년대 당대의 상황과 결부지어 볼 때 상당히 관념적인 차원에 머물러 있어서 실현 가능성이 희박한 세계임에 틀림이 없다. 그런 이상 세계와는 구별되는 또 다른 바람직한 현실 상황이 신동엽의 시에서 '중립'이라는 의미를 통해 구현되고 있다.

우선 「완충지대緩衝地帶」와 「주린 땅의 지도원리指導原理」에서는 '중립'의 의미와 흡사한 '緩衝(地帶)'이란 말이 쓰이고 있어 살펴볼 필요가 있다.

> 하루 해
> 너의 손목 싸 쥐면
> 고드름은 運河 이켠서
> 녹아 버리고.
>
> 풀밭
> 부러진 허리 껴 건지다 보면
> 밑둥 긴 瀑布처럼
> 역사는 철 철 흘러가 버린다.
>
> 피 다순 쭉지 잡고
> 너의 눈동자, 嶺 넘으면
> 緩衝地帶는,
> 바심하기 좋은 이슬 젖은 안 마당.
>
> 고동치는 젖가슴 뿌리세우고
> 치솟은 森林 거니노라면

硝煙 걷힌 밭두덕가
풍장 울려라.

—「緩衝地帶」

비로소, 허면 두 코리아의 主人은 우리가 될 거야요. 미워할 사람은 아무데도 없었어요. 그들끼리 실컷 미워하면 되는 거야요. 아사녀와 아사달은 사랑하고 있었어요. 무슨 터도 무슨 堡壘도 掃除해 버리세요. 창칼은 구워서 호미나 만들고요. 담은 헐어서 土肥로나 뿌리세요.

비로소, 우리들은 萬邦에 宣言하려는 거야요. 阿斯達 阿斯女의 나란 緩衝, 緩衝이노라고.

—「주린 땅의 指導原理」 부분

1963년 시집 『아사녀阿斯女』에 수록된 「완충지대緩衝地帶」는 1959년 11월 2일 『세계일보』에 실린 「새로 열리는 땅」과 내용 면에서 큰 차이가 없다. 의미에 큰 지장을 주지 않는 선에서 띄어쓰기가 조금 달라진 것 외에 「새로 열리는 땅」 3연의 "停戰地區"가 「완충지대緩衝地帶」에선 "緩衝地帶"로, 마지막 행 "새벽 열려라"가 "풍장 울려라"로 바뀐 것뿐이다. 가장 큰 변화는 제목이 바뀌었다는 것인데, 끝행의 "새벽 열려라"가 「새로 열리는 땅」이라는 제목과 잘 어울린다. 「완충지대緩衝地帶」의 "풍장 울려라"로 바뀐 부분에서 '풍장', 즉 풍물놀이는 3연의 "바심", 즉 타작 행위와 잘 어울리는 언어이므로 전체적으로 수정에 별 무리가 없어 보인다. '완충지대'가 제목으로 내세워지고 이 시의 기승전결 구조에서 '전'에 해당되는 3연에서 그것이 다시 강조되어 시의 초점이 '완충지대'로 설정된다는 점에서 이 시의 수정 의도가 그것을 좀 더 강조하는 데 있다는 사실이 밝혀진다.

그렇다면 이 '완충지대'는 무엇을 의미하는 것일까. '완충지대'로 '정전지구'를 대체할 수 있다면 그것은 싸우는 주체 쌍방의 합의에 따라 싸움을 일시적으로 멈춘 상태를 의미하는 '정전'이나, 대립하는 것 사이에서 불화나 충돌을 누그러지게 한다는 '완충'의 의미 모두가 그 시행에 쓰일 수 있다는 것을 뜻한다. 즉 6·25 전쟁 이후 생겨난 비무장지대가 그 '완충지대'를 의미한다고도 볼 수 있는데, 「완충지대緩衝地帶」에서는 그것이 실제 비무장지대와는 또 다른 의미로 나타나고 있다.

1·2연의 주체가 다소 불확실한데, 어쨌든 '너'는 처참한 전투에 희생당한 인물이다. 이런 전투의 처참함과 대비되는 부분이 바로 "緩衝地帶"인데 그것이 3연 끝행에서 "바심하기 좋은 안 마당"으로 표현되어 있다. 다시 말해 '완충지대'는 폭력이 존재하지 않는 공간이기도 하지만, 여기서 더 나아가 가을걷이를 한 뒤 타작을 하는 풍요로움을 환기시키는 공간이면서 "안 마당"으로 표현된 만큼 일상적이면서도 친근한 공간이다. 그리하여 '완충지대'의 광경이기도 한, "고동치는 젖가슴"으로 거니는 "치솟은 森林", "硝煙 걷힌 밭두덕가"에서 풍물이 울리길 바라는 마지막 연에서는 미래에 대한 활기찬 희망까지 엿보인다. 결국 '완충지대'는 물리적인 힘의 대립이 일시적으로 멈춘 곳이라는 의미에서 더 나아가 풍요로운 일상과 설레는 희망이 숨 쉬는 공간이다.

『아사녀阿斯女』가 출간된 1963년 3월 이후 같은 해 11월 『사상계』에 실린 시 「주린 땅의 지도원리導原理」에서도 "緩衝地帶"가 등장한다. 백제의 석공 아사달의 목소리로 등장하는 시적 자아는 분단된 조국에서 부당한 외세가 모두 떠나면 이 땅의 온전한 주인은 우리가 될 것이며 반목과 폭력을 일소하고 세계만방에 이 나라가 "緩衝"임을 선언하자고 말하고 있다. 여기서 '완충'은 단순히 부분적인 지대를 의미하지 않고 나라 전체로 확대되어 있으며, 비로소 '완충'이 정치적인 의미에서 중립국의 개념을 포함하고 있다는 사실을 알 수 있다. 다시 말해 시인은 남쪽이나 북쪽 진영에서 내세우는 어떠한 이데올로기에도 동조하지 않을뿐더러 국제적으로 한반도에 엄청난 영향을 끼치고 있는 미소 양국에서 벗어나야 한다는 신념을 굳히고 있던 것이다. 이는 4·19혁명 이후 남한 내의 자유민주주의 실현뿐만 아니라 조국통일에 대한 방안이 열기 높게 논의되던 시기에 나온 중립화 통일론[28]과의 연관성을 고려해볼 수 있는 부분으로, 신동엽 시에 나타나는 '중립'도 이와 같은 정치적 맥락에서 바라볼 수 있는 여지가 생긴다.

중립화 통일론을 내세우지는 않았지만 실제로 신동엽이 통일 문제에 대해 깊이 관심을 기울이고 있었다는 사실을 그의 미발표 산문을 통해서 확인할 수 있다.

날짜를 擇해 板門店이나 임진강 완충지대에 그리운 사람들끼리 모여

28) 김윤태는 「신동엽 문학과 '중립'의 사상」(『실천문학』, 실천문학사, 1999년 봄, 65~67면 참조)에서 신동엽의 '중립' 개념과 관련해 중립화 통일론의 방향을 몇 가닥으로 정리하였다. 그 가운데 유엔과 같은 국제적인 보장 아래 우리나라가 오스트리아식의 중립화를 조건으로 통일을 이루는 방안과 남북의 분단 원인이 냉전체제에 있으므로 미소 냉전을 완화하고 중립화운동을 국민운동으로 전개하는 방안으로 나눌 수 있다. 주로 해외동포나 외국인에 의해 제기된 이러한 방안은 4·19혁명을 겪은 젊은이들에게 큰 호응을 얻었으며 당시 30대 초반인 신동엽도 이런 움직임에 동조하였을 것이라고 보고 있다.

아리랑을 합창해 보자고 제의하는 사람이 南北을 通해 아직 없다는 것은 쓸쓸한 일이다. 祖國의 自主的 統一을 願하는 非政治的 文化團體나 個人들로 構成된 南北文化交流準備委員會의 豫備委員을 造成하기 위해 자유로운 분위기를 中立地帶나 기타 非政治的 地域에 마련하도록 우리들은 具體的인 方法을 모색해야 할 줄 안다. (…중략…) 국제정세의 귀결을 기다리자는 것은 美蘇兩勢力의 處理만 기다리고 우리는 칼도마 위에 생선처럼 누워 있으라는 말과 같다. 그들 外部 세력을 우리 文化民國이 知性的 運動으로써 左右할 수 있음을 自信하라. 우리의 의견을 그들 外部에 반영하여 영향을 주라. 우리는 아무에게도 이용당하고 싶지 않다는 것을 南北共同으로 宣言하라.[29]

날짜를 택해 완충지대에 모여 아리랑을 합창해보자는 제의가 소박해 보이지만, 이는 무엇보다 남북 동질성의 회복은 정치기구나 권력 간의 합의에 앞서 정서적 통일이 전제되어야 한다는 믿음에서 나온 것이다. 통일에 대한 열정을 가진 사람이 드물다는 탄식 뒤에 신동엽은 남북통일을 위한 구체적인 방안을 문화예술의 교류로 보고, 비정치적 문화단체나 개인들로 구성된 남북문화교류준비위원회의 예비위원을 구성하기 위한 장소로 자유로운 분위기를 보장할 수 있는 중립지대 혹은 비정치적 지역에 마련하자고 제의하고 있다. 실제로 이런 시도는 한참의 시일이 지나서야 남북 화해 분위기가 조성되고 양측이 지속적인 노력을 기울인 끝에 다른 형식으로 진전을 보기도 하였다.

이러한 구체적인 방안을 염두에 두고 있었다는 것은 그가 통일

29) 신동엽, 「傳統精神 속으로 結束하라－南北의 自由로운 文化交流를 爲한 準備會議를 提議하며」, 『申東曄 全集』, 창작과비평사, 1980, 401면.

에 대해 단지 낭만적·추상적으로 사유하지 않았으며 나름대로 현실적·객관적으로 의식했다는 사실을 입증한다. 무엇보다 "국제정세의 귀결을 기다리자는 것은 美蘇兩勢力의 處理만 기다리고 우리는 철도마 위에 생선처럼 누워 있으라는 말과 같다"는 진술은 통일이 다른 세력이 아닌 우리 민족 자신의 힘으로 이루어져야 한다는 엄정한 주체성이 드러난 부분이다. 여기서도 '중립지대'는 "非政治的 地域"과 동일한 의미로 쓰여, 남북 양측의 정치적 세력이 미치지 않는 완충지대의 의미를 갖게 된다.

이렇게 볼 때 '중립'은 상당히 정치적이고 현실적인 함의를 띠는데, 그에 비해 아래의 시들에서는 그 정치적 의미가 점차 엷어지고 다른 의미로 확대된다.

> 그 반도의 허리, 개성에서
> 금강산에 이르는 중심부엔 폭 십리의
> 완충지대, 이른바 북쪽 권력도
> 남쪽 권력도 아니 미친다는
> 평화로운 논밭.
>
> (…중략…)
>
> 그 중립지대가
> 요술을 부리데.
> 너구리새끼 사람새끼 곰새끼 노루새끼들
> 발가벗고 뛰어노는 폭 십리의 중립지대가
> 점점 팽창되는데,
> 그 평화지대 양쪽에서

총부리 마주 겨누고 있던
탱크들이 일백팔십도 뒤로 돌데.

하더니, 눈 깜박할 사이
물방게처럼
한 떼는 서귀포 밖
한 떼는 두만강 밖
거기서 제각기 바깥 하늘 향해
총칼들 내던져 버리데.

꽃피는 반도는
남에서 북쪽 끝까지
완충지대,
그 모오든 쇠붙이는 말끔이 씻겨가고
사랑 뜨는 반도,
황금이삭 타작하는 순이네 마을 돌이네 마을마다
높이높이 중립의 분수는
나부끼데.

술을 많이 마시고 잔
어제밤은 자면서 허망하게 우스운 꿈만 꾸었지.

—「술을 많이 마시고 잔 어제밤은」 부분

이름은 잊었지만 뭐라군가 불리우는 그 중립국에선 하나에서 백까지가 다 대학 나온 농민들 추럭을 두대씩이나 가지고 대리석 별장에서 산다지만 대통령 이름은 잘 몰라도 새이름 꽃이름 지휘자이름 극작가이름은 훤하더란다 애당초 어느쪽 패거리에도 총쏘는 야만엔 가담치 않기로 작정한 그 知性 그래서 어린이들은 사람 죽이는 시늉을 아니하고도 아름다운 놀이 꽃동산처럼 풍요로운 나라, 억만금을 준대도 싫었다 자기네 포도밭은 사람 상처내는 미사일기지도 땡크기지도 들어올 수 없소 끝끝내 사나이나라 배짱 지킨 국민들, 반도의 달밤 무너진 성터가의 입맞춤이며 푸짐한 타작소리 춤 思索뿐 하늘로 가는 길가엔 황토빛 노을 물든 석양 大統領이라고 하는 직함을 가진 신사가 자전거 꽁무니에 막걸리병을 싣고 삼십리 시골길 시인의 집을 놀러 가더란다

—「散文詩(一)」 부분

「술을 많이 마시고 잔 어제밤은」에서는 '중립지대'가 "그 반도의 허리, 개성에서 / 금강산에 이르는 중심부엔 폭 십리의 / 완충지대, 이른바 북쪽 권력도 / 남쪽 권력도 아니 미친다는 / 평화로운 논밭"으로 표현되어 실제 비무장지대를 지칭하고 있지만 "그 중립지대가 / 요술을 부리데" 부분부터는 꿈속의 내용답게 "평화지대 그 양쪽에서" 탱크들이 서로 뒤로 돌아 제주도와 두만강 밖으로 물러나는 극적인 장면으로 표현되어 있다. 여기서 '중립지대'는 말 그대로 이상적인 공간으로 화한다. 시적 자아는 그 꿈을 술을 많이 마시고 잔 뒤에 꾼 "허망하게 우스운 꿈"이라고 치부함으로써 역으로 현실의 어둡고 답답한 분단 현실을 비판하는 효과를 내고 있으나, 다분히 자조적이고 절망적인 뉘앙스도 풍기고 있다. 이는 신동엽이 받아들였을 법한 당시의 중립화 통일론이 현실 속에서 실현되기 불가능하다는 것을 인식하고 그 신념만이 '유토피아 의식'으로 내재화되고 있다는 지적이 설득력을 얻는 부분이다.[30]

30) 박지영, 「유기체적 세계관과 유토피아의식」, 『민족시인 신동엽』(구중서 · 강형철 편), 소명출판, 1999, 677~678면.

이러한 유토피아 의식이 조금 더 선명하게 형상화된 시가 「산문시散文詩 1」이다. 이 시에 묘사된 이상적인 생활상은 신동엽이 꿈꾸는 이상적인 중립국의 모습을 띠고 있다. 이 나라를 지탱하는 핵심은 문화의 힘이며 그것은 정치와 경제를 떠받치는 원동력으로 표현되어 있다. 문화에 대한 이런 확고한 신념이 현실에 얼마나 적합한가를 떠나 이 시에 나타난 아름다운 생활상의 표현은 억압적이고 암울한 현실과의 팽팽한 긴장을 형성하기보다 현실과 거리가 벌어진 채 이상화되어 나타난다.

비슷한 시기에 발표된 「껍데기는 가라」에서는 '중립'에 대한 염원이 선명하고 단호한 목소리로 바뀌어 표현되고 있다.

> 그리하여, 다시
> 껍데기는 가라.
> 이곳에선, 두 가슴과 그곳까지 내논
> 아사달과 아사녀가
> 中立의 초례청 앞에 서서
> 부끄럼 빛내며
> 맞절할지니
>
> 껍데기는 가라.
> 漢拏에서 白頭까지
> 향그러운 흙가슴만 남고
> 그, 모오든 쇠붙이는 가라.
>
> —「껍데기는 가라」 3·4연

이 시는 단호한 명령형에 의해 '껍데기'로 표현된 모든 왜곡된 권세를 부정하고 있다. 이러한 부정의식을 통해 시적 자아가 지향하는 가치가 3연에 집약되어 있는데 "두 가슴과 그곳까지 내논" 즉 모든 진심과 순수를 담은 아사달과 아사녀의 혼례로 표현되어 있다. 이는 남북통일로 대표되는 민족의 동질성 회복과 대통합이라는 명제에 부응하는 것이다. 여기서 '중립'은 어떠한 외부의 간섭도 배제한 자주성의 발현이며 폭력과 물질문명을 극복하는 생명성에 대한 옹호이다. 다시 말해 '중립'은 외세에 대한 철저한 부정 외에도 '쇠붙이'로 표상되는 물질성・폭력성과 대비되는 '흙가슴'을 통해, 대지가 지닌 생명력과 결부되면서 진실하고 평화로운 세계에 대한 옹호로 나타나는 것이다.

조태일은 민족주체, 인간본질을 향한 무한한 애착은 급기야 '중립'의 세계를 낳았으며, 여기서 '중립'이란 국제정치학적 개념의 한정어가 아니라 "핵심, 정상, 근원, 집중, 순수 등의 여러 의미가 뭉뚱그려진" 개념이며 "영원한 생명의 힘"과 "영원한 민중적인 힘"을 뜻한다고 하였다.[31] 이러한 견해는 '중립'에 대해 과도한 의미를 부여한 나머지 시에 드러난 실제 의미와 격차를 보이지만, '중립'을 정신적 차원으로 확대한 것은 타당성을 갖는다. 결국 신동엽 시에 나타나는 '중립'은 시인의 부정의식을 통해 도달하려는 현실 세계의 모습이며, 그것은 단순한 정치적 의미를 넘어 주체성・생명성과 연관됨으로써 현실에 대한 시인의 활기찬 전망을 보여준다.

---

31) 조태일, 「申東曄論」, 『창작과비평』, 창작과비평사, 1973년 가을 참조.

제 4 장

초월에서 현실지향으로의 전회

1. 김수영-'온몸'의 이행, 현실을 끌어안는 시적 태도

1) '설움'과 '해탈'의 초월 구조

김수영의 초기시에 자주 보이는 '설움'은 시적 자아의 심적 상태이며 단일한 정서적 체계를 형성하는 의미체에 해당된다. 그것은 단순히 개인의 시적 정서만을 나타내는 것뿐만 아니라 당대 현실의 분위기를 반영하는 동시에 존재에 대한 심도 깊은 성찰을 유도한다는 점에서, 감상적이거나 혹은 퇴행적인 심적 상태를 대변하는 표현과는 거리가 멀다. 즉 김수영 시의 '설움'은 각 편이 그 자체로 막연하고 모호한 의미를 띠고 있으나, 그것을 전후의 현실 상황과 연계하여 여러 편의 시를 통해 전체적인 맥락에서 바라본다면, '설움'이 김수영 시에서 초월적 구조를 형성시키는 일정한 의미체로 기능한다는 사실이 밝혀질 것이다.

김수영은 일제 강점기를 거쳐 전쟁을 체험하면서 참담한 생활 속에서 시인 혹은 지식인으로서의 한계를 절감하는 한편, 존재에 대한 근원적인 무력감과 피해의식 속에서 '설움'을 키우게 되었을 가능성이 높다. 특히 포로수용소 생활을 포함한 전쟁의 체험은 여러 글을 통해 상흔처럼 드러날 만큼 그의 의식을 지배하고 있었다.[1] 전쟁을 통해 겪은 무력감과 좌절감은 전후의 열악한 정치 현실이나 일상생활 속에서도 지속되었다. 김수영은 이미 연극과 시를 통해 예술의 깊은 감흥을 경험하기도 하였으며, 능통한 영어 실력을 지녔던 덕분에 여러 매체를 통해 서구 예술가·지식인들의 사유와 자유로운 생활상을 접할 수 있었다. 그럴수록 당대의 현실과 자신의 처지에 대한 절망은 더욱 깊어 갔으며, '설움'은 더욱 근원적인 정서로 자리 잡아 시인의 의식을 지배할 수 밖에 없었다.

1) 1953년경에 쓰인 미완성 소설 「의용군」은 자전적 인물인 '순오'가 의용군에 들어가 북으로 가는 과정이 나와 있으며 산문 「綿棒」과 시 「어느날 古宮을 나오면서」에서는 포로수용소 야전병원에서의 경험이 나타나 있다. 이 밖에 「祖國에 돌아오신 傷病捕虜 同志들에게」에서도 포로수용소를 탈출하는 과정이 드러나 있다. 이렇게 전쟁의 경험이 직접적으로 나타난 작품들 이외에도 전쟁 체험을 간접적으로 환기시키거나 전쟁의 상처가 시인의 의식 속에 내밀하게 숨어 있는 작품들까지 고려한다면 전쟁 체험은 김수영의 시 창작 과정에서 중요한 동기를 부여했다고 할 수 있다.

내가 으스러지게 설움에 몸을 태우는 것은 내가 바라는 것이 있기 때문이다.

그러나 나는 그 으스러진 설움의 풍경마저 싫어진다.

나는 너무나 자주 설움과 입을 맞추었기 때문에
가을바람에 늙어가는 거미처럼 몸이 까맣게 타버렸다.

—「거미」

「거미」에서 "내가 바라는 것"이 무엇인지 확연히 알 수 없으나, 그의 '설움'이 현실의 조건과 시적 자아의 갈망 간의 간극에 의해 생겨난 것이라는 것을 알 수 있다. 그리하여 깊어진 '설움'과 "설움과 입을 맞추"는 '나'를 시적 자아가 "풍경"처럼 관망하는 지경에 이른다.

이보다 일 년 전에 쓰인 시이면서 1959년에 펴낸 김수영의 첫 번째 시집 제목이 되는 「달나라의 장난」에서는 그 '설움'의 정체가 생활과 밀접한 관련이 있다는 사실을 시사한다.

팽이가 돈다
어린아이이고 어른이고 살아가는 것이 신기로워
물끄러미 보고 있기를 좋아하는 나의 너무 큰 눈 앞에서
아이가 팽이를 돌린다
살림을 사는 아이들도 아름다웁듯이
노는 아이도 아름다워 보인다고 생각하면서
손님으로 온 나는 이집 주인과의 이야기도 잊어버리고
또한번 팽이를 돌려주었으면 하고 원하는 것이다

都會안에서 쫓겨다니듯이 사는
나의 일이며
어느 小說보다도 신기로운 나의 生活이며
모두 다 내던지고
점잖이 앉은 나의 나이와 나이가 준 나의 무게를 생각하면서
정말 속임없는 눈으로
지금 팽이가 도는 것을 본다
그러면 팽이가 까맣게 변하여 서서 있는 것이다
누구 집을 가보아도 나 사는 곳보다는 餘裕가 있고
바쁘지도 않으니
마치 別世界같이 보인다
팽이가 돈다
팽이가 돈다
팽이 밑바닥에 끈을 돌려 매이니 이상하고
손가락 사이에 끈을 한끝 잡고 방바닥에 내어던지니
소리없이 회색빛으로 도는 것이
오래 보지 못한 달나라의 장난같다
팽이가 돈다
팽이가 돌면서 나를 울린다
제트機 壁畵밑의 나보다 더 뚱뚱한 주인 앞에서
나는 결코 울어야 할 사람은 아니며
영원히 나 자신을 고쳐가야 할 運命과 使命에 놓여있는 이 밤에
나는 한사코 放心조차 하여서는 아니될 터인데
팽이는 나를 비웃는 듯이 돌고 있다
비행기 프로펠라보다는 팽이가 記憶이 멀고
강한 것보다는 약한 것이 더 많은 나의 착한 마음이기에
팽이는 지금 數千年前의 聖人과같이

내 앞에서 돈다
생각하면 서러운 것인데
너도 나도 스스로 도는 힘을 위하여
공통된 그 무엇을 위하여 울어서는 아니된다는 듯이
서서 돌고 있는 것인가
팽이가 돈다
팽이가 돈다

—「달나라의 장난」

이 시에서 시적 자아는 남의 집을 방문하여 주인과 이야기하는 도중에 그 집 아이가 돌리는 팽이를 망연히 바라보고 있다. 누구든 "살아가는 것이 신기로워 / 물끄러미 보고 있기를 좋아"한다는 것은 그만큼 시적 자아가 살아가는 일에 대해 자신이 없고 고통스럽게 느낀다는 것을 뜻한다. 그런데 여기서는 사는 것에 대한 그 '신기로움'이 '아름다움'과 맥을 같이하고 있다. 이 시에서 시적 자아는 어른이든 아이든 살아가는 것이 신기롭다고 하였고 살림하는 아이든 노는 아이든 아름다워 보인다고 하였는데, 살림을 하든 놀이를 하든 그것은 다 살아가는 행위이기 때문에 결국 시적 자아가 느끼는 '신기로움'은 '아름다움'과 합치되는 것이다. 사는 것이 신기로울 뿐만 아니라 아름답게 느껴진다는 것은 사는 일에 자신이 없는 시적 자아가 어쨌든 제대로 살아가기를 열망한다는 것을 의미한다.

그런데 그가 바라는 삶은 별다른 것이라기보다 생활인으로서의 범상한 삶이다. "都會 안에서 쫓겨다니는 듯이 사는 / 나의 일"이나 "어느 小說보다도 신기로운 나의 生活"은 시적 자아가 당시

남들의 보통 생활에도 못 미치는 몹시 곤란하고 신산스러운 생활을 영위하였다는 사실을 말한다. "누구 집을 가보아도 나 사는 것보다는 餘裕가 있고/바쁘지도 않"다는 부분도 이를 뒷받침한다. 이 "別世界"와 같은 타인의 생활은 "달나라의 장난" 같은, 팽이치기라는 유희와 합쳐지면서 시적 자아를 '설움'에 빠뜨린다. 앞에 나타난 '살려는 열정'과 이 '설움'은 일견 상치되면서도 열정이 자라면 자랄수록 이 '설움'도 커진다는 함수관계를 이룬다. 다시 말해 이 '설움'은 엄밀히 말하자면 고통 때문에 생기는 것이 아니라 열망 때문에 생기는 것이다. "영원히 나 자신을 고쳐가야 할 運命과 使命"을 감득하고 "한사코 放心조차 하여서는 아니" 된다고 다짐하는 모습이 바로 열망을 실현하려고 몸부림치는 시적 자아의 행위에 해당된다. 그런데 다음 행에 연결되는 "팽이가 나를 비웃는 듯이 돌고 있다"라는 부분에서 볼 수 있듯이 열망은 또 다시 시련을 겪게 되며 결국 '설움'은 줄어들지 않고 증폭될 뿐이다.

> 비가 그친 후 어느날—
> 나의 방안에 설움이 충만되어있는 것을 발견하였다
>
> 오고가는 것이 直線으로 혹은
> 對角線으로 맞닥드리는 것같은 속에서
> 나의 설움은 유유히 자기의 시간을 찾아갔다
>
> 설움을 逆流하는 야릇한 것만을 구태여 찾아서 헤매는 것은
> 우둔한 일인줄 알면서

그것이 나의 생활이며 생명이며 정신이며 시대이며 밑바닥이라는 것을 믿었기 때문에 –

아아 그러나 지금 이 방안에는
오직 시간만이 있지 않으냐

―「방안에서 익어가는 설움」 부분

이 시에서는 '설움'이 시적 자아 내부에 고여 있기보다는 마치 눈에 보이는 대상처럼 객체화되어 있다고 표현되어 있다. 방 안에 '설움'이 충만하다는 부분이 바로 그것인데, 이는 그만큼 '설움'이 크다는 의미로 그것이 절대화된 것이기도 하지만, 이제 시적 자아가 그것과 일정한 거리를 갖게 되었다는 의미도 지닌다. 어떤 감정이나 정서와 거리를 갖게 되었다는 것은 시적 자아가 그것을 극복할 만한 상황에 이르렀다는 것을 뜻하기도 한다. 그렇기 때문에 여기서 '설움'은 극복의 대상이면서도 탐색의 대상처럼 보인다. 2연에서와 같이 '설움'이 "유유히 자기의 시간을 찾아갔다"고 표현되었듯이 그것은 이제 자아의 내면에서 벗어나 독자적인 존재감을 지니며 움직이고 있다.

그러면서 시적 자아는 "우둔한 일인줄 알면서"도 "설움을 逆流하는 야릇한 것만을 찾아서 헤"맸다고 말하고 있다. 그것이 무엇인지 정확히 알 수는 없지만 '역류한다'는 말속에도 그것에 대한 극복이 포함되어 있다고 보는 것이 합당할 것이다. 이 또한 '야릇한'이라는 수식어 때문에 그 극복의 의미가 많이 손상되지만, 그런 행위가 "나의 생활이며 생명이며 정신이며 시대이며 밑바닥"이라고 믿었다는 말은 어쨌든 시적 자아가 '설움'을 객체화하여 탐색하면서 그것을 극복하려고 대단한 노력을 기울였다는 것을 말해준다. 제목의 "익어가는 설움"이라는 표현에는 다소 무리가 있지만, 그것은 이제 '설움'이라는 감정 상태를 좀 더 객관적으로 바라볼 수 있게 된 시적 자아의 내면적 성숙과 연관된 것으로 파악된다. 그리하여 이 시를 통해 '설움'이 격렬한 고통의 대상에서 성찰의 대상으로 변화되는 양상을 살필 수 있다.

앞서 「달나라의 장난」에서 볼 수 있는 것과 같이 '설움'이 전후의 참담한 생활의 고통과 연관된 것이라면, 「거미」와 「방안에서 익어가는 설움」에서의 '설움'은 정서 이상의 관념적 성향을 띠면서 그것이 객체화되는 과정을 보여준다. 그러면서 그것이 시적 자아의 의식 속에서 초월적 구조를 가능하게 하는 정서적 의미체로 작용하기 시작한다. 그런데 이러한 초월적 구조는 4·19혁명이 실패한 뒤 김수영이 기나긴 침잠에 들어서던 시기에 쓰인, 일종의 연작으로 볼 수 있는 신귀거래新歸去來 시편의 「누이야 장하고나!」에서도 엿볼 수 있다.

> 누이야
> 諷刺가 아니면 解脫이다
> 너는 이 말의 뜻을 아느냐
> 너의 방에 걸어놓은 오빠의 寫眞
> 나에게는 '동생의 사진'을 보고도
> 나는 몇번이고 그의 鎭魂歌를 피해왔다
> 그전에 돌아간 아버지의 鎭魂歌가 우스꽝스러웠던 것을 생각하고
> 그래서 나는 그 寫眞을 十년만에 곰곰이 正視하면서
> 이내 거북해서 너의 방을 뛰쳐나오고 말았다

十년이란 한 사람이 준 傷處를 다스리기에는 너무나 짧은 歲月이다

누이야
諷刺가 아니면 解脫이다
네가 그렇고
내가 그렇고
네가 아니면 내가 그렇다
우스운 것이 사람의 죽음이다
우스워하지 않고서 생각할 수 없는 것이 사람의 죽음이다
八月의 하늘은 높다
높다는 것도 이렇게 웃음을 자아낸다

누이야
나는 분명히 그의 앞에 절을 했노라
그의 앞에 엎드렸노라
모르는 것 앞에는 엎드리는 것이
모르는 것 앞에는 무조건하고 숭배하는 것이
나의 習慣이니까
동생뿐이 아니라
그의 죽음뿐이 아니라
혹은 그의 失踪뿐이 아니라
그를 생각하는
그를 생각할 수 있는
너까지도 다 함께 숭배하고 마는 것이
숭배할 줄 아는 것이
나의 忍耐이니까!

—「누이야 장하고나!」 부분

내용을 정리하자면, 여동생의 방에 걸려 있는, 죽은 동생의 사진을 대하면서 시적 자아는 죽음에 대해 성찰을 하고 있다. 그 동생은 6·25전쟁 때 행방불명되어 이미 죽은 것으로 짐작되는데, 시적 자아는 "몇번이고 그의 鎭魂歌를 피해왔다"고 말하고 있다. 그것은 "그전에 돌아간 아버지의 鎭魂歌가 우스꽝스러웠던 것을 생각"한 끝에 동생의 죽음을 기리는 것도 "거북"했기 때문이다. 죽음에 대한 시적 자아의 의도적으로 무관심한 태도는 결국 죽음에 대한 공포와 거부에서 비롯된 것이라 할 수 있다. 그것은 "우스운 것이 사람의 죽음"이라는 선언에서도 크게 벗어나지 않는데, 그만큼 시적 자아가 죽음을, 인간이 감당할 수 없는 것이면서도 전 존재를 우습도록 허망하게 지우는 것으로 받아들였기 때문이다.

시 「병풍屛風」에서는 "주검에 취한 사람처럼 멋없이 서서" 죽음으로써 죽음을 막고 있는 병풍은 "무엇보다 먼저 끊어야 할 것이 설움이라고" 말하고 있는데, 이것은 결국 시적 자아가 죽음을 극복의 대상으로 보면서 그것을 극복하기 위해서는 인간적인 '설움' 조차도 넘어서야 한다고 인식을 드러낸 부분이다. 그러나 「누이야 장하고나!」에서 시적 자아는 죽음을 극복하려고 하기보다 죽음을 숭배하고 죽음을 생각하는 모두를 숭배함으로써 죽음을 '인내'하고 있다. 그러면서 그 죽음과 맞먹는 절대 상황 앞에서 "諷刺가 아니면 解脫이다"라고 외치고 있다. 이 말은 현실에 맞서 싸우거나 인간 세상을 떠나 영원의 세계에 몸을 의탁하는 것을 의미한다. 물론 '해탈'의 의미를 종교적인 긍정적 의미로 끌어들일 수 있으나 이 시에서 강조하는 것은 사실 풍자이고 죽음이든 죽음을 낳는 현실이든 맞서 싸워 끌어안자는, 즉 풍자를 통해 죽음 같은 현실을 뒤바꾸도록 시도하자는 결의의 성격이 더 강하다. 따라서 이 시에서의 '해탈'은 풍자와 강렬한 긴장을 이루는 한편 초월적 세계에 대한 시인의 의식 구도와 열망을 엿볼 수 있게 한다.

밑의 시 「헬리콥터」의 '헬리콥터'는 땅과 하늘 사이를 떠가는 중간자적 존재로 현실과 이상 간의 간극으로 인해 고통 받고 있는 시인・지식인적 인간상을 표상하기도 한다. 또한 그것은 '설움'이 열망을 비롯해 '해탈'과 맺어지는 관계를 좀 더 면밀하게 바라볼 수 있는 매개체이기도 하다.

> 사람이란 사람이 모두 苦憫하고 있는
> 어두운 大地를 차고 離陸하는 것이
> 이다지도 힘이 들지 않는다는 것을 처음 깨달은 것은
> 愚昧한 나라의 어린 詩人들이었다
> 헬리콥터가 風船보다도 가벼웁게 上昇하는 것을 보고
> 놀랄 수 있는 사람은 설움을 아는 사람이지만
> 또한 이것을 보고 놀라지 않는 것도 설움을 아는 사람일 것이다
> 그들은 너무나 오랫동안 自己의 말을 잊고
> 남의 말을 하여왔으며
> 그것도 간신히 떠듬는 목소리로밖에는 못해왔기 때문이다
> 설움이 설움을 먹었던 時節이 있었다
> 이러한 젊은時節보다도 더 젊은 것이
> 헬리콥터의 永遠한 生理이다
>
> 一九五○年七月 以後에 헬리콥터는
> 이나라의 비좁은 山脈위에 姿態를 보이었고

이것이 처음 誕生한 것은 勿論 그 以前이지만
그래도 제트機나 카아고보다는 늦게 나왔다
그렇지만 린드버어그가 헬리콥터를 타고서
大西洋을 横斷하지 않았기 때문에
우리는 지금 東洋의 諷刺를 그의 機體안에 느끼고야 만다
悲哀의 垂直線을 그리면서 날아가는 그의 설운 모양을
우리는 좁은 뜰안에서뿐만 아니라
심지어는 항아리 속에서부터라도 내어다볼 수 있고
이러한 우리의 純粹한 痴情을
헬리콥터에서도 내려다볼 수 있을 것을 짐작하기 때문에
"헬리콥터여 너는 설운 動物이다"

—自由
—悲哀

더 넓은 展望이 必要없는 이 無制限의 時間 우에서
山도 없고 바다도 없고 진흙도 없고 진창도 없고 未練도 없이
앙상한 肉體의 透明한 骨格과 細胞와 神經과 眼球까지
모조리 露出落下시켜가면서
안개처럼 가벼웁게 날아가는 果敢한 너의 意思 속에는
남을 보기 전에 네 자신을 먼저 보이는
矜持와 善意가 있다
너의 祖上들이 우리의 祖上과 함께
손을 잡고 超動物世界 속에서 營爲하던
自由의 精神의 아름다운 原型을
너는 또한 우리가 發見하고 規定하기 전에 가지고 있었으며
오늘에 네가 傳하는 自由의 마지막 破片에

스스로 謙遜의 沈默을 지켜가며 울고 있는 것이다

—「헬리콥터」

첫 행의 "사람이란 사람이 모두 苦悶하고 있는/어두운 大地"는 이 시가 쓰인 1955년의 현실과 무관하지 않은데, 이는 전쟁이 휩쓴 뒤 폐허 속에서 저마다 생계를 이어나가던 암울한 상황이 반영된 것으로 볼 수 있다. 그런데 그런 "어두운 大地"를 "차고 離陸한다는 것이/이다지도 힘이 들지 않다는 것을 처음 깨달은 것은/愚昧한 나라의 어린 詩人들이었다"라는 말은 '설움'이 한 순간에 해소될 수 있으리라는 기대를 갖게 한다. 즉, 어두운 현실을 박차고 훌쩍 다른 세상으로 떠날 수 있다는 사실을 깨닫는 주체가 '어린 시인'인 것은 그들이 예술을 통해 현실을 쉽게 초월할 수 있다는 것을 알려준다. 그러나 그들이 "어린 詩人들"인 만큼 그들이 빠져든 예술은 밖에서 흘러 들어온 서구 취향의 감상적인 문학이거나 우리 문학에서 관습적으로 이어온 피안에 대한 동경과 초월의지를 드러내는 문학이기 쉽다.

그런데 '헬리콥터'가 가볍게 상승하는 것을 보고 놀랄 수 있는 사람이 '설움'을 아는 사람일 것이라는 말은, 그동안 어두운 현실에 묶여 거기서 떠나려는 시도를 못해본 사람이야말로 온갖 '설움'을 경험한 사람일 것이라는 말이다. 또한 날아오르는 '헬리콥터'를 보고 놀라지 않는 사람도 '설움'을 아는 사람이라고 하였는데, 그들의 '설움'은 잊혀진 '설움'으로 "설움이 설움을 먹었던 時節"의 '설움'인 것이다. 이것은 너무 서러울 때 서러운 걸 모르는 것처럼 자신이 발 딛고 선 상황이 얼마나 암울하고 고통스러운지 모르는 사람들의 '설움'이다. 그렇기 때문에 "그들은 너무나 오랫동안 自己의 말을 잊고/남의 말을 하여왔으며" 그 말조차도 "간신히 떠듬는 목소리로밖에" 못해왔다. 그렇다면 "헬리콥터의 永遠한 生理"가 "설움이 설움을 먹었던" "젊은時節보다도 더 젊은 것"이라는 표현은 무엇을 의미하는가. '젊은'을 4행 "어린 詩人"의 '어린'과 연관하여 생각한다면, '헬리콥터'야말로 자신이 땅과 하늘 사이에 떠 있는 상황마저 의식하지 못하는 존재이고 그것이 바로 '헬리콥터'의 영원한 생리가 되어 버렸다는 말로 귀결된다.

2연에서 '헬리콥터'가 나온 시기가 1950년 7월이라는 것도 '헬리콥터'로 형상화된 '설움'이 전쟁의 산물이라는 해석으로까지 나아가게 한다. '헬리콥터'보다 먼저 나온 "제트機"나 "카아고"와는 달리, '헬리콥터'가 대서양을 횡단하지도 못하고 "비좁은" 우리나라 산맥 위를 떠가는 존재에 불과하다는 것은 '헬리콥터'라는 존재의 현실적 한계를 알려준다. "東洋의 諷刺를 機體 안에서 느끼고야 만다는" 말은 암울한 현실을 떠나려고 열망하였지만 사실 아주 멀리 떠난 것은 아니요, 결국 현실과 이상 사이에서 나약하게 맴도는 존재라는 점에서, 무언가 새로운 변혁을 가져 보려 하지만 그것을 쉽사리 이룰 수 없는, 한국을 포함한 동양의 문화·정치·사회체제에 대한 비애를 짚어 낸 것이라 할 수 있다. 그러므로 '헬리콥터'가 땅을 박차고 이룩하는 '자유'는 종국에 온전한 의미의 '자유'일 수 없으며 현실의 속박은 계속 "더 넓은 展望이 必要없는 이 無制限의 時間 우에서"만 펼쳐져 있는 것이다. 따라서 이 시에서의 '설움'은 당대의 일상을 포함한 사회현실의 차원, 즉 새로운 변혁을 이끌어 낼만한 저력이나 바탕이 부재한 현실에 대해 갖게 되는 정서이며, 그것이 '헬리콥터'라는 중간자로 표상되면서 하나의 통합된 의미체가 되는 것이다.

2) 일상의 발견과 민중의 인식

김수영의 '설움'은 전후의 현실과 시인・지식인으로서의 이상과의 간극에서 발생한 것이었다. 그것은 '해탈'이라는 초월적 체계를 구성하여 시대와의 긴장감을 잃고 자칫 현실에서 벗어나려는 움직임을 보이기도 하였다. 그러나 김수영은 다시 일상을 탐색하면서 현실의 문제가 관념화・허구화되는 것을 방지하고, 오로지 일신(一身)과 밀착된 일상의 세밀한 결을 따라가면서 현실의 문제에 대한 본질을 캐내기 시작한다. 그것은 예컨대 신의 말을 인간에게 해독하고 미래의 일을 점지해주던 고대 시인이나 천부적인 상상력과 직관을 통해 이상 세계의 핵심에 다다르던 낭만주의 시인의 고귀한 지위에서 스스로 내려와 그동안 미천하게 여겨졌던 일상 세계로 다가가게 되는 현대시의 세계적인 조류와 무관하지 않다. 김수영의 일상성에 대한 경도는 일상을 통해 당대 현실의 문제를 짚어보고 해결하려는 의지에서 비롯되었다고 할 수 있다.

「바뀌어진 지평선地平線」은 시인으로서의 낡은 천상적 지위를 포기하고 비루하고 '경박한' 생활로 잠입하겠다는 선언에 속한다.

물에 빠지지 않기 위한

생활이 卑怯하다고 輕蔑하지 말아라
뮤우즈여
나는 功利的인 人間이 아니다
내가 괴로워하기보다도
남이 괴로워하는 양을 보기 위하여서도
나에게는 若干의 輕薄性이 必要한 것이다
智慧의 王者처럼
눈 하나 까딱하지 아니하고
도사리고 앉아서
나의 原罪와 悔恨을 생각하기 전에
너의 生理부터 解剖하여보아야겠다
뮤우즈여

클락 게이블
그리고 너절한 大衆雜誌
墮落한 오늘을 위하여서는
내가 '오늘'보다 더 깊이 떨어져야 할 것이다

그러나 사람들이 웃을까보아
나는 적당히 넥타이를 고쳐매고 앉아있다
뮤우즈여
너는 어제까지의 나의 勢力
오늘은 나의 地平線이 바뀌어졌다

물은 물이고 불은 불일 것이지만
어제와 오늘이 다르고
오늘과 來日의 差異를 正視하기 위하여

하다못해 이와같이 墮落한 新聞記者의
탈을 쓰고 살고 있단다

率直한 告白을 싫어하는
뮤우즈여
妒忌와 競爭과 殺人과 姦淫과 詐欺에 대하여서는
너에게 이야기하지 않으리라
適當한 陰謀는 세상의 것이다
이 어지러운 세상을 살아가기 위하여
나에게는 若干의 輕薄性이 必要하다
물 위를 날아가는 돌팔매질—
아슬아슬하게
세상에 배를 대고 날아가는 精神이여
너무나 가벼워서 내 자신이
스스로 무서워지는 놀라운 肉體여
背反이여 冒險이여 奸惡이여
간지러운 肉體여
表面에 살아라
뮤우즈여
너의 腹部를랑 하늘을 바라보게 하고—

(…중략…)

뮤우즈여
詩人이 詩의 뒤를 따라가기에는 싫증이 났단다
고갱, 녹턴 그리고
물새

모두 다같이 나가는 地平線의 隊列
뮤우즈는 조금쯤 걸음을 멈추고
抒情詩人은 조금만 더 速步로 가라
그러면 隊列은 一字가 된다

사과와 手帖과 담배와 같이
人間들이 걸어간다
뮤우즈여
앞장을 서지 마라
그리고 너의 노래의 音階를 조금만
낮추어라
오늘의 憂鬱을 위하여
오늘의 輕薄을 위하여

—「바뀌어진 地平線」 부분

「바뀌어진 지평선地平線」이라는 제목이 보여 주고 있듯이 이 시는 시적 자아의 삶의 지표가 달라졌음을 천명하는 작품이다. 시적 자아에게 필요한 "若干의 輕薄性"은 '물에 빠지지 않기 위한 생활', 즉 극도의 궁핍이나 절망에 빠지지 않을 정도의 생활을 유지하기 위한 최소한의 요건이다. 자신이 공리적인 인간이 아니라는 것을 확인하고 나보다 남이 더 괴로워할 만한 일이 생기더라도 눈 감고 지나가는 '경박성'은 "墮落한 오늘"을 견뎌 나가는 방법이기도 하지만, 그 "墮落한 오늘"을 확인하고 연구하기 위한 도구이기도 하다. '경박성'을 얻는다는 것은 "오늘과 來日의 差異를 正視하기 위"한 것이고 "아슬아슬하게 / 세상에 배를 대고 날아가는 精神"[2)]을 위한 것이다. 다시 말해서 그것은 현실을 직시하고 현실과의 긴장을 잃지 않음으로써 시인으로서의 존재 가치를 잃지 않기 위한 몸부림이다. "뮤우즈는 조금쯤 걸음을 멈추고 / 抒情詩人은 조금만 더 速步로 가라"는 주문은, 이제 시인의 임무가 예술적 의미의 쾌락에 종사하는 것에서 현실에 기민하게 반응해야 하는 것으로 바뀌었다는 사실을 나타내는 부분이다. 마지막 연의 "사과와 手帖과 담배와 같이 / 人間들이 걸어간다"는 시행은 이제 자질구레하게 보이는 일상 속에서 인간을 파악하고 현실을 바라보아야 한다는 의식이 드러난 부분이라 할 수 있다.

그런데 이 시는 다분히 반어적인 뉘앙스도 풍기고 있다. '뮤우즈'가 '어제까지의 세력'이고 너절한 대중잡지와 같이 "墮落한 오늘을 위하여서는 / 내가 '오늘'보다 더 깊이 떨어져야" 한다는 말은 역설적으로 시가 시로 통용되지 못하는 각박한 현실에 대한 비판적인 토로이기 때문이다. 어쨌든 이 시에는 김수영의 현실에 대한 달라진 관점과 태도가 드러나 있으며 조금 더 현실에 밀착하려는 의지가 엿보인다.

위의 시가 쓰인 뒤 몇 년 지나 4·19혁명이 일어나고 이를 계기로 김수영의 현실과 역사에 대한 자각이 더욱 깊어지기 시작한다. 「바뀌어진 지평선地平線」에서처럼 타락한 현실을 받아들이는 동시에 맞서기 위한 방법으로 경박해지기로 한 시인이 「눈」에서는 민중에 한참 뒤진 '저항시인'이 되어 무력한 모습을 하고 있다.

---

2) 「너는 언제부터 세상과 배를 대고 서기 시작했느냐」에서는 객관적 상관물인 '유리창'이 세상과 배를 대는 행위가 비겁한 타협이나 굴종으로 여겨진 반면, 「바뀌어진 地平線」에서는 돌팔매질로 물 위를 날아가는 돌이 세상과 배를 대는 것으로 표현되었으나 긍정적인 의미에서 세상과의 긴장관계를 이루는 것으로 처리되었다는 점에서, 두 시의 비슷한 표현에 의미의 차이가 있다.

요 詩人
勇敢한 詩人
—소용 없소이다
山너머 民衆이라고
山너머 民衆이라고
하여둡시다
民衆은 영원히 앞서 있소이다
웃음이 나오더라도
눈 내리는 날에는
손을 묶고 가만히
앉아계시오
서울서
議政府로
뚫린
國道에
눈 내리는 날에는
'빽' 차도
찝차도
파발이 다 된
시골 빠스도
맥을 못 추고
맴을 도는 판이니
답답하더라도
답답하더라도
요 詩人
가만히 계시오
民衆은 영원히 앞서 있소이다

요 詩人
勇敢한 錯誤야
그대의 抵抗은 無用
抵抗詩는 더욱 無用
莫大한
妨害로소이다
까딱 마시오 손 하나 몸 하나
까딱 마시오
눈 오는 것만 지키고 계시오…….

—「눈」

이 시에서도 「바뀌어진 지평선地平線」에서 엿보이는 좌절과 자기비하적인 어조가 감지된다. 4·19혁명의 실패 뒤에 이른바 참여시를 비롯한 모든 시가 방해에 지나지 않는다는 것, "요 시인"에서 볼 수 있는 것과 같이 대상을 낮잡아 이르거나 귀엽게 이를 때 사용되는 관형사 '요'가 시인을 수식하여 시인의 존재가 대단히 격하된 채 표현되었다는 것이 바로 그러하다. 오로지 시인은 펑펑 내리는 눈을 바라볼 수밖에 없을 만큼 현실 앞에서 무력할 뿐이다. 그리고 이 눈은 국도에 쌓여서 통행하던 온갖 차들이 맥을 못 추도록 만들고 있는데, 이것은 거대한 현실의 문제가 현실참여시를 포함하여 그것을 극복하려는 어떠한 노력조차도 무실하게 만들고 있는 시대의 정황을 시사한다. 끝으로 갈수록 시적 자아는 시인의 행위가 착오이고, 시인의 저항은 무용하고, '저항시'는 더욱 무용하며 '막대한 방해'일 뿐이라고 점차 도를 더해가며 시와 시인의 무력함을 강조하고 있다.

시인으로서 시의 무력함에 대한 답답함이 이 시를 쓰게 만들었겠지만, 이 시에서는 김수영의 민중에 대한 인식이 비교적 잘 드러난다는 점이 특징이다. 즉 "산너머 民衆"이나 "民衆은 영원히 앞서 있소이다" 같은 말에서 볼 수 있듯이 완성되지 못했지만 나름대로 4·19혁명을 이루어낸 민중이야말로 시와 시인에 앞서 있으며 시가 따라야 할 드높은 존재라는 인식이 나타난 것이다. "어둠 속에서도 불빛 속에서도 변치 않는/사랑을 배웠다 너로 해서"(「사랑」)에서와 같이 '너'를 민중과 비슷한 의미로 본다면, 그런 인식은 이와 같은 민중에 대한 신뢰와 애정 속에서 싹튼 것이며, 그 인식은 민중에 대한 섬세한 탐구로 이어져 김수영 시의 현실지향성을 더욱 단단하게 형성하는 계기가 된다.

「거대巨大한 뿌리」는 김수영의 민중에 대한 인식의 또 다른 깊이를 보여주는 시이다.

> 나는 아직도 앉는 법을 모른다
> 어쩌다 셋이서 술을 마신다 둘은 한 발을 무릎 위에 얹고
> 도사리지 않는다. 나는 어느새 南쪽식으로
> 도사리고 앉았다 그럴때는 이 둘은 반드시
> 以北 친구들이기 때문에 나는 나의 앉음새를 고친다.
> 八 一五 후에 김병욱이란 詩人은 두발을 뒤로 꼬고
> 언제나 일본여자처럼 앉아서 변론을 일삼았지만
> 그는 일본대학에 다니면서 四年 동안을 제철회사에서
>
> 노동을 한 强者다.

나는 이사벨 버드 비숍女史와 연애하고 있다 그녀는
一八九三년에 조선을 처음 방문한 英國王立地學協會會員이다
그녀는 인경전의 종소리가 울리면 장안의
남자들이 모조리 사라지고 갑자기 부녀자의 世界로
화하는 劇的인 서울을 보았다 이 아름다운 시간에는
남자로서 거리를 無斷通行할 수 있는 것은 교군꾼,
내시, 外國人의 종놈, 官吏들 뿐이었다 그리고
深夜에는 여자는 사라지고 남자가 다시 오입을 하러
闊步하고 나선다고 이런 奇異한 慣習을 가진 나라를
세계 다른 곳에서는 본 일이 없다고
天下를 호령하던 閔妃는 한번도 장안外出을 하지 못했다고……

傳統은 아무리 더러운 傳統이라도 좋다 나는 光化門
네거리에서 시구문의 진창을 연상하고 寅煥네
처갓집 옆의 지금은 埋立한 개울에서 아낙네들이
양잿물 솥에 불을 지피며 빨래하던 시절을 생각하고
이 우울한 시대를 패러다이스처럼 생각한다.

버드 비숍女史를 안 뒤부터는 썩어빠진 대한민국이
괴롭지 않다 오히려 황송하다 歷史는 아무리
더러운 歷史라도 좋다
진창은 아무리 더러운 진창이라도 좋다
나에게 놋주발보다도 더 쨍쨍 울리는 追憶이
있는 한 人間은 영원하고 사랑도 그렇다

비숍女史와 연애를 하고 있는 동안에는 進步主義者와
社會主義者는 네에미 씹이다. 統一도 中立도 개좆이다

隱密도 深奧도 學究도 體面도 因習도 治安局
으로 가라. 東洋拓殖會社, 日本領事館, 大韓民國官吏,
아이스크림은 미국놈 좆대강이나 빨아라. 그러나
요강, 망건, 장죽, 種苗商, 장전, 구리개, 약방, 신전,
피혁점, 곰보, 애꾸, 애 못 낳는 여자, 無識쟁이,
이 모든 無數한 反動이 좋다
이 땅에 발을 붙이기 위해서는
—第三人道橋의 물 속에 박은 鐵筋기둥도 내가 내 땅에
박는 거대한 뿌리에 비하면 좀벌레의 솜털
내가 내 땅에 박는 거대한 뿌리에 비하면

怪奇映畵의 맘모스를 연상시키는
까치도 까마귀도 응접을 못하는 시꺼먼 가지를 가진
나도 감히 想像을 못하는 거대한 거대한 뿌리에 비하면……

—「巨大한 뿌리」

1·2연은 전통과 관습에 대한 시적 자아의 사유를 경험을 통해 말해주는 부분이다. 시적 자아가 북쪽 출신 친구들의 앉음새를 따르는 것은 그들의 관습에 대한 존중을 나타내는 것이지만 거기서 연상된 김병욱의 강인한 생활력과 정신을 언급하는 대목에서는 초점이 이미 앉음새나 그 관습에 대한 것에서 벗어나 있다. 어찌 보면 3연부터 시가 시작된다고 해도 될 만큼 3연은 1·2연에 대한 급격한 비약으로 비쳐진다. 당혹감을 주는 이런 낭비와도 같은 형식이 전체적인 시의 균형을 깨뜨리는데 그럼에도 이것은 상당히 의도적인 것으로 보인다. 왜냐하면 이미 이 시를 발표하기 전에 「눈」이나 「폭포瀑布」를 썼을 만큼 조형적인 구성력을 발

휘하고 「꽃잎」 연작에서와 같이 섬세한 언어감각을 구사할 줄 알았던 시인이 상식적인 차원에서의 그런 구조적 결합을 인식하지 않았을 리는 없기 때문이다. 이런 현상도 어찌 보면 기존 서정시의 양식을 깨려는 의도에서 비롯된 것이라 할 수 있는데, 3연의 급격한 전환은 시의 형식과 관련된 일관된 흐름을 끊으면서 어떠한 가치에 대한 기존의 편견이나 의식을 역전시키기 위한 과정으로 작용한다. 즉 시적 형식의 전복은 기존 가치에 대한 전복과 연계됨으로써 이 시의 형식과 내용 전체를 관통하여 주제를 구현하는 방식으로 작동한다.

비숍(I. B. Bishop)의 『한국과 그 이웃나라들』을 접한 김수영은 그 책에 기술되어 있는 19세기 조선사회의 실상을 바라보면서 전통에 대한 새로운 인식을 갖게 된다. 그 책을 읽은 뒤 "썩어빠진 대한민국이 / 괴롭지 않다. 오히려 황송하다. 歷史는 아무리 / 더러운 歷史라도 좋다"는 언급은 민중에 대한 애정과 그 민중들이 움직이는 역사에 대한 긍정에서 발단된 것이다. 물론 여기서 시적 자아는 전통을 창조적 정신이나 거기에서 비롯된 산물로 보기보다는 "요강, 망건, 장죽, 種苗商, 장전, 구리개, 약방, 신전, / 피혁점" 같은 관습적 대상이나 "곰보, 애꾸, 애 못 낳는 여자, 無識쟁이"와 같은 소외된 사람들에서 찾고 있기 때문에 전통에 대한 올바른 인식을 드러낸 것이라고 보기는 어렵다. 하지만 그것은 민중과 사회를 부당하게 현혹하거나 억누르는 대상들, 즉 부정적 의미의 '진보주의' · '사회주의'나 '통일' · '중립'에 대한 관념 및 의식체계나 "東洋拓殖會社, 日本領事館, 大韓民國官吏" 같은 관공서와 관리, '아이스크림'과 같은 외래적 산물 모두를 부정의 대상으로 보고, 그에 억눌려 있는 온갖 재래적 산물들을 "無數한 反動"으로 대치함으로써 전통에 대한 의식을 쇄신하고자 시도한 것이다. 문제는 그런 사소하고 일상적인 도구들과 평범하면서도 소외된 인간들이 "巨大한 뿌리"로 상징되는, 단지 '전통적인 것'이라고 규정하기에도 벅찬, 민중적인 현실의 거대한 배후에 해당되는 어떤 대상이나 가치와 연결되어 있다는 자각에 있다. "怪奇映畵의 맘모스를 연상시키는/까치도 까마귀도 응접을 못하는 시커먼 가지를 가진/나도 감히 想像을 못하는 거대한 거대한 뿌리"가 바로 그러한 현실의 배후이자 일상의 다른 모든 것들에게 양분을 대 주는 대상이며, 결국 어떤 현실이나 민중도 그 자체로 유지되는 것이 아니라 그 거대한 정신 또는 양식과의 연계 속에서 생명을 갖는 것이다.

「거대巨大한 뿌리」로부터 3년 뒤에 쓰인 「꽃잎」 연작은 김수영 시에서 민중에 대한 탐색이 섬세한 언어로 행해진 시편들이다. 이 시들도 대개 난해시로 불렸으며 이것들에 대한 숱한 해설은 시보다 더 '난해'해서 해설을 해설해야 하는 지경, 김수영 식으로 말하면 '쥐꼬리를 문 쥐의 쥐꼬리를 문 쥐의 쥐꼬리를 문 쥐'[3]의 형국이 되기 십상이었다. 그런데 「꽃잎 1」, 「꽃잎 2」에 비해 덜 비중 있게 다루어졌던 「꽃잎 3」을 먼저 염두에 둔다면, 또 이들이 모두 연작이란 점을 감안한다면 사정은 조금 달라진다. 그리고 이들 연작을 번호대로 살피기보다 「꽃잎 3」, 「꽃잎 1」, 「꽃잎 2」 순서로 따라가면서 각 편의 부분들을 유기적으로 엮어 본다면 의

3) 김수영, 「'난해'의 장막—1964년의 시」, 『전집』 2, 270면.

미가 훨씬 자연스럽게 맺히게 될 것이다. 왜냐하면 「꽃잎 3」은 나머지 두 시에 비해 다소 구체적인 인물과 상황에서부터 출발하기 때문이다.

> 순자야 너는 꽃과 더워져가는 花園의
> 초록빛과 초록빛의 너무나 빠른 변화에
> 놀라 잠시 찾아오기를 그친 벌과 나비의
> 소식을 완성하고
>
> 宇宙의 완성을 건 한 字의 생명의
> 歸趨를 지연시키고
> 소녀가 무엇인지를
> 소녀는 나이를 초월한 것임을
> 너는 어린애가 아님을
> 너는 어른도 아님을
> 꽃도 장미도 어제 떨어진 꽃잎도
> 아니고
> 떨어져 물 위에서 썩은 꽃잎이라도 좋고
> 썩은 빛이 황금빛에 닮은 것이 순자야
> 너때문이고
> 너는 내 웃음을 받지 않고
> 어린 너는 나의 全貌를 알고 있는 듯
> 야아 순자야 깜찍하고나
> 너 혼자서 깜찍하고나
>
> 네가 물리친 썩은 문명의 두께
> 멀고도 가까운 그 어마어마한 낭비

그 낭비에 대항한다고 소모한
그 몇갑절의 공허한 投資
大韓民國의 全財産인 나의 온 정신을
너는 비웃는다

너는 열네살 우리집에 고용을 살러 온 지
三일이 되는지 五일이 되는지 그러나 너와 내가
접한 시간은 단 몇분이 안되지 그런데
어떻게 알았느냐 나의 방대한 낭비와 넌센스와
허위를
나의 못 보는 눈을 나의 둔갑한 영혼을
나의 애인 없는 더러운 고독을
나의 대대로 물려받은 음탕한 전통을

꽃과 더워져가는 花園의
꽃과 더러워져가는 花園의
초록빛과 초록빛의 너무나 빠른 변화에
놀라 오늘도 찾아오지 않는 벌과 나비의
소식을 더 완성하기까지

캄캄한 소식의 실낱같은 완성
실낱같은 여름날이여
너무 간단해서 어처구니없이 웃는
너무 어처구니없이 간단한 진리에 웃는
너무 진리가 어처구니없이 간단해서 웃는
실낱같은 여름바람의 아우성이여
실낱같은 여름풀의 아우성이여

너무 쉬운 하얀 풀의 아우성이여

—「꽃잎 3」

'순자'는 시적 자아의 집에 식모살이하러 온 지 얼마 안 된 열네 살의 소녀다. 어린애도 아니고 어른도 아닌 "나이를 초월한 것"이 소녀라는 말은 그만큼 '순자'의 의미가 한껏 격상된 것이다. 그 의미의 격상은 '너(순자)'가 "大韓民國의 全財產인 나의 온 정신"을 비웃음으로써 그 정도를 더해가다가 '나'의 "방대한 낭비와 넌센스와 허위", "둔감한 영혼", "음탕한 전통"을 꾸짖음으로써 '순자'와 '나'의 위치는 완전히 역전된다. 물론 그 세부적인 사연이 전혀 드러나 있지 않아 어디까지나 시적 자아의 일방적이면서 불완전한 표현에 의존해야 하지만, 이 시는 내용보다 먼저 시인 의식의 열도가 읽는 이를 압도하는 형식으로 되어 있다. 다시 말하자면 시인이자 지식인인 한 원숙한 남성이 나이 어린 식모를 통해 얻은 새로운 깨달음으로 '너(순자)'라는 한 대상과 '나'와 '너'의 관계를 다시 바라보는 과정이 이 시에 나타나 있다.

이 나이 어린 식모는 시적 자아가 나약하고 몽매한 것으로만 알아 왔던 민중의 한 모습으로 볼 수 있다. 깨달음의 과정과 내막이 구체적으로 드러나지는 않았지만 시적 자아는 '순자'로 대표될 수 있는 민중의 절대적인 힘을 긍정하고 있다. 그 긍정은 '순자'가 '벌과 나비의 소식을 완성'하는 것, 즉 민중의 힘이 미완의 4·19혁명을 완성하리라는 확신을 드러낸 것이다.[4] 아주 약한 것

4) 이러한 견해는 4·19혁명 일주년을 기념하여 쓴 글에도 나타난다. "하여간 세상은 많이 바뀌었다. 무엇이 바뀌었느냐 하면, 나라와 역사를 움직여 가는 힘이

으로 알았던 것('꽃잎')이 아주 강한 것으로 알았던 것('문명의 두께', 권력, 권위적인 공허한 정신)을 어처구니없이 물리친다는 깨달음을 통해 이 시에는 시적 자아 자신은 물론 대한민국의 허위를 맹렬하게 비판했다.

약한 것과 강한 것의 대역전극은 「꽃잎 1」에서 보다 선명하게 나타난다.

> 누구한테 머리를 숙일까
> 사람이 아닌 평범한 것에
> 많이는 아니고 조금
> 벼를 터는 마당에서 바람도 안 부는데
> 옥수수잎이 흔들리듯 그렇게 조금
>
> 바람의 고개는 자기가 일어서는 줄
> 모르고 자기가 가닿는 언덕을
> 모르고 거룩한 산에 가닿기
> 전에는 즐거움을 모르고 조금
> 안 즐거움이 꽃으로 되어도
> 그저 조금 꺼졌다 깨어나고
>
> 언뜻 보기엔 임종의 생명같고
> 바위를 뭉개고 떨어져내릴
> 한 잎의 꽃잎같고

정부에 있지 않고 민중에게 있다는 자각이 강해져 가고 있고 이러한 감정이 의외로 급속도로 발전해가고 있다는 것이다."(김수영, 「아직도 안심하긴 빠르다」, 『전집』 2, 173면)

革命같고
먼저 떨어져내린 큰 바위같고
나중에 떨어진 작은 꽃잎같고

나중에 떨어져내린 작은 꽃잎같고

—「꽃잎 1」

이 시가 쉽사리 해독되지 않는 것은 시인의 관념이 언어로 채 표현되지 못했기 때문이다. 더군다나 세 연이 유기적인 흐름으로 연결되어 있지 않아 해독의 어려움은 가중된다. 1연에 "누구한테 머리를 숙일까"에 대한 대답은 2연이 아니라 3연에 숨어 있다. "사람이 아닌 평범한 것"은 「꽃잎 3」에 나타나는 "썩은 문명의 두께", "멀고도 가까운 그 어마어마한 낭비", "그 낭비에 대항한다고 소모한 그 몇 갑절의 공허한 投資", "大韓民國의 全財産인 나의 온 정신"과 맥을 같이하는 어떤 거대한 대상과는 정반대되는 것이다. 1연의 '고개'를 숙이는 행위와 '바람'에서 연상되어 나타난 2연의 '바람의 고개'가 가 닿는 '언덕'이나, 언덕에 가 닿아야 알 수 있는 '즐거움' 대신에 '조금 안 즐거움'이 피우는 '꽃'은, 시적 자아가 지향하는 어떤 가치나 상황일 것이라는 암시만 줄 뿐 그 이상의 의미는 형성하지 못하고 있다. 그리하여 1·3연과의 단절감만 더해준다. 단지 1·2연에서 거듭되는 부정 표현, 즉 "사람이 아닌", "많이는 아니고", "바람이 안 부는데", "일어서는 줄 모르고", "가닿는 언덕을 모르고", "즐거움을 모르고"는 부정의 내용을 드러내는 것이 아니라 부정의 태도를 드러낸다. 그 태도는 끊임없는 의심과 성찰·자기암시와 연관되는 것이다.

오히려 "누구한테 머리를 숙일까"에 대한 대답은 3연에 반복되어 강조되는 '꽃잎'으로 주어져 있다. 그 '꽃잎'은 '임종의 생명' 같이 미약하고 위태롭지만 '바위'를 뭉개고 떨어지는 막강한 존재이다. 이로써 '꽃잎'과 '바위', '죽음'과 '생'과 같이 극단적으로 대비되는 사물들의 속성 · 개념의 경계가 여지없이 허물어진다. 「꽃잎 3」의 6연처럼 가장 복잡한 것이 어처구니없이 간단한 것이 되어 버리듯이, 4연의 '바위'처럼 아주 강한 것이 '꽃잎'처럼 아주 연약한 것에 의해 부서진다. 이러한 역동적 상상력은 '꽃잎'으로 표상된, 그러나 시인 자신도 그때까지 완전하게 인식하지 못했던 민중의 저력에 대한 발견에서 비롯된 것이다.

「꽃잎 1」의 민중은 작고 나약하지만 혁명을 일으키고 역사를 바꿔 나가는 주체이다. 무엇보다 혁명을 완성하고 역사를 뒤바꾸는 '강함'이 그 '약함'에서 나온다는 통찰이 「꽃잎」 연작에 나타나는 민중에 대한 성찰의 뼈대를 이루고 있다. 이는 단순한 변증법적 의미체계와는 다른데, 아무리 이성적인 틀로 맞춰 보더라도 정신 혹은 직관의 미묘하고 날카로운 움직임을 온전하게 담아내기는 어렵기 때문이다. 그렇다면 그 '약함'이란 무엇일까. 그 '약함'이 어떻게 '강함'을 내포하는 것일까. 이런 의문에 혼란을 더 보태어, 그렇다면 "눈을 감았다 뜨는 기술"이 어떤 경로로 "불란서혁명의 기술", "우리들이 四 · 一 九에서 배운 기술"(「사랑의 變奏曲」)이 되는가.

그러한 통찰은 '강함'과 '약함', '(어처구니없는) 쉬움'과 '(엄청난) 어려움'이라는 상대적 속성의 대립을 넘어서는, 삶의 절대적 본질의 체득에서 온 것이다. 즉 '강함'이나 '약함'은 모두 상대적인 가치일 뿐, 대상 자체가 지닌 고유의 본질은 아니다. 그런 의미에서 '민중'은 '강함'과 '약함'이라는 속성을 모두 지니는 동시에 그 속성을 깨뜨리는 절대적 존재이기도 하다.

그 이후에 쓰인 「풀」에 이르러 김수영은 그 '약함'과 '강함'이 다른 것이 아니고 한 몸이란 것을 보여주지만, 「꽃잎 1」에서는 그 통찰을 관념 이상으로 시화詩化하지 못한 점, 그리고 '민중'에 대한 탐구를 그의 말대로 끝까지 온몸으로 밀고 나가지 못했다는 점이 이 시의 한계라고 할 수 있다. 그 한계에 부딪혀 좀 더 멀리 튕겨나간 작품이 바로 「꽃잎 2」라고 할 수 있을 것이다.

> 꽃을 주세요 우리의 苦惱를 위해서
> 꽃을 주세요 뜻밖의 일을 위해서
> 꽃을 주세요 아까와는 다른 時間을 위해서
>
> 노란 꽃을 주세요 금이 간 꽃을
> 노란 꽃을 주세요 하얘져가는 꽃을
> 노란 꽃을 주세요 넓어져가는 소란을
>
> 노란 꽃을 받으세요 원수를 지우기 위해서
> 노란 꽃을 받으세요 우리가 아닌 것을 위해서
> 노란 꽃을 받으세요 거룩한 偶然을 위해서
>
> 꽃을 찾기 전의 것을 잊어버리세요
> 　꽃의 글자가 비뚤어지지 않게
> 꽃을 찾기 전의 것을 잊어버리세요
> 　꽃의 소음이 바로 들어오게

꽃을 찾기 전의 것을 잊어버리세요
　　꽃의 글자가 다시 비뚤어지게

내 말을 믿으세요 노란 꽃을
못 보는 글자를 믿으세요 노란 꽃을
떨리는 글자를 믿으세요 노란 꽃을
영원히 떨리면서 빼먹은 모든 꽃잎을 믿으세요
보기싫은 노란 꽃을

—「꽃잎 2」

황동규는 시에서 강조할 필요 없는 말을 반복할 때 그 반복이 일으킨 리듬은 최면적 속성을, 더 나아가 주술적 속성을 갖는다고 하였다. 이 시에 대한 황동규의 면밀하고 논리적인 분석[5]을 다 검토한 후에도 남는 것은, 어떤 뚜렷한 의미나 울림이라기보다 시적 화자의 '응답을 기대하고 있지 않은'[6] 불안하고 간곡한 명령과 그 명령이 불러일으키는 막연한 분위기이다. 그 명령은 타인에게 향해 있지 않고 자기 자신에게로만 향해 있어, 그 내용에 구애받지 않고도 더욱 최면적이면서 주술적으로 느껴진다. 이쯤 되면 이 시는 난해시의 영역을 한참 벗어난 것이다. 그리고 김수영의 현실 인식을 다시 한번 의심하게 하는 대목이기도 하다. 그가 민중과 현실을 생생한 실체로 마주 대했다기보다 관념화하여 피상적으로 인식하지 않았나 하는 의심을 갖게 하기 때문이다.

---

5) 황동규,「정직의 空間」,『달의 行路를 밟을지라도』(김수영 시선집 해설), 민음사, 1976 참조.
6) 위의 글, 99면.

대체적으로 김수영이 인식한 민중은 오늘날의 확연한 의미의 그것이라기보다 아직은 덜 의식화된 대상이었으며 민중에 대한 긍정적 관점에도 다소 혼란이 엿보이는 것이 사실이다. 그래도 새로운 것은 이러한 민중의 인식이 「꽃잎 3」에서와 같이 생활을 통해서도 이루어지고 있다는 점이다. 그것이 큰 의미를 갖는 것은 민중이 관념화되기 전에 생활 속에서 체험되고 의식될 때에야 비로소 민중이 허상이 아닌 실체로 들어올 수 있기 때문이다.[7] 그러므로 현실을 있는 그대로 받아들일 때 이 땅의 역사가 다시 보이고 민중에 대한 애정도 깊어질 수 있다.

김수영의 마지막 작품이라 할 수 있는 「풀」은 '바람'과 역학적 관계를 이루는 '풀'이 지닌 상징과 반복의 리듬에 의해 민중이라 불릴 수 있는 대상의 강인한 생명성이 형상화된 작품이다.

풀이 눕는다
비를 몰아오는 동풍에 나부껴
풀은 눕고
드디어 울었다
날이 흐려서 더 울다가
다시 누웠다

7) 그런 의미에서 「사랑의 變奏曲」의 "욕망이여 입을 열어라 그 속에서 / 사랑을 발견하겠다 都市의 끝에 / 사그러져가는 라디오의 재잘거리는 소리가 / 사랑처럼 들리고" 같은 시행에서 볼 수 있는 것과 같이, 일상의 욕망 속에서 '사랑'을 발견하겠다는 외침이나 도시 생활에서 부딪치는 여러 소음들을 삶 그 자체, '사랑' 그 자체로 여기는 태도는 일상의 발견을 통해 삶의 본질을 통찰하려는 시인의 모습이 엿보인다.

풀이 눕는다
바람보다도 더 빨리 눕는다.
바람보다도 더 빨리 울고
바람보다 먼저 일어난다

날이 흐리고 풀이 눕는다
발목까지
발밑까지 눕는다
바람보다 늦게 누워도
바람보다 먼저 일어나고
바람보다 늦게 울어도
바람보다 먼저 웃는다
날이 흐리고 풀뿌리가 눕는다

—「풀」

다른 모든 대상들이 배제되고 '바람'과 '풀'만 등장하는 이 시에서는 두 사물의 행위가 대위적對位的으로 어울림으로써 두 사물 간의 역학적 관계만 두드러진다. 그런데 여기서 '풀'을 단박에 민중으로 대입할 경우 이 시가 훨씬 단조롭고 도식적으로까지 읽힐 우려가 있다. 그것은 먼저 인용한 시에서 기계적으로 '꽃잎'을 민중으로 적용할 경우에도 마찬가지이다. 물론 '풀'이 환기시키는 전통적인 상징으로서의 민중의 의미에서 완전히 벗어날 수는 없겠지만, 서로 대비되는 두 사물의 관계를 통해 인간사의 보편적 조건을 떠올리는 것이 오히려 자연스러울뿐더러 시를 더 풍부하게 읽는 길이 될 것이다. 그런 전제 아래에서 이 시를 대할 때 '풀'이 지닌 의미가 더 탄력적으로 작용할 수 있다.

총 3연으로 구성된 이 시에서는 점층적으로 긴장이 강화되고 있다. 1연에는 비를 몰아오는 '바람'에 '풀'이 다시 울다가 눕는 행위만 나오지만, 2연에서는 '풀'의 행위로 '눕다－일어나다'가 대비적으로 나타나고, 3연에서는 '눕다－일어나다' 외에 '울다－웃다'와 같은 두 행위쌍이 반복해서 출현하기 때문에 긴장의 도가 점점 높아진다. 게다가 '먼저－늦게'나 '더 빨리' 같은 부사가 대비의 완급을 조절하여 긴장을 한층 더 조장하고 있다는 것도 특징이다. 중요한 것은 실제 자연의 현상과 달리 '풀'이 '바람'보다 먼저 일어나는 행위에 이르러 이러한 긴장이 단순히 언어의 구성에 기대는 차원에서 벗어난다는 것이다. 그리하여 비약적인 상상력으로 이끌어 내어진, '풀'의 수동적 움직임에서 능동적 움직임으로의 전환이라는 대변혁이 새로운 긴장을 통해 이 시의 주제를 구현하고 있다. 바람의 영향, 또는 자연현상을 거스르는 이러한 '능동적인 동력'[8]은 인간 정신의 한 진경을 이루는 동시에 앞서 언급한 「눈」, 「거대한 뿌리」나 「꽃잎」 연작을 통해 김수영이 기울여 왔던 민중에 대한 관심이 「풀」과 연계되어 '풀'이 역사적 변혁을 이룰 수 있는 민중의 모습을 환기시킨다는 사실을 확인할 수 있다. 작고 연약한 대상이 그보다 강한 대상이나 상황을 넘어서는 변혁적 경지는 4·19혁명을 통해 시인이 깨달은 인식이며 그 인식이 현실지향적 정신으로 거듭나 민중에 대한 재발견과

8) 강웅식은 이를 '철저한 자기 촉발의 움직임'으로 보았으며 작품을 이해하기 위한 전제로서 풀을 민중이라고 보는 우의적 해석의 시각은 작품 자체의 문맥과 통하지 않지만 「풀」에서 구축된 풀의 자기 촉발의 능력이야말로 '민중'이 지녀야 할 근원적인 힘이라고 말하는 것이 가능할 것이라고 하였다(「윤리적 주체와 자기 촉발의 힘」, 『김수영 신화의 이면』, 웅동, 2004, 205~206면).

긍정으로 확산되었다고 할 수 있다.

3) 자유를 향한 '온몸'의 이행

김수영 시에서의 '자유'는 굉장히 복잡한 양상을 띤다. 그것은 여러 시에서 정치적인 의미 영역뿐만 아니라 정신적인 의미 영역에 걸쳐 있으며, 상당히 구체적인 의미로 드러났다가 개인적이고 추상적인 의미로 돌아서기도 하기 때문이다. 그럼에도 김수영의 시에서 '자유'를 빠뜨릴 수 없는 것은, 그의 시세계 전역에 걸쳐 그것이 핵심적 의미로 작용할 뿐만 아니라 그가 시를 통해 실현하려는 삶의 본질 가운데 하나였기 때문이다. 그러면서 그 '자유'는 따로 존재하기보다는 그의 시를 이루는 여러 요소나 의미망과 연계되어 김수영 고유의 시세계를 형성하고 있다.

1955년에 쓰인 「헬리콥터」는 현실에서의 고통을 초월하려는 모습을 보여주는데, 이 시에서 나타나는 '자유'는 "사람이란 사람이 모두 苦悶하고 있는/어두운 大地를 離陸하"려 한다는 의미에서의 '자유'이다. 즉, 방향이 명확히 제시되지 않은 채 주체가 현실의 어려움에서 벗어난다는 의미만 지니고 있으므로 그 '자유'에의 갈망은 전후의 참담한 생활상을 반영하지만 '자유'의 의미가 개인적인 범주에서 맴돌고 있거나 굉장히 추상화되어 있다. 그 후 「바뀌어진 지평선地平線」을 기점으로 시인의 일상에 대한 관심이 고조되고 결정적으로 4·19혁명을 계기로 김수영 시에서의 '자유'의 의미가 커다란 변화를 겪게 된다.

푸른 하늘을 制壓하는
노고지리가 自由로왔다고
부러워하던
어느 詩人의 말은 修正되어야 한다

自由를 위해서
飛翔하여본 일이 있는
사람이면 알지
노고지리가
무엇을 보고
노래하는가를
어째서 自由에는
피의 냄새가 섞여있는가를
革命은
왜 고독한 것인가를

革命은
왜 고독해야 하는 것인가를

—「푸른 하늘을」

혁명의 열기가 채 가시기 전인 1960년 6월 15일에 쓰인 이 시는 '자유'의 의미가 비교적 명확하게 드러난 시이다. 1연의 강한 언사는 기존의 관념을 뒤엎으려는 시도가 드러난 부분이다. 즉 노고지리가 하늘을 날아다니는, '실현된' 자연현상으로서의 '자유'의 의미를 전복하면서 2연에서는 거기에 '실현해야 할' 사회현상으로서의 '자유'의 의미가 개진된다. 인간의 '자유'는 그냥 얻어지는 것이 아니라 '피의 냄새'로 표현된 희생에 의해 획득된다는 것인데 거기에 '고독'이 덧붙으면서 '자유'의 의미가 더욱 굴절된다. 여기서의 '고독'은 이미 정서적 · 감정적 차원의 심리상태가 아니다. 말하자면 그것은 현실을 '온몸'으로 뚫고 나아가는 시인의 '고독'이다. 그것은 노래하거나 서술하는 '자유'가 아닌 절규하고 이행하는 '자유'를 위해 짊어져야 할 '고독'이다. 김수영이 「시詩여, 침을 뱉어라」에서 역설한 자유, 즉 "자유의 이행에는 전후좌우의 설명이 필요없다. 그것은 援軍이다. 원군은 비겁하다. 자유는 고독한 것이다. 그처럼, 시는 고독하고 장엄한 것이다"[9] 라고 말할 때의 '고독'이 바로 그것이다.

그러므로 여기서의 '자유'는 혁명 직후의 현실에 대한 발언으로서의 정치적인 의미를 포함하여 사회현실적인 의미가 가장 강하지만, 시인으로서의 자의식과 결부되어 예술적 의미의 '자유'도 일정 부분 들어 있다고 보는 것이 옳을 것이다. 왜냐하면 김수영은 현실에 대해 시인으로서 시를 떠나 발언하지 않았으며 시가 정신적인 영역에 걸쳐 있다고 할 때 그것이 단순히 당대의 현상에 대한 발언에만 그치지는 않기 때문이다. 더군다나 이 시에서 여느 시인의 자연현상에 대한 완상玩賞과, 시적 자아의 '자유'의 대가이자 실현 과정으로서의 희생과 '고독'의 절규가 대비된 것으로 볼 때, 여기서의 '자유'는 시의 실현과도 무관하지 않기 때문이다.

한편, 4 · 19혁명이 바른 방향으로 전개되지 못하는 가운데 시

9) 김수영, 「시여, 침을 뱉어라」, 『전집』 2, 401면.

인은 절망하게 되고 다시 온갖 시련에 맞서는 자기단련을 통해 '자유'의 의미는 또 다른 변화 과정을 겪게 된다. 이러한 과정은 '몸'을 통해 진행되며 그것은 육체와 정신이 결합된 새로운 의미로 재생된다.

먼 곳에서부터
먼 곳으로
다시 몸이 아프다

조용한 봄에서부터
조용한 봄으로
다시 내 몸이 아프다

여자에게서부터
여자에게로

능금꽃으로부터
능금꽃으로 ……

나도 모르는 사이에
내 몸이 아프다

—「먼 곳에서부터」

아픈 몸이
아프지 않을 때까지 가자
골목을 돌아서
베레帽는 썼지만

또 골목을 돌아서
신이 찢어지고
온 몸에서 피는
빠르지도 더디지도 않게 흐르는데
또 골목을 돌아서
추위에 온 몸이
돌같이 감각을 잃어도
또 골목을 돌아서

아픔이
아프지 않을 때는
그 무수한 골목이 없어질 때

(이제부터는
즐거운 골목
그 골목이
나를 돌리라
―아니 돌다 말리라)

아픈 몸이
아프지 않을 때까지 가자
나의 발은 絶望의 소리
저 말[馬]도 絶望의 소리
病院냄새에 休息을 얻는
소년의 흰 볼처럼
敎會여
이제는 나의 이 늙지도 젊지도 않은 몸에

해묵은
1961개의
곰팡내를 풍겨 넣라
오 썩어가는 塔
나의 年齡
혹은
4294알의
구슬이라도 된다

아픈 몸이
아프지 않을 때까지 가자
온갖 식구와 온갖 친구와
온갖 敵들과 함께
敵들의 敵들과 함께
무수한 연습과 함께

—「아픈 몸이」

「먼 곳에서부터」에는 시적 자아가 아프다는 말만 있을 뿐 어디가 왜 아픈지에 대한 실마리는 전혀 없다. 거의 모든 연에 반복되는 종결 구문인 '~에서부터 ~(으)로 내 몸이 아프다'는 통사론적으로 맞지 않는 표현일뿐더러, 더구나 "먼 곳"이 매 연에서 각각 "조용한 봄", "여자", "능금꽃"으로 변화되어 전체적인 의미를 종잡기 어려워진다. 분명한 것은 여기서의 아픈 몸은 단지 신체만을 의미하는 것이 아니라 정신적인 부분까지 포괄하고 있다는 것이다. 그것은 오히려 비통사적인 구문이 시적 정황을 비상식·비현실적 상태로 뒤바꾸는 것과 아울러 매 연 머리마다 변화되는 단어들이 아픔을 주는 원인이 된다고 볼 때, 그것들이 불러일으키는 추상적인 내용이 현실적인 영역보다 정신적인 영역에서 기인한다는 것이 더 적절해 보이기 때문이다.

그런 의미에서 「아픈 몸이」에서의 '아픈 몸'도 육체와 정신의 결합적인 의미를 갖는데, 역시 매 연마다 반복되는 "아픈 몸이/아프지 않을 때까지 가자"는 표현은 "신이 찢어지고" "추위에 온 몸이/돌같이 감각을 잃"는 고통스러운 상황을 있는 그대로 감내하되 그것을 초극하려는 의지를 보여준다. 여기서 시적 자아가 가자고 하는 공간은 '골목'이다. 1연에만 "또 골목을 돌아서"가 세 번 거듭될 만큼 '골목'을 가는 행위가 지속적이면서 의지적으로 표현되었는데, 2연에서 "아픔이/아프지 않을 때"가 바로 "그 무수한 골목이 없어질 때"라고 언급하고 있다. 즉 '골목'은 시적 자아가 초극을 행하는 장소이지만 고통이 극복되었을 때는 3연과 같이 "즐거운 골목"으로 화하며, 행위의 주체가 뒤바뀌어 '골목'이 시적 자아를 도는 상태가 되면서, 또한 "~아니 돌다 말리라"라는 앞 소절에 대한 번복으로 이어진다. 이러한 지속적인 초극의 과정, 부정적 상황의 역전과 그것에 대한 거듭된 부정은 절망적이고 험난한 시기에 처한 시적 자아의 고통스러운 자기변혁의 과정을 보여주며, 절망을 딛고 나아가면서도 끝연처럼 "식구", "친구"와 "敵"들" 그리고 "敵들"과 "敵들의 敵들"로 표현된 대극對極적 대상들조차 끌어안는 의식의 치열함을 드러낸다.

그렇다면 이 시에서의 고통은 어디에서 온 것인가. 「먼 곳에서부터」에서는 일견 고통이 아주 개인적인 이유에서 비롯되었으리라는 추측을 불러일으킨다. "먼 곳", "조용한 봄", "여자", "능금

꽃"에서 고통에 대한 어떤 사회적인 연원을 찾아볼 수는 없기 때문이다. 그러나 이 시가 혁명 직후인 1961년에 쓰였고 바로 앞 시기에 쓰인, 혁명의 절망에서 비롯된 내면적 침잠이 엿보이는 '신귀거래新歸去來' 연작에서도 사회적 관심과 부정의식이 전제되고 있었다는 점으로 미루어 보면, 이 시가 쓰인 까닭이 단순히 개인적 사정에 의해서만 추동된 것은 아니다. 그리고 「아픈 몸이」와의 시기적·내용적 연관성으로 볼 때 이 시의 시적 자아의 고통도 사회현실로부터 온 것이라 할 수 있다.

이렇게 볼 때 여기서의 '몸'은 육체와 정신의 결합체이면서 사회적인 문제를 감내하면서 자기변혁을 수행하는 주체에 해당된다고 할 수 있다. 물론 여기에는 시인으로서의 정체성이 담겨져 있으며 그러한 변혁도 결국 시를 통해 이루어진다는 데 특징이 있다.

「시여, 침을 뱉어라」는 비로소 '몸'이 '온몸'으로 진화하는 과정과 '온몸'의 이행이 갖는 의미를 밝혀 준다.

> 똑같은 말을 되풀이하는 것이 되지만, 시를 쓴다는 것이 무엇인지를 알면 다음 시를 못 쓰게 된다. 다음 시를 쓰기 위해서는 여태까지의 시에 대한 사변(思辨)을 모조리 파산(破算)을 시켜야 한다. 혹은 파산을 시켰다고 생각해야 한다. 말을 바꾸어 하자면, 시작(詩作)은 '머리'로 하는 것이 아니고 '심장'으로 하는 것도 아니고 '몸'으로 하는 것이다. '온몸'으로 밀고 나가는 것이다. 정확하게 말하자면, 온몸으로 동시에 밀고 나가는 것이다.
>
> 그러면 온몸으로 동시에 무엇을 밀고 나가는가. 그러나—나의 모호성을 용서해준다면—'무엇을'의 대답은 '동시에'의 안에 이미 포함되

어 있다고 생각된다. 즉, 온몸으로 동시에 온몸을 밀고 나가는 것이 되고, 이 말은 곧 온몸으로 바로 온몸을 밀고나가는 것이 된다. 그런데 시의 사변에서 볼 때, 이러한 온몸에 의한 온몸의 이행이 사랑이라는 것을 알게 되고, 그것이 바로 시의 형식이라는 것을 알게 된다.[10)]

한 문단에 여러 문장이 연결되어 있지만 이 글의 문장들 사이에는 많은 비약이 존재한다. 일단, 시를 쓴다는 것은 "여직까지의 시에 대한 思辨을 모조리 파산"시킨 후에 가능하다는 말은 어디까지나 '새로움'을 전제한 말이다. 진정한 시란 새롭지 않으면 안 된다는 말이고, 그러기 위해선 기존의 시의 개념을 깨뜨려야 한다는 말이다. 그것은 인용문 뒤에 이어지는 "중요한 것은 詩의 예술성이 무의식적이라는 것이다. 시인은 자기가 시인이라는 것을 모른다. 자기가 시의 기교에 정통하고 있다는 것을 모른다"는 진술과 연관될 때 대치되는 것처럼 보이지만, 그 말은 그만큼 새로운 시를 쓰기 위해 어느 것에도 기대지 말고 과감히 온 존재를 던지라는 말과 같다. 그렇기 때문에 시작詩作은 이성이나 감성으로 각각 거칠게 대변할 수 있는 '머리'나 '심장'으로 하는 것이 아니라 '온몸'으로 밀고 나가는 것이라 말한 것이다. 여기서 '온몸'은 육체와 정신을 아우르는 총체적 의미에서의 '전 존재'에 해당하는 말이다. 그렇기 때문에 "온몸으로 동시에 밀고 나간다"는 말속엔 이미 "온몸을"이라는 목적어가 포함된 것이고 이로써 '온몸'은 세계 앞에 선 시인으로서의 실존적 가치와 신념을 포괄한다.

그런데 앞서 「현대식現代式 교량橋梁」과 「사랑의 변주곡變奏曲」에

10) 위의 글, 398면.

서 확인할 수 있는 것과 같이, 김수영 시에서의 '사랑'은 대별적 경계를 끝없이 허무는 행위이고 그 안에서 부정과 긍정, 형식과 내용, 육체와 정신, 증오와 자비, 참여시와 순수시 같은 상대적 개념들의 경계가 소멸되어 통하는 순간이다. 따라서 '온몸'의 이행도 결국 이러한 온갖 틀을 허물면서 나아가는 것이기에 '사랑'의 경지와 부합되고, 결국 "온몸에 의한 온몸의 이행이 사랑"이라는 등식이 성립된다. 시인으로서의 끝없는 도전은 상대적으로 '자유'가 억압당하는 현실에서는 '자유'를 쟁취하기 위한 몸부림으로 이어진다.

> 현대에 있어서는 시뿐만이 아니라 소설까지도 모험의 발견으로서 자기형성의 차원에서 그의 '새로움'을 제시하는 것이 문학자의 의무로 되어 있다. 지극히 오해를 받을 우려가 있는 말이지만 나는 소설을 쓰는 마음으로 시를 쓰고 있다. 그만큼 많은 산문을 도입하고 있고 내용의 면에서 완전한 자유를 누리고 있다. 그러면서도 자유가 없다. 너무나 많은 자유가 있고, 너무나 많은 자유가 없다. 그런데 여기에서 또 똑같은 말을 되풀이하게 되지만, '내용의 면에서 완전한 자유를 누리고 있다'는 말은 사실은 '내용'이 하는 말이 아니라 형식이 하는 혼잣말이다. 이 말은 밖에 대고 해서는 아니될 말이다. '내용'은 언제나 밖에다 대고 '너무나 많은 자유가 없다'는 말을 해야 한다. 그래야지만 '너무나 많은 자유가 있다'는 '형식'을 정복할 수 있고, 그때에 비로소 하나의 작품이 간신히 성립된다. '내용'은 언제나 밖에다 대고 '너무나 많은 자유가 없다'는 말을 계속해서 지껄여야 한다. 이것을 계속해서 지껄이는 것이 이를테면 38선을 뚫는 길인 것이다. 낙숫물로 바위를 뚫을 수 있듯이, 이런 시인의 헛소리가 헛소리가 아닐 때가 온다. 헛소리다! 헛소리다! 헛소리다! 하고 외우다 보니 헛소리가 참말이 될 때의 경이. 그것이 나

무아미타불의 기적이고 시의 기적이다. 이런 기적이 한 편의 시를 이루고, 그러한 시의 축적이 진정한 민족의 역사의 기점(起點)이 된다. 나는 그런 의미에서는 참여시의 효용성을 신용하는 사람의 한 사람이다.[11]

위의 글에서 볼 수 있는 것과 같이 시인이 말하는 '자유'는 상대적인 의미에서의 자유다. 그것은 어디까지나 현실에서 '절대적 자유'란 존재하지 않기 때문이기도 하다. 형식은 밖에다 대고 '너무나 많은 자유가 있다'고 하지만 내용은 '너무나 많은 자유가 없다'고 외쳐야만 비로소 작품 하나가 완성될 수 있다는 것은, 내용과 형식이 편의상 구분된 개념일뿐더러 그것들이 팽팽한 긴장관계를 이루지 않으면 한 편의 작품이 살아 있는 육성으로 존재할 수 없기 때문이다. 이런 헛소리와 같은 시가 낙숫물이 되어 바위를 뚫는다는 말이나 38선을 뚫는다는 말도 얼핏 보면 비약 같지만 이는 시의 존재 의의를 잘 드러낸 진술로, 아주 무용할 것 같은, "모기소리보다 더 작은 목소리"[12]의 시가 결국 거대한 현실을 변혁할 수 있다는 신념이 담겨 있다. 마찬가지로 "그러한 시의 축적이 진정한 민족의 역사적 기점이 된다"는 위의 진술도 김수영의 시와 역사와의 관계에 대한 인식을 대변해주는 말이다.

결국 김수영은 자유를 향한 '온몸'의 이행을 통해 현실의 문제는 물론 역사를 바꾸는 거대한 시도에 동참한 것이고, 이로써 그의 시는 초월적 세계를 지나 현실지향성의 의미를 갖는다.

11) 위의 글, 400면.
12) 위의 글, 403면

2. 신동엽–'알맹이'의 추구, 현실에 대한 시적 성찰

1) 억압과 '하늘'의 초월 구조

신동엽에게 당대 현실은 반드시 뒤바뀌어야 할 만큼 부조리하고 왜곡되었으며 깊은 고통을 안겨 주는 대상이었다. "변한 것은 없었다./李朝 오백년은 끝나지 않았다"(「鐘路五街」)와 같은 현실에 대한 탄식은 일제 강점기와 광복, 전쟁을 거쳐 공화제를 유지하던 당대에도 억압적인 풍토들이 그대로 유지된 채 민중들의 삶이 도탄에 빠져 있다는 인식을 단적으로 보여주는 대목이다. 신동엽은 농촌사회의 몰락상과 도시 빈민의 참상을 지켜보며 부패한 정권과 관리들에 대한 부정의식을 키웠는데, 피폐한 현실에 대한 그의 분명한 인식은 미래의 또 다른 세계에 대한 전망을 가능하게 해주었다.

「주린 땅의 지도원리指導原理」와 『금강』 6장에는 억압적인 현실에 대한 시인의 시각이 드러나 있다.

> 봄이 가고 여름이 오면 부황 든 보리죽
> 툇마루 아래 빈 토끼집엔, 어린 동생
> 머리 쥐어 뜯으며
> 쓰러져 있었다.
>
> 善民들은 밀밭가에 쫓겨있는 土墳
> 祖國위를 쉬임없이 궂은비는 나리고.

(…중략…)

오늘도 光化門 앞 마당
高等食을 배 불린 海外族의
마이크 演說.

蒙古에의 女貢도, 淸朝에의 大拜도
空港으로 集結된
새 時代의 封建領主.

—「주린 땅의 指導原理」 부분

눈먼
백성들이여,
가도 가도
끝이 없을
눈먼 행렬이여,

오늘의 하늘 아래
半島에 도사리고 있는
큰 마리낙지, 작은 마리낙지,
새끼 거머리들이여.

눈도 코도 없이
벌거벗고 대낮 거리에 나온
화냥년들과 놀아나는
부잣나라 지키는 문지기들이여.

갈라진 조국.
강요된 分斷線.
우리끼리 익고 싶은 밥에
누군가 쇠가루를 뿌려놓은 것 같구나.
너와 나를 反目케 하고
개별적으로 뜯어가기 위해
누군가가 우리의 세상에
쇠가루 뿌려놓은 것 같구나.

—『금강』 6장 부분

「주린 땅의 지도원리(指導原理)」에선 배고픔에 쓰러진 어린 동생의 모습을 통해 농촌의 궁핍한 상황이 드러나는 한편 선량한 농민들이 밀밭가로 밀려난 "土墳"으로 묘사되어 그 참상이 극단에 이르렀음이 나타난다. 그렇게 "궂은 비"가 내리는 조국의 한 편에서 감언이설로 국민을 속이고 권좌에 올라 사리사욕을 챙기고, 주체성을 저버린 채 강대국에 굴복하면서 이 땅의 재화를 밖으로 빼돌리는 부정한 권력에 대해 비판이 이어지고 있다. 이러한 사대주의적 상황이 "蒙古에의 女貢", "淸朝에의 大拜"와 같이 과거 역사적 상황과 결부됨으로써 "새 時代의 封建領主"라 빗대어진, 부정한 권력이 판치는 당대의 암울한 현실이 명료해진다.

『금강』 6장에도 큰 마리낙지, 작은 마리낙지, 새끼 거머리 등으로 비유된 권력자, 하급관리들에게 망연히 착취만 당하는 민중의 모습이 나타나 있는데, 권력을 쥔 자들은 다른 나라를 지켜준다는 명목으로 제 힘만 키우고 있다. 결국 분단도 이들 외세에 의해 강요된 것이며 이들은 한 민족을 둘로 나누어 서로 반목케 하고 양쪽에서 이익을 취하려는 간계를 부리고 있다는 사실이 이 시를 통해 거듭 밝혀지고 있다.

이러한 민중의 강요된 궁핍과 더불어 끊임없는 억압은 또 다른 세계에 대한 갈망으로 분출되면서 그것은 '하늘'에 대한 집착으로 나아간다.

누가 하늘을 보았다 하는가
누가 구름 한 송이 없이 맑은
하늘을 보았다 하는가.

네가 본 건, 먹구름
그걸 하늘로 알고
一生을 살아갔다.

네가 본 건, 지붕 덮은
쇠 항아리,
그걸 하늘로 알고
일생을 살아갔다.

닦아라, 사람들아
네 마음속 구름
찢어라, 사람들아,
네 머리 덮은 쇠 항아리.

아침 저녁
네 마음속 구름을 닦고

티 없이 맑은 永遠의 하늘
볼 수 있는 사람은

畏敬을
알리라

아침 저녁
네 머리 위 쇠항아릴 찢고
티 없이 맑은 久遠의 하늘
마실 수 있는 사람은

憐憫을
알리라
차마 삼가서
발걸음도 조심
마음 아모리며.

서럽게
아 엄숙한 세상을
서럽게
눈물 흘려

살아 가리라
누가 하늘을 보았다 하는가,
누가 구름 한 자락 없이 맑은
하늘을 보았다 하는가.

—「누가 하늘을 보았다 하는가」

이 시는 시인이 타계하던 해에 발표된 작품으로, 시적 자아가 지향하는 '하늘'의 의미를 조금이나마 가늠해볼 수 있다. 시의 초두는 우리가 보았던 '하늘'이 결코 '하늘'이 아니었다는, 아무도 그것을 보지 못하였다는 부정으로 시작된다. 우리가 '하늘'이라고 생각했던 대상이 종국엔 "먹구름" 혹은 "지붕 덮은 쇠 항아리"였으며, 그러한 교착된 왜곡상태가 "一生" 동안 지속됐다는 것은 우리를 짓누르는 현실의 억압이 그만큼 거대하고 공고했다는 것을 보여주는 동시에, 우리가 우리를 짓누르는 억압에 대해 얼마만큼 무지했으며 순응적으로만 살아 왔는지 깨닫게 한다. 도치구문으로 구성된 4연의 강렬한 외침은 이 시의 초점을 이루면서 우리가 현실 속에서 항거해야 할 것이 무엇인지를 드러낸다.

"네 마음속 구름"과 "네 머리 덮은 쇠 항아리"로 표현된 척결의 대상은 '하늘'을 가리는 방해물이면서 우리에게 굴욕적인 삶을 강요하는 압제적 의미의 사물들이다. 그런데 특이한 것은 "쇠 항아리"는 머리를 덮고 있지만 "구름"은 마음속에 드리워져 있다. 다시 말해 이는 우리들의 마음의 상태가 중요하다는 것을 암시한다. 그것은 실천을 통한 현실적인 항거라기보다 우리 내면 안에서의 낡은 의식의 철폐라든가 정의에 대한 신념의 강화와 같은 의식의 쇄신을 의미한다고 볼 수 있다. 그러므로 '하늘'의 의미도 단지 외적인 상태보다는 내적인 상태와 깊이 연관될 공산이 크다. 더군다나, 아침저녁으로 "마음속 구름을 닦고" "머리 위 쇠항아릴 찢"고 티 없이 맑은 "永遠"과 久遠"의 '하늘'을 만날 수 있는 사람은 "敬畏"와 "憐憫"을 알 것이라고 표현되어 있는 시행을 고려해보면 '하늘'의 의미는 더욱 추상적인 성향을 띤다. "敬畏"와

“憐憫”은 아주 다른 개념이지만 “敬畏”가 ‘하늘’을 향한 시적 자아의 태도라면, “憐憫”은 인간사에 대한 시적 자아의 태도라고 보면 자연스러울 것이다. “엄숙한 세상”을 서럽게 살아간다는 것은 인간사에 대한 공감과 억압받는 사람들에 대한 동조의 행위로 볼 수 있다. 그런데 여기서 ‘영원(구원)의 하늘’에서의 ‘영원(구원)’은 단지 하늘의 아득하면서도 변함없는 속성만을 뜻하는 것이 아니라, 심원한 정신적 경지를 의미한다고 보아야 적당할 것이다. 그래야만 ‘마음속의 구름’과 더욱 적합한 연관을 맺을 수 있기 때문이다. 문제는 그 정신적 경지가 종교적 차원과 역사적 차원에 걸쳐 있다는 것이다.

> 석가 죽은지 이미 3천년
> 노자 죽은지 이미 2천수백년
>
> 그분들은 하늘을 보았지만
> 그분들만 보았을 뿐
>
> 30억의 창생은
> 아직도 하늘을 보지 못한게 아니오?
> 아직도 구제되지 못한게 아니오?
>
> —『금강』 16장 부분

전봉준이 신하늬에게 말을 건네는 이 부분에서는 석가와 노자의 언급을 통해 종교적 의미의 해탈이나 득도가 ‘하늘’을 보는 경지와 동일시되고 있다. 반면에 그러한 종교적 경지에 이르지 못한 '창생'은 구제되지 못한 것이고 결국 '하늘'을 보지 못한 격이 된다. 물론 두 사람의 대화는 불교 및 도교와 구별되는 민중 철학으로서의 동학의 지표를 내세우기 위한 것이지만, 이는 종교적 의미의 깨달음이 '하늘'과 연관되어 있다는 것을 알려준다. 또한 아래의 시에서는 '하늘'이 종교적 경지뿐만 아니라 역사적 상황과도 맞물려 있다.

> 修道 길.
> 터지는 입술
> 갈라지는 발바닥
> 헤어진 무릎.
>
> 20년을 걸으면서,
> 水雲은 보았다.
> 八道江山 딩군 굶주림
> 학대,
> 질병,
> 兩班에게 소처럼 끌려다니는 農奴.
> 학정
> 뼈만 앙상한 李王家의 夕陽.
>
> 2천년 전
> 불비 쏟아지는 이스라엘 땅에선
> 先知者 하나이 나타나
> 여문 과일 한가운델
> 왜 못박히었을까.

3천년 전
히말라야 기슭
보리수나무 투명한 잎사귀 그늘 아래에선
너무 일찍 핀
人類花 한 송이가
서러워하고 있었다.

1860년 4월 5일
기름 흐르는 신록의 감나무 그늘 아래서
水雲은,
하늘을 봤다.
바위 찍은 감격, 永遠의
빛나는 하늘.

—『금강』 2장 부분

우리들은 하늘을 봤다
1960년 4월
歷史를 짓눌던, 검은 구름장을 찢고
永遠의 얼굴을 보았다.

잠깐 빛났던,
당신의 얼굴은
우리들의 깊은
가슴이었다.

하늘 물 한아름 떠다,
1919년 우리는

우리 얼굴 닦아놓았다.

1894년쯤엔,
돌에도 나무등걸에도
당신의 얼굴은 전체가 하늘이었다.

하늘,
잠깐 빛났던 당신은 금세 가리워졌지만
꽃들은 해마다
江山을 채웠다.
太陽과 秋收와 戀愛와 勞動.

—『금강』 서화 2절 부분

『금강』 2장은 최제우가 수도를 위해 헐벗은 채 전국을 돌아다니면서 조선 말의 억압적인 사회를 바라보는 장면으로 시작된다. 최제우가 굶주림과 질병으로 고통 받는 민중을 발견하고 그것이 부정한 관리들의 학정과 왕가의 무능에서 비롯되었음을 깨달으면서 민족철학으로서의 동학을 세우려는 과정이 나와 있다. 이는 이천 년 전 이스라엘에서 예수가 나와 인간을 위해 몸소 희생하고, 삼천 년 전 석가가 만인에게 진리를 설파하였지만, 인류는 여전히 고통에 휩싸여 있고 조선의 민중들은 도탄에서 빠져나오지 못했음을 지적한 것이며, 이들 종교가 아직 민중의 편에서 민중을 구원하지 못했다는 비판과도 연관되는 것이다. 이어지는 연에서 1860년 4월 5일 최제우의 천주와의 교감을 통한 영적 체험이 "바위 찍은 감격, 永遠의 / 빛나는 하늘"을 본 것으로 표현되었다.

따라서 '하늘'을 본다는 것은 종교·철학적 각성의 순간을 맞이했다는 것이며, 여기서 '하늘'은 진리나 진실의 근사치에 해당하는 의미를 가질 것이다.

그에 비해 『금강』 서화 2절에 나타나는 '하늘'은 조금 다른 의미를 가진다. 그것은 여기서 '얼굴'과 비슷한 비유적 의미로 쓰이고 있다.[13] 여기서는 4·19혁명의 체험이 "역사를 짓눌던, 검은 구름장을 찢고/永遠의 얼굴을 보았다"라고 표현되어 있으며, 3·1운동은 "하늘 물 한아름 떠다" "우리 얼굴 닦아놓았다"로, 동학농민전쟁은 "돌에도 나무등걸에도/당신의 얼굴은 전체가 하늘이었다"라고 표현되었다. 그 억압적 상황에서의 '얼굴'의 현시는 정치적 변혁에 대한 벅찬 감격과 함께 역사에 대한 깊은 깨달음을 의미하는 것이다. 그 깨달음은 나약하고 어리석게만 여겨졌던 백성들이 사실은 역사를 뒤바꾸는 힘을 가진 민중이었으며, 이러한 민중에 대한 긍정이 미래에 대한 올바른 전망을 가능하게 해주리라는 확신과도 통한다. 역사의 변혁에 대한 감격의 순간이 잊혀지더라도 "太陽"과 연결되는 "秋收와 戀愛와 勞動"으로 행위화된 그 정신과 혼이 꽃들로 피어나 해마다 강산을 채웠다는

13) 『금강』에 드러나는 '하늘'은 2장과 3장을 연결하는 고리 역할을 하는데 서화 2절에서 '하늘'이 '얼굴'과 동일시되는 것과 비슷하게 3장에서는 '하늘'이 '눈동자'로 변형되어 표현되었다. 그 부분은 『금강』의 다른 일부분이 그러하듯 「빛나는 눈동자」라는 하나의 독립된 시로도 존재한다. '하늘'과 동일한 의미를 갖는 '눈동자'와 관련하여 다음과 같은 시행들이 발견된다. "너의 빛나는 / 그 눈이 말하는 것은 / 子時다, 새벽이다. / 昇天이다.", "이승을 담아버린 / 그리고 이승을 뚫어버린 / 오, 인간 정신 美의 / 至高한 빛"과 같은 시행을 보면 '눈동자'가 천상적 가치를 지니거나 정신의 가장 아름다운 가치를 지닌 것으로 표현되었다. 이를 볼 때 '하늘'도 이와 같은 의미를 함께 가진다고 볼 수 있다.

표현에서 민중에 대한 긍정이 확연히 드러난다. 그렇다면 '하늘'은 역사가 새롭게 열리는 순간이면서 역사적 각성에 대한 형상화라고 볼 수 있다. 위에 인용된 『금강』 두 부분에 나타난 '하늘'에 대한 고찰로 본다면 '하늘'이 종교·철학적 깨달음의 순간을 그리든 역사적 변혁의 환희를 나타내든 이들 모두 민중과 관련된 사항에 해당된다. 마치 '인내천人乃天'사상을 드러내듯 '하늘'은 인간적 속성, 곧 민중에 대한 깨달음과 긍정 속에서 그 의미 영역이 형성되고 있다. 그럼에도 '하늘'이 지닌 관념적이고 추상적인 의미에 탈현실적인 측면까지 고려한다면 그것은 다분히 초월적 구조를 형성시키는 대상에 해당된다.

2) 역사의 발견과 민중의 인식

6·25전쟁과 4·19혁명은 광복 후 우리나라 전반에 걸쳐 커다란 영향을 끼친 역사적 사건으로, 신동엽은 두 사건을 통해 의식의 각성을 맞이했다. 6·25전쟁은 단순히 한 민족의 서로 다른 두 세력의 다툼이 아닌 국제적인 이데올로기 각축장으로서의 미소 양대국의 대리전 양상을 띤다. 전쟁을 계기로 남과 북의 대립은 고착화되어 갔으며, 남한은 반공 이데올로기로 방패삼은 독재체제가 부정을 일삼으며 권력을 공고히 하는 한편 가혹하게 민중을 탄압했다. 4·19혁명은 부패한 정권에 대한 민중의 분노가 폭발하여 일어난 항쟁으로, 정의를 향한 인간의 뜨거운 정신이 역사적 흐름으로 분출된 사건이다.

이 두 사건은 한국 현대사에서 가장 중요한 사건으로 신동엽의 시세계는 이러한 역사적 격동기를 직접 체험하면서 이루어졌다. 6·25전쟁을 통해 신동엽은 현대 물질문명과 침략적 외세에 대한 비판적 인식을 획득하였으며, 4·19혁명의 회오리 속에서 부패한 정부는 물론 일체의 압제적 권력에 대한 실천적 부정을 수행하였다. 그런 가운데 그가 획득한 역사 인식은, 원인과 과정은 각기 상이하지만 당대의 일과 과거의 일이 면밀하게 엮여 추동된다는 것이다. 그런 인식은 정의에 대한 굳은 신념, 즉 진실된 힘은 결코 사라지지 않고 시간의 한계를 넘어 기필코 실현된다는 믿음으로 나타난다.

「산山에 언덕에」는 정의를 위해 몸을 바쳐 산화散華한 영혼들이 온 강산에 다시 현현한다는 내용의 서정적인 시이다.

그리운 그의 얼굴 다시 찾을 수 없어도
화사한 그의 꽃
山에 언덕에 피어날지어이.

그리운 그의 노래 다시 들을 수 없어도
맑은 그 숨결
들에 숲 속에 살아갈지어이.

쓸쓸한 마음으로 들길 더듬는 行人아.

눈길 비었거든 바람 담을지네
바람 비었거든 人情 담을지네.

그리운 그의 모습 다시 찾을 수 없어도
울고 간 그의 영혼
들에 언덕에 피어날지어이.

—「山에 언덕에」

1963년 시집 『아사녀阿斯女』에 수록된 이 시는 동양적인 기승전결의 구조로 이루어졌다. 그런데 시상 전개과정이 변화감을 갖기보다는 완만한 반복 구문으로 인해 정서적 회감回感에 치우쳐 있다. 게다가 "피어날지어이", "살아갈지어이" 같은 서술어 형태가 길게 끄는 호흡을 통해 아득한 여운을 주는 리듬으로 작용하면서 그리움의 정서가 한결 깊어지고 있다. 즉 이 시는 지상에 존재하지 않는 어떤 그리운 대상이 "화사한 그의 꽃", "맑은 그 숨결"로 다시 되돌아와 "山에 언덕에"로 표상된 도처의 자연 속에 살아난다는 내용이 주를 이루고 있다. 이렇게 단순한 내용이지만 이 시에는 삶과 죽음이 교차되어 있으며 죽음을 넘어선 실존적 환생이 그려져 있다. 시상 전환에 해당되는 3연과 4연이 나머지 연들과 서술어의 어미 부분에서 조화를 깨뜨리면서 "눈길"과 "바람"과 "人情"과 같은 상으로 느슨하게 연쇄적으로 이어지지만 그것조차 이 시의 전체적인 정조를 크게 훼손하는 것은 아니다. 그나마 '그'의 존재에 대한 시적 자아의 정서가 새롭게 드러나는 부분이 이 시의 마지막 연이다. "울고 간 그의 영혼"은 무언가를 위해 싸우다 장렬하게 죽어 간 사람들을 환기시킨다. 이 시가 실린 시집이 1963년에 출간되었다는 사실과, 그의 시에 반복적으로 나타나는 표현에 기대어 본다면[14] 그 "영혼"은 4·19혁명 때 죽은 시위대의 일원으로 보는 것이 한층 자연스럽다. 이 시에는 역사 속에 묻힌 이름 없는 사람들이 아주 사라지는 것이 아니라 살아남은 사람들의 마음속에서 그리운 대상으로 남아 언제나 새로운 정신으로 다시 태어난다는 역사적 인식이 발현된 것으로 볼 수 있다.

「산山에 언덕에」가 서정적으로 불멸의 영혼을 노래하고 있다면 아래의 시들은 정의를 향한 불굴의 정신을 드러나고 있다. 또한 이 시들을 통해 신동엽의 역사 인식이 공고하게 형성되는 과정을 엿볼 수 있다.

죽지 않고 살아있었구나
우리들의 피는 大地와 함께 숨쉬고
우리들의 눈동자는 江물과 함께 빛나 있었구나.

四月十九日, 그것은 우리들의 祖上이 우랄高原에서 풀을 뜯으며 陽달진 東南亞 하늘 고흔 半島에 移住오던 그날부터 三韓으로 百濟로 高麗로 흐르던 江물, 아름다운 치마자락 매듭 고흔 흰 허리들의 줄기가 三·一의 하늘로 솟았다가 또 다시 오늘 우리들의 눈앞에 솟구쳐 오른 阿斯達 阿斯女의 몸부림, 빛나는 앙가슴과 물구비의 燦爛한 反抗이었다.

—「阿斯女」 부분

14) 「진달래 山川」에서는 "뼛섬은 썩어 꽃죽 널리도록"과 같이 새 세상을 만들려고 싸우다 죽은 사람들이 꽃으로 화한다는 표현이 있으며, 『금강』 20장에는 우금치 전투 묘사에서 농민군이 장렬하게 전사하는 모습이 "꽃이 지듯/말 없는 어둠으로/수백명씩/만세를 부르며" 뛰어드는 것으로 나타났다. 또 사지로 돌진하는 농민군을 "깊은 하늘,/용광로 불길 속에/四方, 八方에서/무수히 던져지는/저 꽃다발"로 표현되었다.

1894년 3월
우리는
우리의, 가슴 처음
만져보고, 그 힘에
놀라,
몸뚱이, 알맹이채 발라,
내던졌느니라.
많은 피 흘렸느니라.

1919년 3월
우리는
우리 가슴 성장하고 있음 증명하기 위하여
팔을 걷고, 얼굴
닦아보았느니라.
덜 많은 피 흘렸느니라.

1960년 4월
우리는
우리 넘치는 가슴덩이 흔들어
우리의 歷史밭
쟁취했느니라.
적은 피 보았느니라.
왜였을까, 그리고 놓쳤느니라.

그러나
이제 오리라,
갈고 다듬은 우리들의

푸담한 슬기와 慈悲가
피 한 방울 흘리지 않고
우리 세상 쟁취해서
半島 하늘높이 나부낄 평화,
낙지발에 빼앗김 없이,

우리 사랑밭에
우리 두렛마을 심을, 아
찬란한 혁명의 날은
오리라,

겨울 속에서
봄이 싹트듯
우리 마음 속에서
戀情이 잉태되듯
조국의 가슴마다에서,
혁명, 噴水 뿜을 날은
오리라.

—『금강』 후화 2 부분

「아사녀阿斯女」에는 정의로운 불멸의 정신이 "大地"와 "江물"에 숨 쉬고, 빛나는 "피"와 "눈동자"로 표상되어 세월의 한계를 넘어서는 모습이 그려져 있다. 죽음을 뚫고 일어선 그 정신은 우리 조상이 중앙아시아에서 한반도로 온 아주 오랜 옛날부터 전해져 삼한·백제·고려를 거쳐 3·1운동 때 분출되었으며, 그것이 4·19혁명까지 이어졌다고 표현되어 있다. 다시 말해 4·19혁명은 우리가 새로 받아들인, 이른바 '근대의식'으로 대표되는 서구적 의미의 자유사상이나 민주주의 정신에서 온 것이라기보다 우리 민족의 피 속으로 이어져 온 정신에서 비롯되었다는 것이다. 그것은 인간을 억압하는 모든 부정한 세력에 대항하면서 인간의 존엄성을 살리는 뿌리 깊은 부정정신과 인본주의에 해당될 수 있다.

그러한 "燦爛한 反抗"은 다른 시에서도 같은 맥락으로 드러난다. 『금강』 후화 2절에는 동학농민전쟁이 실패로 끝난 것이 아니라 그때의 희생이 또 다른 민족적인 운동으로 되살아났다는 것을 명확히 하고 있다. 1894년 3월의 갑오농민전쟁이 1919년 3·1운동으로 이어지고 그것이 1960년 4월로 연결되었다는 의식은, 이러한 여러 운동이 성격은 약간씩 다르지만 모두 다 바람직한 세상을 향해 억압을 뚫고 숱한 희생을 겪으면서 이뤄 낸 민중들의 궐기였다는 점에서 민족적 정통성의 인식으로 나아간다. 특히 동학농민전쟁은 민족 최초의 반봉건·반외세 운동으로 3·1운동이나 4·19 혁명보다 더한 악조건 속에서 엄청난 희생을 치르고 일어난 항쟁이었으므로 시인은 그것에 훨씬 큰 의의가 있다고 보았다.

그 가운데 "1894년 3월 / 우리는 / 우리의, 가슴 처음 / 만져보고, 그 힘에 / 놀라,"와 같은 시행은 처음으로 역사의 힘을 느낀 시적 자아의 흥분에 찬 목소리가 빈번한 쉼표와 급박한 시행 갈림에 의해 표현된 부분이다. 스스로도 놀랄 수밖에 없는 우리의 힘은 외부에서 들어온 힘이 아니라 우리 내부에 이미 부단하게 이어져 왔지만, 언제나 잊고 지냈던 민족의 보편적인 심성이자 의식이었기 때문이다. 다시 말해 그것은 무력하여 강권에 굴종하기만 할 줄 알았던 민중 자신이야말로 역사를 만들어 갈 주체라는 깨달음을 던져 주며, 그 깨달음과 동시에 놀라움에 휩싸인 우리 자신의 모습이 시적인 열기로 되살아난 것이다. 따라서 이 시는 결국 동학농민전쟁을 통해 치르게 된 희생과 결집된 힘이 4·19혁명이라는 역사적 성취를 이루어냈으며, 앞으로의 찬란한 평화를 "피 한 방울" 없이 평화롭게 맞이하게 할 것이라는 전망도 밝혀 놓았다. 또한 평화로운 날의 도래는 "겨울 속에서 / 봄이 쌌트듯" 거스를 수 없는 자연의 순리이며 "우리 마음속에서 / 戀情이 잉태되듯" 근원적인 인간 심성의 작용이기 때문에 보편적 정당성을 띠게 된다.

이러한 역사적 전망은 희망적인 목소리로 표현되기도 한다. 가령, "그렇지요, 좀만 더 높아 보세요. 쏟아지는 햇빛 검깊은 하늘밭 부딪칠 거에요. 하면 嶺너머 들길 보세요. 전혀 잊혀진 그쪽 황무지에서 노래치며 돋아나고 있을 쌌수 좋은 둥구나무 새끼들을 발견할 거에요. 힘이 있거든 그리로 가세요. 늦지 않아요. 이슬 열린 아직 새벽 벌판이에요"(「힘이 있거든 그리로 가세요」 부분)와 같이 부드럽고 경쾌한 어조로 나타나는데, 큰 정자나무를 뜻하는 "둥구나무"를 찾아 "이슬 열린 새벽 벌판"을 걸으라는 시적 자아의 목소리는 밝은 미래를 기대하게 한다.

한편, 시인의 역사적 각성은 역사를 이끌어 가는 주체인 민중에 대한 깊은 인식으로도 연결되는데, 「발」에서는 민중에 대한 인식이 어떠한 양상으로 드러나는지 알 수 있다.

> 다들 남의 등 어깨위로 올라갔지만
> 아직 너만은 땅을 버리지 못했구나
> 넌 우리네 조국

넌 下層構造
내 恨을 실어오고 또 실어간다.

(…중략…)

일어서야지,
양말 신은 발톱 흙물 떨고 와
논밭 위 세워 논, 억지 있으면
비벼 꺼야지,
열 번 부러져도 그 사랑
발은 다시 일으켜세우기 위하여 있는 것,
발은 人類에의 길
멎고 멎음을 증명하기 위하여 있는 것,
다리는, 절름거리며 보리수 언덕 그 微笑를 찾아가려 나왔다.

다시 戰火는 가고
쓰러진 폐허
함박눈도 쏟아지는데
어데서 나왔을까, 너는 또
뚜벅뚜벅 걸어오고 있었다.

—「발」 부분

위의 시에는 민중뿐만 아니라 다양한 인간의 양태가 망라되어 있다. 당시 김수영에 의해 "사회의식과 역사의식을 가진 시로서 근래에 보기 드문 성공을 거둔 작품"[15)]이라는 찬사를 받은 이 시

15) 김수영은 「발」에 대한 찬사와 함께 '참여파'의 신진들에 대한 과오를 꼬집으면서 이 시를 예로 들고 있다. 즉 '참여파'의 신진들의 사회참여 의식이 너무나

의 끝부분에서, '발'은 민중의 삶과 전망에 대한 희망적인 대상으로 승화되고 있다. 다들 땅을 버렸지만 '발'만큼은 언제나 땅을 딛고 있다는 것은 현실을 저버리지 않았다는 것이며, 그것이 바로 현실을 살아가는 민중의 건강한 속성을 대변하는 것이다. 또한 '발'은, 선의로 가장한 불의의 세력인 "양말 신은 발톱"이 정당한 삶의 터전을 위협하는 술수를 획책하려 한다면 그것을 "비벼 꺼야"만 하는 소명을 지니고 있다. 그리하여 '발'은 어떠한 억압에도 굴복하지 않고 실패 속에서도 "그 사랑"을 "다시 일으켜 세우기 위하여 있는 것"이다. 다리(발)가 "절름거리며 보리수 언덕 그 微笑를 찾아가"는 장면은 '발'의 현실적 의미가 다소 불교적 의미로 해석될 여지가 있어 혼란스럽지만, 그것이 "人類에의 길"과 연결되어 있다는 사실로 미루어 볼 때 보편적인 의미로서의 정신적 평화로 귀결된다고 보는 것이 적절하다. 무엇보다 "쓰러진 폐허" 속에서 함박눈 내린 길에 뚜렷한 족적을 남기며 "뚜벅뚜벅 걸어오고 있"는 '발(다리)'은 민중의 굳건함을 드러낸 부분이라 할 수 있다. 또한 이러한 민중에 대한 긍정은 정의에 대한 역사적 신념으로 나아간다. 「밤은 길지라도 우리 내일은 이길 것이다」나 「아사녀阿斯女」에 나타나는 미래에 대한 긍정적인 전망도 민중에 대한 신뢰 위에서 싹튼 것이라 할 수 있다.

투박한 민족주의에 근거를 두고 있어 오늘의 복잡한 상황에 놓여 있는 독자의 감성에 영향을 줄 수 없으며, 단순한 외부의 정치세력의 변경만으로 현대인의 영혼이 구제될 수 없다는 사실을 명심해야 한다고 주장했다. 이들에게 민중이란 개념이 위태롭고 시대착오적으로 보이는 것은 오늘날의 민중을 대변하기보다 어디까지나 작가만이 바라보는 편협한 민중을 그리고 있기 때문이라고 지적하였다(「변한 것과 변하지 않은 것」, 『전집』 2, 370면).

3) 전경인(全耕人)의 세계와 '대지'의 천착

신동엽의 역사와 민중에 대한 인식은 온몸으로 시대와 부딪혀 얻어 낸 결과물이었다. 그것은 그의 신념 체계를 이루는 중요한 요소로 작용하였는데 그의 시관詩觀 또한 그의 신념체계와 동궤를 이루면서 하나의 예술관으로 집약되었다.

> 詩란 바로 생명의 발현인 것이다. 시란 우리 인식의 전부이며 세계인식의 통일적 표현이며 생명의 침투며 생명의 파괴며 생명의 조직인 것이다. 하여 그것은 항시 보다 광범위한 정신의 집단과 互惠的 통로를 가지고 있어야 했다.
>
> 그래서 하나의 시가 논의될 때 무엇보다도 먼저 그것을 이야기해 놓은 그 시인의 인간정신도와 시인혼이 문제되어져야 하는 것이다. 철학, 과학, 종교, 예술, 정치, 농사 등 현재에 와서 극분업화된 이러한 인간이 가질 수 있는 모든 인식을 전체적으로 한 몸에 구현한 하나의 생명이 있어, 그의 생명으로 털어 놓는 정신어린 이야기가 있다면 그것은 가히 우리시대 최고의 시가 될 수 있을 것이다. 시인이란 인간의 원초적, 歸數性的 바로 그것이다. 나는 생각한다. 시는 궁극에 가서 종교가 될 것이라고. 철학, 종교, 시는 궁극에 가서 하나가 되어 있을 것이다. 과학적 발견－자연과학의 성과, 인문과학의 성과, 우주탐험의 실천 등은 시인에게 다만 풍성한 자양으로 섭취될 것이다.16)

신동엽이 생각하는 시는 다소 추상적이기는 하나 최고의 가치를 지닌 대상이다. 시가 "생명의 발현"이고 "우리 인식의 전부"이

---

16) 신동엽, 「詩人精神論」, 『申東曄 全集』, 창작과비평사, 1980, 372면.

면서 "세계 인식의 통일적 표현"이라고 한 점에서 시의 가치를 최상위의 존재로 본 것인데, 무엇보다 시를 고양된 정신과 일치시키려 한 점이 돋보인다. 즉 "그것이 항시 보다 광범위한 정신의 집단과 互惠的 통로를 가지고 있어야 했다"는 것은 시가 철학·과학·종교 등 여타의 사상체계에서 끝없이 자양분을 취해야 한다는 것이다. 물론 시와 다른 사상체계는 상호 동등한 관계를 가지는데, 그것은 시가 하나의 기능적인 산물이 아닌 시인의 정신 혹은 시인혼의 산물이기 때문이다. 이는 기교주의를 비판한 그의 여러 진술[17]과도 연관되는 사항으로서 궁극적으로 시가 종교가 될 것이라든가, 철학과 종교와 시가 하나가 될 것이라는 말은 시가 종합적인 정신을 반영하는 동시에 문화의 총아가 된다는 신동엽의 신념에서 기인한 것이라 볼 수 있다.

이러한 시를 주조하는 주체가 바로 시인인데 이 시인이야말로 신동엽이 내세우는 전경인적全耕人的 인간의 전형이라 할 만하다. 이 전경인이 발 딛고 있는 곳이 바로 대지이다. 대지는 모든 생명의 원천이며 불완전하고 상처 난 것들을 치유하여 건강한 상태로 되돌려 놓는 힘을 지니고 있다.

---

17) "요새 사람들이 詩라고 우기는 그 言語細工品들을 보면 측은한 생각이 앞선다. 美辭的句는 브로찌文化, 기생하고 있는 또 더 작은 장식 문화에 지나지 않는다."(신동엽, 「斷想抄」, 앞의 책, 358면), "手法批評이란(이것은 美術批評이나 小說批評에서도 마찬가진데) 歷史的 土臺나 社會的 狀況에 뿌리늘인 詩精神·人間精神을 對象으로 삼지 않고 다만 表面에 나타난 製作上의 技術問題만을 素材로 삼기 때문에 항시 朝夕으로 變調하는 技巧上의 表情을 뒤좇느라고 枝葉문제에 末梢神經質이 되어버리기가 일쑤다. (…중략…) 詩는 技術이기에 앞서 體質이다"(신동엽, 「六十年代의 詩壇 分布圖」, 『조선일보』, 1961.3.30. 4면)라고 한 부분에서 기교주의에 대한 비판이 극명하게 나타난다.

없으려나 봐요. 사람다운 사낸. 어머니, 어쩌면
좋아요. 이 숯 많은 흰 가슴, 텃집 좋은 아랫녁,
꽃닢 문 입술……. 보드라운 大地 누워 허송
세월하긴, 어머니 차마 아까와 못 견디겠네요.
荒原 말 발굽 달리던 黃河期 사내 찰코 그립어요.
어데요? 그게 어디 사람이예요? 技術者지.
어데? 그건 뭐 또 사람이예요? 제二級齒車라고
명패까지 붙어 있지 않아요? 어머니두.

저건 꼭두각시구, 저건 주먹이구, 저건 머리구.
별 수 없어요, 어머니, 저 눈먼 技能子들을
한 십만개 긁어 모아 여물 솥에 쓸어 옇구
푹신 쪼려 봐 주세요. 혹 하나쯤 온전한
사내 우러날지도 모르니까,

해두 안되거든 어머니, 생각이 있어요.
힘은 좀 들겠지만 地上에 있는 모든 숫들의 씨
죄다 섞어 받아 보겠어요. 그 반편들 껄.
욕하지 마세요. 받아 넣고 정성껏 조리해 보겠어요.
문제 없어요, 튼튼하니까!

—「이야기하는 쟁기꾼의 大地」 부분

이 시에서 시적 자아는 여성적 목소리를 가진 '대지'이다. '대지'가 무언가 생명적인 것을 잉태하려 하나 '사람다운 사내'가 없다고 하였다. 튼실하고 농염한 여성으로 묘사된 대지와는 반대로 대지에 뿌려질 씨앗이 될 사내는 '사람답지 못한' "技術者"이거나 "二級齒車" 즉 어정쩡한 톱니바퀴라는 명패를 단 작자에 불과하다. 그 '사내'는 "荒原 말 발굽 달리던 黃河期 사내"로 표현된 야성적이고 힘이 넘치는 사람과는 거리가 멀다. 세상에 '사람다운 사내'가 드문 이유는 앞서 신동엽의 평론에 드러나 있듯이 현재가 차수성적次數性的 세계, 즉 각 분야가 모두 분업화되어 '맹목 기능자'의 천지로 변했기 때문이다.[18] 2연에서처럼 사내가 온전한 한 사람으로 존재한다기보다 각자가 "꼭두각시"·"주먹"·"머리" 등 제 구실을 못하는 대상이나 신체의 일부분으로만 성립하는 "눈먼 技能子"로 드러난 것은 현대 문명사회의 맹목적인 분화 현상 때문이다. 이들을 "한 십만개 긁어 모아 여물 솥에 쓸어 옇구/푹신 쪼려 봐"야 "혹 하나쯤 온전한/사내 우러날지도 모"른다는 표현은 현재의 문명에 대한 비판이 녹아 있는 부분이다. 그런데 이들 "반편들"인 수컷들의 씨를 모조리 받아 새 생명으로 뒤바꿀 수 있는 힘을 가진 것이 바로 '대지'이다. 이 '대지'는 바로 모성母性 그 자체이면서 신성神性 또한 지니고 있다고 볼 수 있다.

> "나는 밭,
> 누워서 기다리고 있어요
> 씨가 뿌려질 때를.
>
> 하늘 나르는 구름이든
> 여행하는 씀바귀꽃이든

18) 신동엽, 앞의 글, 367~369면 참조.

나려와 쉬이세요
씨를 부려 보세요.

선택하는 자유는 저한테 있읍니다.
좋은 씨 받아서
좋은 神性 가꿔보고 싶으니까.

좀더 가까이, 이리 좀 와 보세요
안 되겠어요, 당신 눈은 살기.

저 사람 와 보세요
당신 눈은 우둔, 당신 입은 모략,
오랜 代를 뿌리박고 있군요.

또 와 보세요.
당신은 전쟁을 좋아하는 종자,
또 당신은,
피가 화폐냄새로 가득 차 있군요.

안 되겠어요.
내가 기다리는
받고 싶은 씨는……"

(…중략…)

예수 그리스도를 길러 낸 土壤이여
넌, 女子.

석가모니를 길러 낸 우주여
넌, 여자
모든 神의 뿌리 늘임을
너그러이 기다리는 大地여
넌, 女性

―「女子의 삶」 부분

「이야기하는 쟁기꾼의 대지大地」에서의 '대지'가 시적 자아로서 여성의 목소리를 내고 있다면 「여자女子의 삶」에서의 '대지'는 여성에 대한 비유로 작용한다는 것이 두 시에 나타나는 차이이지만, 두 시에서의 '대지' 모두 모성과 신성을 지니고 있다. 누워서 기다리면서, 누구든 내려와 쉬고 씨를 뿌리라고 말하는 주체는 '대지'로서, 위의 시에서는 '대지'가 여성의 목소리로 직접 대화하는 형식으로 되어 있다. 여기서 누구든 씨를 뿌리라고 하지만 그 선택권은 "좋은 씨 받아서 / 좋은 神性 가꿔보고 싶은" '대지'에게 있다. 그러나 앞의 시에서와 마찬가지로 주위의 종자들은 살기로 가득 찬 눈, 운둔한 눈, 모략을 일삼는 입을 지니고 있거나 화폐 냄새를 풍기고 있을 뿐이다. 결국 남성적인 것은 파괴와 모략을 저지르는 반면, 여성적인 것은 그것들을 구원하는 역할을 한다. "예수 그리스도를 길러 낸 土壤"이자 "석가모니를 길러 낸 우주", "모든 神의 뿌리 늘임을 / 너그러이 기다리는 大地" 모두 여성의 모성과 신성을 나타낸 부분이라 할 수 있다. 그런데 이런 위대한 찬양의 대상을 시적 자아가 '너'라고 불러 다소 시적인 조화가 깨지지만, 이 시에는 여성에게 대지적인 속성을 부여하여 당대의 부조리한 상황과 인류의 병폐가 철폐되기를 바라는 시인의 소망이 표출되어 있다.

문제는 '대지'에 심을 좋은 씨앗, 즉 '알맹이'가 두꺼운 '껍데기'에 싸여 질식하려고 하는 상황에 있다. 신동엽의 여러 시에서 드러나듯이 이 '껍데기'는 인간 내면의 허위 · 오만 · 부조리를 상징하기도 하고 외부로부터의 왜곡과 권력의 억압을 뜻하기도 한다. 그러나 시인은 정의와 진실에 대한 신념을 가지고 이러한 '껍데기'들이 언젠가는 불식될 것이라고 바라보고 있다.

껍질은,
껍질끼리 싸우다 저희끼리
춤추며 흘러 간다

—「祖國」 부분

껍데기는, 곧, 가요. 껍데기는 껍데기끼리, 껍데기만 스치고, 병신스럽게, 춤추며 흘러가요, 기다리면 돼요, 땅 속 깊이, 지하 백미터 깊이에 우리의 씨를 묻어 두면, 이 난장판은 금새 흘러가요.

—「그 입술에 파인 그늘」 부분

언젠가
우리들의 知性 높은 몸부림
푸른 大地를 채울 날은…….

호미 쥔 손에서
쟁기 미는 姿勢에서
歷史밭을 갈고
뒤엎어서

씨 뿌릴
그래서 그것이 百姓만의 천지가 될…….

—「주린 땅의 指導原理」 부분

시 「조국祖國」과 시극 「그 입술에 파인 그늘」에는 '껍데기'로 표상된 욕망에 찬 권력과 외세가 곧 물러날 것이라는 진술이 나온다. 그것은 시인의 역사적인 신념에서 비롯된 말이다. 그런데 그러한 '껍데기'들이 물러가기 위해서는 우리의 능동적인 노력이 필요하다. 그 노력이 바로 "땅 속 깊이, 지하 백 미터 깊이에 우리의 씨"를 묻는 것인데 여기서의 '씨'는 「주린 땅의 지도원리指導原理」에 등장하는 '씨'와 비슷한 의미를 지니고 있다. 그것은 "歷史밭을 갈고/뒤엎어서" 뿌리는 '씨'이며 그것으로 "우리들의 知性 높은 몸부림"을 "푸른 大地에 채"우는 동시에 "百姓만의 천지가" 되는 날을 만드는 것이다. 이렇듯 '씨'는 민중이 주인이 되는 올바른 지성이 통하고 역사가 바로 잡히는 미래를 향한 모든 노력과 희망을 뜻하는 대상이다. 이 '씨'는 '껍데기'의 의미와 대척점에 위치하면서 바로 '알맹이'와 통하는 의미 체계를 구성한다.

오늘은 또, 화창한 코스모스 길
아스팔트가에 몰려나와,
불쌍한 장님들은, 대중도 없이 서양깃발만
흔들어댄다.

허나
다녀가는 높은 오만들이여

오해 마시라,
그대들이 만져본 건 歷史의 껍데기,

알맹이는 여기
언제나 말없이 흐르는 錦江처럼
도시와 농촌 깊숙한 그늘에서
우리의 노래 우리끼리 부르며
누워 있었니라.

—『금강』 6장 부분

"세상의
어지러움은, 그 까닭이
외부에만 있는 거, 아닙니다,
손짓 발짓은 흘러가는 물거품,
우리의 內部가 더 문제입니다,
알맹이가,
속살이,
씨알이 싱싱하면
신진대사에 의해
外形은 변질됩니다.

외부로부터
다스려 들어오려 하지 말고
우리들의 내부에
불을 지릅시다."

—『금강』 16장 부분

위의 『금강』 6장 부분은 농민군에 대항하려고 왕실이 외국 군대를 부르는 대목과 연결되는 곳으로, 광복 이후에도 끊임없이 집권자들이 그들의 이익을 위해 외세를 개입시키는 상황을 표현한 부분이다. 그러나 여기서는 외세가 얻었다고 오만하게 자랑하는 것은 "歷史의 껍데기"에 지나지 않으며 '알맹이'는 우리 속에 깊이 간직되고 있다고 하였다. 즉 이 부분에서는 어떠한 외부 세력이 우리에게서 온갖 물질을 강탈해가고 중요한 이권을 빼내어 가더라도 '알맹이'로 표현된 우리 존재의 진수眞髓는 결코 훼손될 수 없다는 확신이 드러나 있다.

그 '알맹이'의 의미는 16장 신하늬의 대화 장면에서도 두드러진다. 세상이 혼란한 이유가 외부에만 있는 것이 아니라 내부에 더 크게 있다는 것은 당대를 '알맹이'가 부실한 상황이라고 인식한 것이다. "외부로부터 / 다스려 들어오려 하지 말고 / 우리들의 내부에 / 불을 지릅시다"라는 신하늬의 제안은 이 '알맹이'가 인간의 성정性情 혹은 정신과 깊은 연관을 지니고 있다는 것을 알려 준다. 그것은 이어지는 전봉준의 말을 통해서 오히려 잘 드러난다.

> 요원한 이야기요,
> 옳은 생각이긴 하지만,
>
> (…중략…)
>
> 東學은
> 현실 改造의 宗教요
> 自己革命, 國家革命, 人類革命,

이게 바로 東學의
삼단계 혁명 아니오?

—『금강』 16장 부분

신하늬의 앞의 말에 대해 전봉준은 그것이 요원한 이야기이고 동학은 현실개조의 종교이므로 지방 관리와 양반 토호들의 부패와 횡포를 물리쳐 삼 단계 혁명을 이룩하지 않으면 안 된다고 하였다. 이는 반대로 '알맹이'를 키워 외형을 변질시키자는 신하늬의 말이 당대 상황을 극복하기에는 상당히 더디고 비현실적인 대안에 불과하다는 것이다. 그렇다면 전체적으로 볼 때 '알맹이'는, 조선 말의 억압적인 현실을 타파하는 단기적인 실천 도구가 될 수는 없지만, 자주적인 인간 정신의 본질이면서 마음과 몸을 함께 관장하고 종국에는 인류의 생활과 문화를 올바르게 다스리는 총체적인 힘이 될 것이다. 결국 왕실에 의해 전쟁에 개입한 외세의 압도적인 전력 때문에 갑오농민전쟁이 실패로 끝맺게 된 결과를 볼 때, '알맹이'를 점진적으로 키워 외형을 변질시켜 나가자는 신하늬의 주장은 오히려 현실적인 설득력을 지닌다고 할 수도 있다. 따라서 '알맹이'는 '껍데기'와 대비되는 대상이면서 겉과 속, 물질과 정신의 경계를 넘어 서로 다른 두 속성을 아우르는 종합적인 의미체인 동시에, '대지'로 표상된 무엇이든 잉태하고 성장시키는 삶의 터전에서 충만한 생명성을 지닌 건강한 씨앗의 의미를 가진다.

「껍데기는 가라」에서도 '껍데기'로 표현된 불의와 부조리 · 폭력을 배격하면서 '알맹이'의 순수성와 진실성을 기리고 있다.

껍데기는 가라.
四月도 알맹이만 남고
껍데기는 가라.

껍데기는 가라.
東學年 곰나루의, 그 아우성만 살고
껍데기는 가라.

그리하여, 다시
껍데기는 가라.
이곳에선, 두 가슴과 그곳까지 내논
아사달과 아사녀가
中立의 초례청 앞에 서서
부끄럼 빛내며
맞절할지니

껍데기는 가라.
漢拏에서 白頭까지
향그러운 흙가슴만 남고
그, 모오든 쇠붙이는 가라.

—「껍데기는 가라」

이 시에서도 '알맹이'가 지향하는 의미가 부분적으로 드러나 있다. 마찬가지로 여기서도 '알맹이'가 '껍데기'와 대비되어 있는데 1연과 2연의 반복적 양상으로 볼 때 이것은 2연의 "아우성"과 동등한 위상의 의미를 갖는다. 그리하여 "아우성"이라는 말의 단조로움 때문에 위에서 밝힌 '알맹이'의 위상이 오히려 열어지는 현상이 일어나지만, 사실은 4·19혁명, 갑오농민전쟁의 역사적 의의와 '알맹이'의 의미가 겹쳐지기도 한다. 그래서 '알맹이'는 이런 역사적 항쟁의 본질, 또는 핵심에 해당되는 자유와 평등, 인권의 옹호와 같은 가치를 내포하게 된다. 그것은 다시 3연에서 "두 가슴과 그곳까지 내논/아사달과 아사녀"의 결합을 뜻하는 원초적인 순수성과 거룩한 합일의 염원이라는 미래 지향적인 가치와 연결되면서 "쇠붙이"와 대비되는 "향그러운 흙가슴"이 지닌 평화와 진실에 대한 진정성과도 친연성을 획득하게 된다.

제5장

새로운 현실을 향한 험난한 여정

김수영과 신동엽의 시는 우리 문학이 현실에 대해 주체적인 대응 능력을 갖추려고 분투하던 1950~60년대에 초월성을 극복하고 현실지향성을 획득하는 과정을 보여준다. 여기서의 현실지향성은 시가 부당한 현실에 굴복하지 않으면서도 현실의 문제를 끌어안고, 인간을 위협하는 그릇된 대상들에 대해 강렬하게 항의하는 한편 처절한 자기반성 속에서 바람직한 세상을 향해 끊임없이 나아가는 태도라고 할 수 있다. 문학 속에 재래적 요소와 외래적 요소가 길항하던 시기에 창작 활동을 시작한 두 시인은 전쟁을 겪고 4·19혁명을 통과하면서 시의식의 전환을 맞이하였으며, 현실의 폭압에 대한 시적 대응방법으로 부정의식을 발현하였다는 공통점을 갖는다. 또한 두 시인 모두 자신들의 시세계에서 초월지향성과 현실지향성을 함께 지니는데, 그것들이 일정한 시적 전개 과정을 거치면서 현실지향성으로 수렴되는 양상을 보인다는 점도 유사하다.

제2장에서는 두 시인의 시가 현대성과 전통성의 결합에서 비롯되었다는 점을 밝혔다.

김수영의 시는 광복 후 새롭게 풍미하던 모더니즘의 자장 속에서 창작되었다. 그의 시가 50년대 여타 모더니스트들과 구별되는 점은 시가 단순히 기법이나 취향에 종사하지 않고 현실에 깊은 관심을 기울이는 한편 현실 인식을 추구하는 데까지 나아갔다는 것이다. 그 후 그는 지속적인 번역작업과 시적 사유를 통해 서구 모더니즘에 대한 비판의식을 가지고 문학적 자유주의를 수용하여 시와 현실을 일치시키는 단계로 접어든다. 그런데 현실에 대한 그의 시의식은 「공자孔子의 생활난生活難」에 등장하는 『논어論語』의 패러디나 그의 산문 도처에 나타나는 '선비'로서의 자의식으로 볼 때 지조·절개와 같은 유가적 윤리관과 접목되어 있다는 사실을 알 수 있다. 그의 선비적 태도가 예술가적 사명감과 부합되어 있는 대표적인 시로는 「눈」과 「폭포瀑布」가 있다. 「눈」에는 '눈'으로 표상된 순결한 정신과 '기침'으로 표현된 자기성찰과 자기정화의 의지가, 「폭포瀑布」에는 '고매한 정신'으로 집약되는 시인정신의 추구, 나타와 안정에 대한 배격이 드러나 있다.

신동엽의 시에는 크로포트킨의 아나키즘에 영향을 받아 권위주의적 권력에 대한 대항과 왜곡된 문명에 대한 비판이 나타난다. 그의 아나키즘은 유럽의 논리적이고 급진적인 아나키즘 요소와 우리 생활 속에 내재되어 있는 단순화된 아나키즘 요소가 결합된 형태를 띤다. 특히 「산문시散文詩 1」과 「술을 많이 마시고 잔 어제 밤은」에는 다소 이상적이지만 유토피아적인 현실관이 드러나는데, 이는 역설적으로 미국과 소련에 의해 분단되어 자주권을 제대로 행사하지 못하고 강압적인 독재 권력에 허덕이던 당대의 상황에 대한 문제의식을 품고 있는 것이다. 또한 그의 동학에 대한 경도는 『금강』으로 구현된 반외세·반봉건 정신과 만민평등 사상에 대한 탐색으로 전개된다. 그의 시에서 반외세의 정신은 굴욕적인 외교를 일관하며 외국 자본주의 세력에 의해 황폐해져 가는 당대의 상황에 대한 비판으로, 반봉건 정신과 만민평등사상은 부정한 권력에 신음하는 민중들에 대한 역사적 인식으로 변형되어 나타나기도 하였다.

제3장에서는 부정의식을 통해 김수영과 신동엽의 시가 도달하려고 하는 시적 가치를 고찰하였다.

김수영의 부정의식은 '바로보기'의 전제가 되는 동시에 그것을 방해하는 온갖 것들에 대한 저항이며, 끊임없이 유동하는 진실을 허상으로 속여 대는 것들에 대한 회의이다. 그의 부정의식은 독특한 리듬에 부응하여 형상화되는데, 부정 대상이 외부에 처해 있을 때에는 반복과 결합된 열거가 의미의 상승작용을 일으키거나 의미를 소멸시킴으로써 시인의 곡진한 의지를 강조하는 형식으로 드러난다. 반대로 부정 대상이 내부에 처해 있을 때에는 반복과 결합된 점층이 의미를 심층적으로 전개시키는 한편, 자기반성의 열도를 효과적으로 드러내는 구실을 한다. 이는 결국 부정과 긍정의 교호에 의한 자기갱신으로 이어지고 역설을 통해 삶의 총체적 진실의 추구와 지속적인 자기성찰로 나아간다. 그리하여 부정적 대상 속에서 긍정의 가치가 발견되며, 부정과 긍정의 경계를 허물어뜨리는 부단한 연습 속에서 '사랑'으로 집약되는, 미완성인 채로 끊임없이 진행되는 가치체계이자 현실에 대한 시적 태도가 드러난다.

신동엽의 전쟁체험은 그의 많은 작품에서 원체험으로 작용하여 그것이 민족적 차원에 머무르기보다 세계사적 차원의 기계문명에 대한 비판으로 확장된다. 그의 부정의식은 독특한 어조에 의해 구현되는데, 특히 현실의 침략적 외세나 부당한 권력에 대한 대항을 드러내기 위한 방편으로 도치구문과 명사종결 구문을 활용한 단정적 어조가 시인의 단호한 비판으로 나타나고 있다. 그런데 그의 부정의식이 역사·문명적 사유에 의해 내밀화되면서 내향성을 띠게 될 때에는 그것이 시인 자신을 향한 반성적 성찰로 나아가기보다 훼손되지 않은 원상세계의 모습과 부당한 현상을 초래한 근본적인 원인에 대한 통찰로 진행된다. 이때의 관조적 시각과 사유가 명상적 어조와 결합되는 양상을 띤다. 그의 부정의식은 '중립'으로 집약된 정치적 정신적 경지를 지향함으로써 현실에 대한 굳은 전망을 보여주기도 한다.

제4장에서는 초월성이 현실지향으로 전회하는 과정을 고찰하였다.

김수영의 초기시에 자주 나타나는 '설움'은 각 편마다 막연하고 모호한 의미를 띠고 있다. 이를 전후의 상황과 연계하여 여러 편의 시를 통해 전체적인 맥락에서 바라보면, '설움'은 김수영 시에서 초월적 구조를 형성하는 단일한 의미체로 기능한다. 그것은

'해탈'로 대표되는 시대와의 긴장상실과 현실에 대한 도피로 나타나는데 김수영은 다시 일상에 대한 탐색을 통해 현실의 문제가 관념화·허구화되는 것을 방지하는 한편, 시와 생활을 일치시키고 일상의 세밀한 결을 따라가면서 현실문제의 진실을 캐내려고 시도하였다. 결국 4·19혁명을 통해 민중의 본질을 인식하고 '온몸'으로 표상된 육체와 정신의 결합체이면서, 자기변혁을 통해 사회변혁을 추구하는 사회와 결부된 시인으로서의 '전 존재'를 내세우게 된다. 그리하여 김수영의 시는 '자유'가 억압당하는 현실에서 '자유'를 쟁취하기 위한 몸부림으로 이어져 현실의 문제는 물론 역사를 바꾸려는 거대한 시도에 동참하면서 초월적 세계를 넘어 현실지향성을 획득한다.

신동엽의 시에서는 현실의 끝없는 억압이 또 다른 세상에 대한 갈망으로 분출되어 '하늘'에 대한 집착으로 나아간다. 그것은 현실과의 긴장을 잃은 시인의 내면세계를 보여주지만, 그 후 신동엽은 갑오농민전쟁을 연구하면서 역사를 발견하고 4·19혁명을 겪으면서 민중에 대한 인식을 심화시킨다. 그의 시간의식은 역사 속에 일어난 사건이 각기 원인과 과정은 상이하지만 서로 간에 면밀하게 엮여 추동된다는 인식에 바탕하고 있으며, 그런 의미에서 갑오농민전쟁의 민중의 저력이 3·1운동과 4·19혁명으로 이어졌다는 관점이 『금강』을 통해 나타난다. '하늘'과 대비되는 속성을 지닌 '대지'에 발 딛고서 '알맹이'로 표상된, 훼손되지 않은 순수한 본질이면서 '씨'와 같이 미래를 향한 노력과 희망을 함의한 대상을 다루는 '전경인全耕人'의 지향은 세계의 평화와 생명성의 추구로 연결된다.

김수영의 '온몸'과 신동엽의 '알맹이'는 각각 두 시인의 현실에 대한 태도와 인식을 보여주며, 마찬가지로 김수영의 '자유'를 향한 '온몸'의 이행이나, 신동엽의 '대지'에 대한 천착은 1950~60년대 한국 현대시가 추구하는 현실지향성을 드러낸다.

참고문헌

1. 기본 자료

김경린 외, 『새로운 都市와 市民들의 合唱』, 도시문화사, 1949.
김수영, 『달나라의 장난』, 춘조사, 1959.
______, 『金洙暎 全集』 1, 민음사, 1981.
______, 『김수영 전집』 2(개정판), 민음사, 2003.
신동엽, 『阿斯女』, 문학사, 1963.
______, 『申東曄 全集』(증보판), 창작과비평사, 1980.
______, 『젊은 시인의 사랑』, 실천문학사, 1988.
______, 『꽃같이 그대 쓰러진』, 실천문학사, 1989.

2. 단행본

강만길, 『고쳐 쓴 한국 현대사』, 창작과비평사, 1994.
강웅식, 『김수영 신화의 이면—주체의 자기 형성과 윤리의 미학화』, 웅동, 2004.
고 은, 『1950年代 그 廢墟의 文學과 人間』, 민음사, 1973.
구중서·강형철 편, 『민족시인 신동엽』, 소명출판, 1999.
김경복, 『한국 아나키즘시와 생태학적 유토피아』, 다운샘, 1999.
김명인, 『김수영, 근대를 향한 모험』, 소명출판, 2002.
______·임홍배 편, 『살아있는 김수영』, 창비, 2005.
김상태, 『문체의 이론과 해석』, 집문당, 1982.
김상환, 『풍자와 해탈 혹은 사랑과 죽음』, 민음사, 2000.
김승희 편, 『김수영 다시 읽기』, 프레스21, 2000.
김용직, 『現代詩原論』, 학연사, 1988.
______, 『해방기 한국 시문학사』, 민음사, 1989.
김진석, 『탈형이상학과 탈변증법—해체와 탈현대를 가로지르며』, 문학과지성사, 1992.
______, 『초월에서 포월로』, 솔, 1994.

김준오, 『시론』 제4판, 삼지원, 1996.
김 현 · 김윤식, 『한국문학사』, 민음사, 1973.
구승회 외, 『한국 아나키즘 100년』, 이학사, 2004.
구중서 편, 『신동엽』, 온누리, 1983.
구중서 · 강형철 편, 『민족시인 신동엽』, 소명출판, 1999.
권성우, 『모더니티와 타자의 현상학』, 솔, 1999.
문덕수, 『韓國 모더니즘 詩 硏究』, 시문학사, 1981.
서우석, 『시와 리듬』, 문학과지성사, 1981.
서준섭, 『한국 모더니즘 문학 연구』, 일지사, 1988.
성민엽 편저, 『신동엽』, 문학세계사, 1992.
역사학연구소 편, 『한국의 '근대'와 '근대성' 비판』, 역사비평사, 1996.
______________, 『함께 보는 한국근현대사』, 서해문집, 2004.
오세영, 『20세기 한국시 연구』, 새문사, 1989.
이광호, 『미적 근대성과 한국문학사』, 민음사, 2001.
이승훈, 『한국 모더니즘 시론』, 문예출판사, 1995.
______, 『한국 모더니즘 시사』, 문예출판사, 2000.
이영호, 『동학과 농민전쟁』, 혜안, 2004.
임헌영, 『民族의 狀況과 文學思想』, 한길사, 1986.
최미숙, 『한국 모더니즘시의 글쓰기 방식과 시 해석』, 소명출판, 2000.
최승호 편저, 『서정시의 본질과 근대성 비판』, 다운샘, 1999.
최원식, 『문학의 귀환』, 창작과비평사, 2001.
최하림, 『김수영 평전』, 실천문학사, 2001.
황동규, 『사랑의 뿌리』, 문학과지성사, 1976.
황정산, 『김수영』, 새미, 2002.
공자 · 맹자, 이원섭 역, 『論語 / 孟子』, 대양서적, 1978.
노자, 김정율 역, 『老子』, 금성, 1987.
A. Tate, 김수영 · 이상옥 역, 『現代文學의 領域』, 중앙문화사, 1962.
C. Brooks, 이경수 역, 『잘 빚어진 항아리』(개역판), 문예출판사, 1987.
C. Ward, 김정아 역, 『아나키즘, 대안의 상상력』, 돌베개, 2004.
D. Lodge, 윤지관 · 이동하 · 김영희 역, 『20세기 문학비평』, 까치, 1984.

E. Hobsbawm 외, 박지향・장문석 역, 『만들어진 전통』, 휴머니스트, 2004.
E. Shils, 김병서・신현순 역, 『전통』, 민음사, 1992.
E. W. Said, 박홍규 역, 『오리엔탈리즘』, 교보문고, 1991.
I. B. Bishop, 이인화 역, 『한국과 그 이웃나라들』, 살림, 1994.
J. P. Sartre, 김붕구 역, 『文學이란 무엇인가』(개정판), 문예출판사, 1994.
M. Berman, 윤호병・이만식 역, 『현대성의 경험』(개정판), 현대미학사, 1998.
M. Calinescu, 이영욱 외역, 『모더니티의 다섯 얼굴』, 시각과언어, 1994.
P. A. Kropotkin, 하기락 역, 『相互扶助論』, 형설, 1983.
__________, 성정심 역, 『청년에게 호소함』, 신명, 1993.
__________, 하기락 역, 『近代科學과 아나키즘』, 신명, 1993.
__________, 김유곤 역, 『크로포트킨 자서전』, 우물이있는집, 2003.
P. E. Wheelwright, 김태옥 역, 『隱喩와 實在』, 문학과지성사, 1982.
R. Jakobson, 신문수 편역, 『문학 속의 언어학』, 문학과지성사, 1989.
T. E. Hulme, 박상규 역, 『휴머니즘과 예술철학』, 현대미학사, 1993.

3. 논문, 비평문, 기타

강연호, 「金洙暎 詩 硏究」, 고려대 박사논문, 1995.
강은교, 「신동엽 연구」, 『국어국문학』 9집, 동아대 국어국문학과, 1989.
강형철, 「申東曄 詩 硏究」, 숭실대 박사논문, 1999.
_____, 「신동엽 시의 텍스트 연구-「이야기하는 쟁기꾼의 大地」를 중심으로」, 『실천문학』, 실천문학사, 1999년 봄.
고봉준, 「김수영 문학의 근대성과 전통-시간 의식을 중심으로」, 『한국문학논총』 30집, 한국문학회, 2002.
구모룡, 「도덕적 完全主義」, 『조선일보』, 1982.1.8~1.21.
구중서, 「신동엽론」, 『창작과비평』, 창작과비평사, 1979년 봄.
권영민, 『한국현대문학사』, 민음사, 2002.
권혁웅, 「한국 현대시의 시작방법 연구」, 고려대 박사논문, 2000.
김경숙, 「실존적 이성의 한계 인식 혹은 극복 의지」, 『1960년대 문학연구』(민족문학사연구소 현대문학분과 편), 깊은샘, 1998.

김규동, 「김수영의 모자」, 『작가세계』, 세계사, 2004년 봄.
김기중, 「윤리적 삶의 밀도와 시의 밀도」, 『세계의문학』, 민음사, 1992년 겨울.
김명인, 「金洙暎의 '現代性' 認識에 關한 研究」, 인하대 석사논문, 1994.
______, 「그토록 무한한 고독, 혹은 투명한 비애」, 『실천문학』, 실천문학사, 1998년 봄.
______, 「급진적 자유주의의 산문적 실천」, 『작가연구』 5호, 새미, 1998.5.
______, 「리얼리즘 · 모더니즘, 민족문학 · 민족문학론」, 『창작과비평』, 창작과비평사, 1998년 겨울.
김병걸, 「金洙暎의 詩와 文學精神」, 『세계의문학』, 민음사, 1981년 겨울.
김영무, 「알맹이의 역사를 위하여—신동엽의 시」, 『문화비평』, 아안학회, 1970년 봄.
김영석, 「申東曄 詩의 脫植民性 研究」, 영남대 박사논문, 1999.
김영옥, 「김수영 시에 나타난 부정의식」, 『원우론총』 13집, 숙명여대 대학원 총학생회, 1995.
김영희, 「金洙暎 詩의 言述 特性 研究」, 고려대 석사논문, 2003.
김우창, 「申東曄의 『錦江』에 대하여」, 『창작과비평』, 창작과비평사, 1968년 봄.
______, 「예술가의 良心과 自由」, 『궁핍한 시대의 詩人』, 민음사, 1977.
김유중, 「김수영 시의 모더니티(3)」, 『국어국문학』 134, 국어국문학회, 2003.9.
김윤식, 「金洙暎의 변증법의 표정」, 『세계의문학』, 민음사, 1982년 겨울.
______, 「모더니티의 破綻과 超越」, 『심상』, 1974.2.
김윤태, 「신동엽 문학과 '중립'의 사상」, 『실천문학』, 실천문학사, 1999년 봄.
김인환, 「한 正直한 人間의 成熟과정」, 『신동아』, 동아일보사, 1981.11.
김재용, 「김수영 문학과 분단 극복의 현재성」, 『역사비평』, 역사비평사, 1997년 가을.
김정환, 「壁의 변증법」, 『창작과비평』, 창작과비평사, 1998년 겨울.
김종윤, 「金洙暎 詩 研究」, 연세대 박사논문, 1997.
김종철, 「민족 · 민중시와 道家的 想像力」, 『창작과비평』, 창작과비평사, 1989년 봄.

김종철, 「詩的 眞理와 詩的 成就」, 『문학사상』, 문학사상사, 1973.9.
김주연, 「詩에서의 참여시의 문제－申東曄의 『錦江』을 중심으로」, 『狀況과 人間』, 박우사, 1969.
김지하, 「풍자냐 자살이냐」, 『시인』, 시인사, 1970.6~7.
김창완, 「신동엽 시 연구」, 한남대 박사논문, 1993.
김 현, 「자유와 꿈」, 『巨大한 뿌리』(김수영 시선집 해설), 민음사, 1974.
김현경, 「임의 詩는 江변의 별빛」, 『주부생활』, 학원사, 1969.9.
김현승, 「金洙暎의 詩史的 位置와 業績」, 『창작과비평』, 창작과비평사, 1968년 겨울.
_____, 「金洙暎의 詩的 位置」, 『현대문학』, 현대문학사, 1967.8.
김혜순, 「金洙暎 詩 硏究－담론의 특성 연구」, 건국대 박사논문, 1993.
_____, 「문학적 『장자』와 김수영의 시담론 비교연구」, 『건국어문학』 21・22집, 건국대 국어국문학연구회, 1997.
김홍수, 「신동엽 시의 상호텍스트성」, 『어문학논총』 개교60주년기념특별호, 국민대 어문학연구소, 2002.2.
_____, 「김수영 산문의 상호텍스트성」, 『어문학논총』 26집, 국민대 어문학연구소, 2007.2.
나희덕, 「김수영 시에 있어서 '전통'의 문제」, 『배달말』 29집, 배달말학회, 2001.
남기택, 「金洙暎과 申東曄 詩의 모더니티 硏究」, 충남대 박사논문, 2002.
노용무, 「金洙暎 詩 硏究－포스트식민주의 관점을 중심으로」, 전북대 박사논문, 2001.
노 철, 「개인주의의 승리」, 『김수영』(황정산 편), 새미, 2002.
_____, 「김수영과 김춘수의 시작방법 연구」, 고려대 박사논문, 1998.
문혜원, 「아내와 가족, 내 안의 적과의 싸움」, 『작가연구』 5호, 새미, 1998.5.
민병욱, 「신동엽의 서사시세계와 서사정신」, 『한국 서사시와 서사시인 연구』, 태학사, 1998.
박수연, 「김수영 시의 근대성의 세 요소」, 『한국언어문학』 42집, 한국언어문학회, 1999.5.
_____, 「전근대에서 근대로, 근대에서 다른 근대로」, 『실천문학』, 실천문학사,

1999년 가을.
박윤우, 「1950년대 한국 모더니즘시 연구」, 서울대 박사논문, 1998.
박주현, 「김수영 문학에 나타난 내면적 자유 연구—죽음과 사랑을 중심으로」, 서울대 박사논문, 2003.
박지영, 「김수영 시 연구—시론의 영향관계를 중심으로」, 성균관대 박사논문, 2004.
______, 「번역과 김수영의 문학」, 『살아있는 김수영』(김명인 · 임홍배 편), 창비, 2005.
______, 「유기체적 세계관과 유토피아 의식」, 『민족시인 신동엽』(구중서 · 강형철 편), 소명출판, 1999.
백낙청, 「'參與詩'와 民族問題」, 『金洙暎의 文學』(황동규 편), 민음사, 1983.
______, 「김수영의 시세계」, 『현대문학』, 1968.8.
______, 「살아있는 김수영」, 『民族文學의 새 段階』, 창작과비평사, 1990.
서우석, 「金洙暎—리듬의 희열」, 『문학과지성』, 문학과지성사, 1978년 봄.
서익환, 「申東曄의 시세계와 휴머니즘—시적 감수성과 역사의식을 중심으로」, 『한양여전 논문집』 14집, 한양여전, 1991.
성민엽, 「김수영의 「풀」과 『논어』」, 『현대문학』, 현대문학사, 1999.5.
______, 「민중적 자기긍정의 시—신동엽의 시」, 『이대학보』, 이대학보사, 1983.6.13.
신경림, 「역사의식과 순수언어—신동엽의 시에 대하여」, 『한신학보』, 한신학보사, 1981.
신익호, 「申東曄論」, 『국어국문학』, 전북대 국어국문학과, 1985.
신대철, 「시에 있어서의 시간문제」, 연세대 석사논문, 1976.
______, 「나는 문장어를 꿈꾼다」, 『시와반시』, 시와반시사, 2003년 겨울.
신주철, 「김수영 시의 아이러니 연구」, 한국외국어대 박사논문, 2002.
양억관, 「김수영 시 연구—동력화된 이미지 분석을 중심으로」, 경희대 석사논문, 1985.
연용순, 「김수영 시 연구—주제, 시어, 수사적 기교를 중심으로」, 중앙대 석사논문, 1985.
염무웅, 「金洙暎論」, 『창작과비평』, 창작과비평사, 1976년 겨울.

______, 「김수영과 신동엽」, 『뿌리깊은나무』, 한국브리태니커회사, 1977.12.
유성호, 「타자 긍정을 통해 '사랑'에 이르는 도정」, 『작가연구』 5호, 새미, 1998.5.
유종호, 「다채로운 레파토리—洙暎」, 『세대』, 세대사, 1963.1~2.
______, 「詩의 自由와 관습의 굴레」, 『세계의문학』, 민음사, 1982년 봄.
유중하, 「달나라에 내리는 눈—김수영문학의 재인식」, 『실천문학』, 실천문학사, 1998년 여름.
윤정룡, 「1950년대 한국 모더니즘 시 연구」, 서울대 박사논문, 1992.
이가림, 「만남과 同情—신동엽 시에 있어서의 '歸鄕'의 의미」, 『시인』, 시인사, 1969.8.
이건제, 「김수영 시에 나타나는 '죽음' 의식」, 『작가연구』 5호, 새미, 1998.5.
이기성, 「고독과 비상의 시학」, 『김수영』, 새미, 2002.
이동하, 「申東曄論—역사관과 여성관」, 『한국현대시인연구』, 민음사, 1989.
이상옥, 「自由를 위한 영원한 旅程」, 『세계의문학』, 민음사, 1982년 겨울.
이승규, 「신동엽 시 연구」, 『국민어문연구』 13집, 국민대 국어국문학연구회, 2006.6.
______, 「김수영의 영미시 영향과 시 창작 관련 양상—비숍, 로웰, 긴즈버그의 영향을 중심으로」, 『한국현대문학연구』 20집, 한국현대문학회, 2006.12.
______, 「김수영 시의 리듬 의식 연구—반복 양상을 중심으로」, 『어문론총』 46호, 한국문학언어학회, 2007.6.
______, 「김수영 시의 영향관계와 현실 지향성」, 『한국시학연구』 20호, 한국시학회, 2007.12.
이승훈, 「金洙暎의 詩論」, 『심상』, 심상사, 1983.4.
이어령, 「'에비'가 지배하는 문화」, 『조선일보』, 1967.12.28.
이윤진, 「신동엽의 『금강』 구조 연구」, 연세대 석사논문, 2002.
이종대, 「김수영 시의 모더니즘 연구」, 동국대 박사논문, 1993.
임중빈, 「自由와 殉教(上)」, 『시인』, 시인사, 1970.8.
장석원, 「김수영 시의 수사적 특성 연구」, 고려대 박사논문, 2004.
전봉건, 「'詐欺'論」, 『세대』, 세대사, 1965.2.

정과리, 「현실과 전망의 긴장이 끝 간 데」, 『김수영』, 지식산업사, 1981.
정남용, 「살아있는 언어, 살아있는 삶」, 『창작과비평』, 창작과비평사, 1999년 가을.
정일용, 「반공독재정권을 키운 미국의 경제원조」, 『역사비평』 제7호, 역사비평사, 1989.12.
정재서, 「동양적인 것의 슬픔」, 『상상』, 살림, 1994년 여름.
정재찬, 「김수영론—허무주의와 그 극복」, 『1960년대 문학연구』(문학사와비평연구회 편), 예하, 1993.
정한용, 「한국 현대시의 초월지향성 연구」, 경희대 박사논문, 1996.
정현덕, 「김수영 시의 풍자 연구」, 경기대 박사논문, 2002.
조남익, 「신동엽론」, 『시의 오솔길』, 세운문화사, 1973.
조연현, 「해방문단 5년의 회고(1~5)」, 『신천지』, 서울신문사, 1949.9~1951.1.
조태일, 「신동엽론」, 『창작과비평』, 창작과비평사, 1973년 가을.
조현일, 「김수영의 모더니티관과 『파르티잔 리뷰』」, 『살아있는 김수영』(김명인·임홍배 편), 창비, 2005.
조현일, 「김수영의 모더니티에 관한 연구」, 『작가연구』 5호, 새미, 1998.5.
채광석, 「민족시인 申東曄」, 『韓國文學의 現段階』 III, 창작과비평사, 1984.
최동호, 「김수영의 문학사적 위치」, 『작가연구』 5호, 새미, 1998.5.
______, 「김수영의 시적 변증법과 전통의 뿌리」, 『문학과의식』, 문학과의식사, 1998년 여름.
______, 「동양의 시학과 현대시—유가철학과 김수영의 「풀」」, 『현대시』, 한국문연, 1999.9.
최유찬, 「『금강』의 서술양식과 역사의식」, 『리얼리즘의 이론과 실제 비평』, 두리, 1992.
최정희, 「巨木같은 사나이」, 『현대문학』, 현대문학사, 1968.8.
하정일, 「김수영, 근대성, 민족문학」, 『실천문학』, 실천문학사, 1998년 봄.
한계전, 「전후시의 모더니즘적 특성과 그 가능성」, 『시와시학』, 시와시학사, 1991년 봄·여름.
한명희, 「김수영 시에서의 고백시의 영향」, 『전농어문연구』, 서울시립대 국어국문학과, 1997.2.

______, 「김수영 시의 영향관계 연구」, 『비교문학』 29집, 한국비교문학회, 2002.
한수영, 「'일상성'을 중심으로 본 김수영 시의 사유와 방법(1)」, 『작가연구』 5호, 새미, 1998.5.
홍기삼, 「申東曄論」, 『청오』 4호, 1970.
홍사중, 「脫俗의 詩人 金洙暎」, 『세대』, 세대사, 1968.7.
황동규, 「正直의 空間」, 『달의 행로를 밟을지라도』(김수영 시선집 해설), 민음사, 1976.
황정산, 「김수영 시론의 두 지향」, 『작가연구』 5호, 새미, 1998.5.
______, 「김수영 시의 리듬—시행 엇붙임과 의미의 상호변환」, 『김수영』, 새미, 2003.
황종연, 「韓國文學의 近代와 半近代」, 동국대 박사논문, 1992.
L. Trilling, 김수영 역, 「快樂의 運命」, 『현대문학』, 현대문학사, 1965.10~11.
S. Spender, 김수영・유영・소두영 역, 「모다니스트運動에의 哀悼」, 『20世紀文學評論』, 중앙문화사, 1957.